사씨남정기 · 서포만필

김만중 지음 | 전규태 주해

B범우

차   례

작자에 대하여

김만중(金萬重)의 자는 중숙(重淑), 호는 서포(西浦)로, 조선시대 인조 15년(서기 1637)에 태어나서 숙종 18년(1692)까지 살았다.

김만중은 아버지 익겸(益兼)이 병자호란 때 강화 남문에서 순절함으로써 유복자로 태어났다.

이처럼 유복자로 태어나서 아버지의 얼굴을 한 번도 보지 못했던 만중은 이를 평생 한(恨)으로 여기고 살았으며, 그 대신 어머니에 대한 효성을 지극히 하여 이 한을 풀려고 했다.

어머니 윤씨 부인은 삯바느질을 하여 어려운 살림을 이어 나가면서 만기(萬基), 만중 두 형제의 교육에 온 신경을 썼다. 윤씨 부인은 어려운 살림 속에서도 아이들의 교육에 남다른 애정을 쏟았는데, 그 결실로 형 만기는 효종 4년(1653)에, 만중은 2년 후에 각각 과거에 급제하기에 이르렀다.

어머니의 지극한 사랑과 교육 덕분에 자기가 있을 수 있었다는 것을 뼈저리게 느끼고 있었던 만중은 평생을 두고 어머니에 대한 효도를 잊지 않았고, 그가 남해 외딴섬에서 유배 생활을 하고 있을 때에도 병상에 누워 있는 어머니를 위로하고자 소설을 써 보냈던 것이다.

김만중의 관직 생활은 순탄치 못했고 그에 따라 그의 생애는 파란만장했는데, 그 까닭은 당시의 사색 당쟁 탓도 있겠지만, 그에 못지 않게 강직하고 대쪽 같은 성격도 한 요인이었다고 볼 수 있다. 청렴하고 결백하며 정직한 성격의 소유자였던 김만중은 곧잘 조정에서 충돌을 야기시켰던 바 그의 정치 생활은 결국 실패로 돌아갔고 남해의 외딴섬에서 유배 생활 중 한 많은 비극적 생애를 마쳤다.

《사씨남정기》

《사씨남정기》는 가정 비극을 주제로 삼고 있는 숱한 고대 소설 가운데에서도 가장 사실성(事實性)을 지니고 있다는 점이 특색의 하나다. 그래서 흔히 이 소설을 가정소설의 범주에 넣고 있지만, 단순한 결혼제도의 모순에서 빚어진 처첩(妻妾)간의 쟁총적(爭寵的)인 싸움이 아니라 국가의 면목 · 정권 및 가권(家權)의 회복 등이 그 밑바닥에 깔려 있다고 본다.

특히 이 소설은 풍자적이며 암유적인 수법을 쓴 작품으로, 숙종(肅宗)이 민비(閔妃)를 위고당(威古堂)으로 폐출하고 그 대신 장희빈(張禧嬪)을 왕비로 책봉한 것을 우회적으로 간(諫)하여 숙종 임금의 혼심(昏心)을 깨우치게 하고자 하는 동기에서 저술되었으므로 권선징악(勸善懲惡)을 최고도로 발휘한 폭로풍간(暴露諷諫) 소설이라 하겠다.

이 작품의 밑바닥에는 그 당시의 가족제도의 여러 가지 모순점을 근본적으로 시정하려는 뚜렷한 목적의식이 분명히 깔려 있다.

사회안정의 기초가 일가(一家)의 화평에 있는 것은 사실이지만, 조선 시대의 유가(儒家)사상은 이것을 지나치게 역설한 나머지 국가나 사회보다도 개인을 더 중시하여, 국가의 관리로서 나라의 이익을 위하여 행동하는 것이 당연한 일인데도 불구하고 국가이익보다도 자기 가정의 이익을 더 먼저 추구하였다. 그리하여 탐관오리배가 날뛰고 그에 따라 민생을 도탄에 빠뜨렸다. 일가 중심주의는 곧 정실과 소실, 그리고 그에 따르는 적자와 서자의 차별을 엄격히 함으로써 특권의식을 더욱 굳게 하고, 양반과 상놈의 엄격한 구별로써 일반 대중의 인권이 마구 유린당하였으며, 양반 계층은 나랏일을 소홀히 하고 축첩(蓄妾)과 유흥으로 소일하여 국가를 좀먹고 사회악을 조장시켜왔던 것이다.

청렴한 기품의 소유자였던 김만중으로서는 이러한 국가적·사회적 병폐를 비판하지 않을 수 없었던 것이며, 또한 그의 어쩔 수 없는 작가적 양심의 발로였다고 보아야 하겠다.

따지고 보면 김만중이 작가로서 진출하게 된 것은 이와 같은 불우한 환경 때문이라고 보겠으며, 그 때문에 많은 우의(寓意)와 풍자로써 당시의 그러한 병폐 척결에 앞장섰던 것이다.

숙종을 둘러싼 간신들의 부정과, 인현왕후 민씨의 폐출 그리고 장희빈을 왕비로 맞아들이는 것이 부당하다는 것을 상소한 끝에 남해(南海)로 추방되어 귀양살이 신세가 되어버린 김만중이므로, 그는 이러한 비유적 또는 풍자적 수법으로 소설을 쓰지 않을 수 없었을 것이다.

김만중은 그의 또 하나의 소설《구운몽(九雲夢)》에서와 같이 유교·불교·도교 즉 세 종교(엄격한 의미에서 유교는 종교가 아니지만)를 버무려 그의 소설 작품을 통해 발현시키고 있다. 그 예를 들어보자.

소승이 들으매 푸른 연잎과 흰 연꽃이 빛은 비록 다르나 뿌리는 한 가지. 공부자와 석가여래의 도는 비록 다르나 성인인즉 한가지라 하니. 소저 비록 불서를 모르시나 유가의 글로써 보살을 찬송하시면 더욱 좋을까 하나이다.

관음은 옛적 성인이라. 그 덕행이 주나라 태임·태사와 같도다……고요과 직설은 세상을 돕고 백이와 숙제는 주려 죽었으니. 도는 같지만 처지가 다름이라.

이처럼 소설 도처에 유·불·도의 계합(契合)사상이 강하게 드러나 있음을 보게 된다.

김만중은 유가에서 자랐지만 유교에만 탐닉하지 않고 그의 정신적인 풍토를 불교와 도교와도 습합시키고 있는 것은 그의 강인한 비판정신 때문이라고 여겨진다.

또한 이 소설에서 간과할 수 없는 것은, 유한림(劉翰林)이 첩을 얻게 된 동기가 부인 사씨의 알뜰한 부덕(婦德)에서 빚어졌다는 사실이다. 하지만 이와 같은 고매한 덕행이 오히려 화를 불러 교활한 첩 교씨의 간계로 마침내 사씨는 시가에서 쫓겨나게 되었는데, 그러면서도 사정옥이 친정으로 돌아가지 않고 시부모의 산소에서 지내게 되는 것은 끝까지 덕을 실행해 보려는 강인한 의지의 발로라고 보아야 하겠다.

이처럼 사씨는 고매한 부덕의 소유자로 설정해 놓은 반면에 교씨는 간교한 여인으로 등장시킨 것은 악한 여자에 대한 착한 여자의 대립 효과를 노림으로써 여주인공의 인격을 강조하기 위한 것이다.

교씨는 처음 유씨 집안에 들어왔을 때에는 예사로운 여인이었으나 주술(呪術)로써 소원한 대로 첫아들을 낳게 된 뒤부터는 점점 허황한 욕심이 늘어 급기야는 전형적인 첩으로서의 간계를 꾸미기에 이른다.

하지만 그것은 뾰족한 이유 있는 불만의 결과라기보다는 어디까지나 그 당시의 소실(小室)만이 가질 수 있었던 자연적인 성품의 표출이었다고 보아야 할 것이다.

이 작품에 유한림의 숙모인 두(杜) 부인을 특별히 등장시킨 것은 이 인물을 통하여 선과 악의 뚜렷한 판별을 하도록 하는 데 그 의의가 있다고 보겠으며 이 두 부인의 등장으로 이 작품의 인물 설정에 있어 묘를 보여준 셈이다. 그러니까 두 부인은 모든 사리의 오롯한 판단자로서의 소임을 수행하고 또한 다가올 일을 암시하는 이른바 복선(伏線)의 기교적인 수단으로도 이용되고 있다. 두 부인은 다가올 일에 대한 당·부당뿐만이 아니라 선(善)에의 의지를 북돋아주고 있다는 점도 흥미롭다.

《서포만필》

이 책은 수필 및 평론집이라고 볼 수 있다. 따라서 김만중의 문학관 또는 종교관을 이해하는 데 있어 중요한 자료가된다.

이 저서에서 그는 탁월한 문학관을 피력하고 있어 우리 비평문학사상 매우 중요한 역저로 손꼽히고 있다.

가령 이 책에서 그는 송강(松江) 정철(鄭澈)의 〈관동별곡(關東別曲)〉 그리고 〈사미인곡(思美人曲)〉과 〈속미인곡(續美人曲)〉을 '동방의 이소(離騷)'라고 하고 '좌해(左海)의 진문장(眞文章)'이라고 칭찬하는가 하면, 또 한편으로는 자기 나라 말로 쓰이지 않은 시문은 앵무새가 사람의 말을 흉내내는 것이나 다름없다고 혹평하기도 했다.

특히 김만중은 우리 말과 글의 중요성을 은연중에 강조하였는데, 실학파의 석학 다산(茶山) 정약용(丁若鏞)조차도 우리 글로 쓰여진 소설류가 사람의 마음을 어지럽게 할 따름이며, 모든 사람이 이것에 빠지게 된다면 자신의 본업을 폐하게 되는 것이므로 절대로 힘쓸 것은 못 된다고 강조하고, 심지어는 나라 안에 있는 소설을 모아 불태워 버리고 사들이는 자에게는 무거운 벌을 주어야 한다고 주장했던 시기에 소설의 의의와 그 효용을 강조한 글을 서포만필(卷下)에 수록했다는 것은 실로 놀라운 일이 아닐 수 없다. 소설을 한갓 유해한 잡서로만 여겨오던 시대에 이러한 평필(評筆)을 휘두르고, 대부분의 문인들이 그 때문에 익명으로만 소설을 발표한데 비해 스스로 이름을 밝혔다는 것은 대단한 용기가 아닐수 없다.

그는 이 저서에서 소설을 이단시하던 자들에게 큰 각성을 촉구하면서 그 대중화를 주장하기도 했는데, 서민이 아닌 양반의 몸으로서 소설을 옹호했다는 것은 당시 상황으로 보아 결코 용이한 일이 아니었다.

그는 소설만이 아니라 문학의 모든 분야에 걸친 대중화를 이 저서에서 주장하고 있다. 그는 조선시대 문인들, 특히 관료들이 문학을 무료함을 달래기 위한 것으로 여기고 문학이 그들 양반 계층만의 소유인 것으로 착각하고 있다고 비판하고, 그 때문에 문학이 일반 대중의 애호를 받기 어려운 아주 까다로운 면만을 표현하려 든다고 날카롭게 꼬집기도 했다. 이처럼 양반이나 관료들의 문학이 대중의 감정을 도외시하고 음풍농월적(吟風弄月的)이거나 또는 고답적인 경지에서 유리된 채 존재해 있다면 그것은 예술로서의 존재가치가 없다고 그는 진단하고 있다.

《서포만필》을 읽으면 그가 얼마나 해박한 지식과 예리한 비판의식 그리고 번득이는 기지에 넘쳐 있는가를 알 수 있다. 이와 같은 그의 박식과 심미관은 많은 독서량 때문임을 알 수 있다.

또한 김만중의 사상과 인생관 및 종교관 등도 이 책에는 잘 드러나 있다. 뼈대 있는 유가의 핏줄을 이어받은 김만중은 아무래도 유교사상에 깊이 침윤되었음은 말할 나위도 없다. 그는 예의범절이 엄격한 가훈 밑에서 자라왔고 이에 따라 그는 일찍부터 유교의 교리를 몸에 배도록 터득해왔다. 《서포만필》에 보면 그는 유교를 근본으로 하고 여느 교리를 곁들인 형식을 취하고 있다.

하지만 이 저서 군데군데에서, 불교의 교리가 면면히 계승
되어 내려오는 동안에 있었던 그 소장성쇠(消長盛衰)에 대
해서 논하면서 "불교가 역시 영괴(靈怪)하다"고 논술하였고,
석가의 태도를 공자와 맹자의 입교(立教)와 견주어보기도
했다.

　　아울러 그는 도교(道教)의 고답(高踏)사상에도 젖어 있음
이 이 저서를 통해 나타난다. 도교와 불교에서 '방채겸용(傍
採兼用)'한 것이 유가의 '성(性)'과 '심(心)'이라고 주장한
것을 보면, 김만중은 어느 한 교리에만 치우치지 않고 범종
교적인 자세를 취하고 있었던 것 같다.

　　　　　　　　　　　　　　　　　　　　　　전 규 태

사씨남정기(謝氏南征記)

화설(話說), 명나라 가정 연간(嘉靖年間)[1] 금릉 순천부(金陵順天府)에 한 명인이 있으니, 성은 유(劉)요 이름은 현(炫)으로, 개국공신 성의백 유기(誠意伯 劉琦)의 후손이라. 위인이 현명 정직하고 문장과 풍채 일세에 뛰어난지라. 소년 등과하야 벼슬이 이부시랑(吏部侍郎) 참지정사(參知政事)[2]에 이르니, 명망이 조야에 진동하더라.

　일찍이 시랑 최모의 딸을 취하야 아내를 삼으매, 최씨 또한 부덕이 있어 금슬은 좋으나 슬하에 자녀 없음을 근심하더니, 늦게야 한 아들 낳고 오래지 않아 부인 세상을 떠나니, 공은 원래 공명에 뜻이 없는데다가 더욱이 소인이 조정에서 권세를 쓰므로 병들었다 일컫고 벼슬을 사양한 후 집에 돌아와 세월을 보낼새, 비록 나랏일에 참여치 아니하나, 공의 청덕(淸德)을 사모하고 우러르지 않는 당세의 명사는 없더라.

---

1) 1522~67년까지의 45년간. 가정은 명(明)나라 세종(世宗)의 연호(年號)임.
2) 이부시랑과 참지정사는 모두 중국의 관명(官名)으로 이부의 차관(次官)을 말하며, 참지정사는 재상(宰相) 다음가는 벼슬을 이름.

공에게는 누이 하나 있으되, 성품이 유순하고 유한 정정(幽閑靜貞)[3]한 덕이 있더라. 일찍이 선비 두홍(杜洪)의 아내 되었다가 불행히 과거(寡居)[4]하게 되매, 공이 한집에 있게 하고 우애 극진하게 대하더라.

유공의 아들 이름은 연수(延壽)니, 차차 자라매 얼굴이 관옥(冠玉) 같고 재기 숙성하야 문장재화(文章才華) 10세에 다 이루니, 공이 기특히 여겨 사랑하되 다만 부인에게 보이지 못함을 한탄하더라. 연수 14세에 향시(鄉試)[5] 제일로 뽑혔다가 15세에 급제하니, 천자께서 그 문장과 위인을 보시고 크게 칭찬하사 한림학사(翰林學士)[6]를 제수(除授)하시매, 한림이 연소하므로 10년을 더 학문에 힘쓰다가 다시 출사하기를 청하니, 천자 그 뜻을 아름다이 여기사 특별히 본직을 그대로 지니도록 하면서 5년 말미를 주시니, 한림이 천은에 감축(感祝)하고 공이 또한 경계하여 말하되, "충의를 다하야 국은을 갚으라"하니라.

한림이 급제한 후 구혼하는 이가 많으매, 하루는 공이 누이 두 부인(杜婦人)과 더불어 성중 모든 매파를 청하여 현철한 소저 있는 곳을 물을새, 매파들의 말을 듣건대 칭찬할 때에는 하늘에까지 올리고 헐면[7] 천정 굴 속으로 떨어뜨려서

---

3) 부녀자의 인품이 매우 얌전하고 점잖음.

4) 과부로 지냄.

5) 문과(文科)·생진과(生進科)·잡과(雜科) 등 과거의 초시(初試)로서 각 도(道)에서 보는 1차 시험.

6) 중국에서 제고(制誥)를 관장하던 벼슬. 당(唐)나라 때 설치되어, 청(淸)말까지 존속되었다.

아침부터 저녁까지 결단하지 못하더니, 그 중에 주파(朱婆)라 하는 매파가 말을 아니하고 가만히 앉았다가 모든 말이 대강 그치매 문득 고하야 가로되,

"모든 말이 공번되지[8] 아니하오니 소인이 바른 대로 고하리로소이다. 노야(老爺)[9]께서 만일 부귀를 탐하시면 엄승상의 손녀만한 이 없고, 반드시 요조(窈窕)[10]한 숙녀를 구하시려면 신성현(新城縣)의 사급사(謝給事)[11] 댁 소저 외에 또다시 없사오니, 청컨대 이 두 곳 중에 하나를 가리옵소서."

이에 공이 물어 가로되, "부귀는 본대[12] 내 원하는 바가 아니요, 어진 이를 택하려 하오. 사급사는 본대 대간(臺諫)[13] 벼슬을 하다가 적소(謫所)에서 죽은 진실로 강직한 선비니, 마땅히 결친(結親)[14]함직하거니와 모를러라. 그 소저 어떠하뇨?"

주파가 대답하야 말하기를,

"소저의 용모·덕행이 일세에 희한하오니 어찌 다 형언하오리까! 소인이 매파로 나선 지 삼십여 년에 왕공·재상의 모든 댁을 다니며 많은 신부를 보았으되, 이같이 요조 현철

---

7) 헐뜯으면. 남의 단점을 쳐들어서 험담하면.

8) 불공평이 없지. 정당하여 사사롭고 편벽됨이 없지.

9) 늙은 남자. 노옹(老翁).

10) 부녀의 행동이 얌전함.

11) 사(謝)는 성(姓), 급사(給事)는 벼슬 이름.

12) 본디.

13) 왕에게 간언(諫言)하는 일을 맡아보던 벼슬의 이름.

14) 친분을 맺음. 서로 사귐.

한 소저는 처음이오니 두 번 묻지 마옵소서"

하더라. 이에 공이 경계하야 가로되,

"색을 취함이 아니라 덕행이 있어야 하리로다"

하니, 주파가 덧붙이기를,

"사 소저는 유한 정정하야 요조숙녀의 덕이 외모에 나타
나오니, 매파의 말이 믿기지 않으시거든 상공께서 다시 소저
의 현불현(賢不賢)[15]을 알아보소서. 소인이 어찌 상공께 허
언(虛言)을 하오리까!"

하며 하직하고 돌아간 후, 공이 두 부인에게 물어 가로되,

"매파의 말만 믿을 수 없으니, 어찌하면 사씨의 덕행을 자
세히 알리오?"

두 부인이 답하야 가로되,

"남녀의 덕행은 필법에 나타나는 것이오니, 이제 사씨의
필체를 볼 수 있는 한 묘책이 있사옵니다. 우리 집에 간수한
남해관음화상(南海觀音畫像)은 당나라 사람 오도자(吳道
子)[16]가 그린 바로, 본대 우화암(羽化庵)에 보내어 시주코자
하였더니, 이제 우화암 여승 묘혜(妙慧)를 사씨댁에 보내 화
상에 처자의 친필로 '관음찬(觀音讚)[17]'을 받아오도록 하면
그 재덕을 가히 알 것이요, 묘혜 또한 그 얼굴을 볼 것이옵니
다. 묘혜 반드시 나를 속이지 아니할 것이옵니다."

공이 근심하야 이르되,

---

15) 어질고 어질지 못한 것.

16) 오도현(吳道玄)의 자. 오도현은 당대(唐代) 제일의 화가임.

17) 관세음보살을 예찬하여 부르는 노래 또는 시문.

"계책은 마땅하나 관음찬 짓기가 심히 어려울 것이니, 어린 여자 어찌 감당하리오?"

두 부인이 책망하듯 가로되,

"어려운 글을 짓지 못하면 어찌 재녀라 하리오?"

공이 옳다 여겨 빨리 묘혜 부르기를 청하매, 두 부인이 사람을 우화암에 보내어 묘혜를 불러다가 이르되,

"사씨댁과 결친하려 하나 신부의 현불현을 알 길이 없으니, 화상을 가지고 사씨댁에 가서 소저에게 찬을 받아오면 보고자 하나니 대사는 수고를 아끼지 말라"

하고, 관음화상을 내주니 묘혜 받아가지고 즉시 사급사 댁에 가서 뵈옵기를 청한데, 부인이 본대 불법을 좋아하고 묘혜 또한 이왕부터 여러 번 출입하였던 고로 즉시 불러들이더라. 묘혜, 절하고 문안하매 부인이 가로되,

"오래 보지 못했더니, 오늘 무슨 좋은 바람이 불었관대 이르렀느뇨?"

묘혜 대답하여 가로되,

"소승이 거하는 암자가 퇴락하였으매, 재물을 얻어 중수하느라고 틈이 없어 오래 문안치 못하였사옵니다. 이제 역사를 마쳤으매, 감히 부인을 뵈옵고 시주를 청하옵나이다."

이에 부인이 이르기를,

"불사에 쓰려 하는데 어찌 시주를 아끼리오마는, 빈한한 집에 재물이 없으니 크게 시주치 못하려니와, 달리 구하는 바는 없느뇨?"

묘혜 다시 대답하야 가로되,

"소승이 구하는 바가 부인께는 불비지혜(不費之惠)[18]요,

소승에게는 천냥보다 중하여이다."

부인이 재촉하야 말하되,

"그러면 말해보라."

묘혜가 답하기를,

"소승의 암자를 중수한 후 어느 댁에서 관음화상을 시주하였사온데, 당나라 사람의 명화이오나 오직 그 위에 찬사 없는 것이 큰 흠이옵니다. 만일 소저가 금옥 같은 친필로 찬문을 지어서 써주신다면 이는 실로 산문(山門)[19]의 보배로, 그 공덕이 칠보(七寶)를 보시하는 것보다 열 배나 소중하고 소저의 수명이 장원(長遠)하리이다."

부인이 흡족하야 이르되,

"우리 아이 비록 고금시문에 능통하다 하나 이런 글은 잘 짓지 못하려니와 그저 시험이나 해보리라"

하고, 시녀로 하여금 소저를 부르니, 소저 승명(承命)하고 연보(蓮步)[20]를 옮겨 나와 모친께 뵈오니, 용모의 쇄락기이(灑落奇異)[21]함이 짐짓 관음보살이 강림하신 듯한지라. 묘혜, 심중에 놀라 헤아려보되,

'진세(塵世)[22]에 어찌 이런 사람이 있으리오!'

하고 즉시 합장 배례하야 가로되,

"소승이 사 년 전에 소저께 뵈었더니 능히 기억하시나이

---

18) 자기에게는 해가 될 것이 없어도 남에게는 이익이 될 만하게 베풀어주는 은혜.

19) 절. 사찰.

20) 미인의 걸음걸이를 비유하는 말.

21) 기분이 시원하고 깨끗하여 보통과 다름.

까?"

소저가 답하기를,

"어찌 잊었으리오"

하니, 부인이 소저더러 가로되,

"이 대사가 멀리 와서 네 필치로 관음찬을 구하니 네 능히 지을소냐?"

소저, 답하야 가로되,

"소저의 노둔(駑鈍)[23]한 재주로 어찌 감당하오리까? 하물며 여자가 시부(詩賦)를 짓는 것은 옛사람이 경계하는 바라, 아무리 대사의 청이오나 어려울까 하나이다."

묘혜 가로되,

"소승이 구하는 바는 원래 시문이 아니라, 관음화상에 마땅한 높은 글을 얻어 그 공덕을 찬양코자 함이온데, 관음은 여자의 몸인 고로 꼭 여자의 문필을 받아야 마땅히 청정하리니 당금(當今)[24]에 소저가 아니면 능히 이 글을 지을 이 없으니, 바라건대 소저는 물리치지 마옵소서."

부인이 웃으면서 말하되,

"네 재주 맞지 못하면 말려니와, 그 글은 무익한 문자와 다르니 아모거나 지어보려무나."

묘혜 한 족자(簇子)를 드리거늘, 부인과 소저 받아 펼쳐보니 바닷물결이 도도한 외로운 섬 중에서 관음보살이 흰옷을

---

22) 티끌 세상. 귀찮은 세상. 속세(俗世).

23) 재주가 없고 미련함.

24) 당면한 이제. 지금.

입고 머리도 빗지 아니하고, 영락(瓔珞)[25]도 없이 한 동자와 더불어 대 수풀을 헤치고 앉아 계신 그림이라. 화법이 기묘하야 짐짓 살아 있는 듯하거늘,

소저 가로되,

"저의 배운 바는 오직 유가의 글이요 불서는 모르나니, 비록 짓고자 하나 대사의 존안(尊顏)[26]에 차지 못할까 걱정이옵니다."

묘혜 답하여 가로되,

"소승이 들으매 푸른 연잎과 흰 연꽃이 빛은 비록 다르나 뿌리는 한가지요, 공부자(孔夫子)[27]와 석가여래의 도는 비록 다르나 성인인즉 한가지라 하니, 소저 비록 불서를 모르시나 유가의 글로써 보살을 찬송하시면 더욱 좋을까 하나이다."

소저 이에 손을 씻고 족자를 걸고 분향 배례한 후 공경히 앞에 나아가 채필(彩筆)[28]을 빼어 관음찬 수백 자를 가늘게 족자 위에 쓰고, 그 끝줄에 쓰되, '모 연월일에 사씨 정옥이 재배서(再拜書)'라 하였더라.

묘혜 또한 글을 아는 고로 소저의 문장필법을 크게 칭찬하며, 부인과 소저에게 무수 사례하고 돌아가더라.

이적에 유공이 두 부인과 더불어 묘혜를 기다리더니, 묘혜 돌아와 웃으며 족자를 드리거늘, 공이 물어 가로되,

---

25) 목 · 팔 등에 두르는 구슬 꿴 장식품.

26) 남자 얼굴의 존칭.

27) 공자(孔子)의 높임말.

28) 채색하는 데 쓰는 붓.

"사 소저의 재주와 용모가 과연 어떠하더뇨?"

묘혜 답하여 가로되,

"족자 가운데 사람과 같더이다"

하고, 더하야 사 급사 부인과 소저의 문답을 자세히 고하니, 공이 크게 기꺼하야 가로되,

"사가의 여자, 재주와 덕행이 과연 범인(凡人)이 아니로다"

하고, 족자를 걸고 보니, 필법이 정묘하야 한 곳도 구차함이 없고 온화유순한 덕행이 글씨에 나타나니, 공과 두 부인이 칭찬함을 마지아니하고[29] 글을 보매, 그 글에 하였으되,[30]

관음은 옛적 성인이라. 그 덕행이 주(周)나라 태임(太任)·태사(太姒)와 같도다. 관저(關雎)와 갈담(葛覃)이 부인의 할 일인즉, 외로이 공산에 있음은 본의가 아니라. 고요(皋陶)와 직설(稷契)은 세상이 돕고 백이(伯夷)와 숙제(叔齊)는 주려 죽었으니, 도는 같지만 처지가 다름이라. 내 화상을 보건대 흰 옷을 입고 아이를 안았도다. 그림을 인연하야 그 위인을 대강 알리로다. 옛날 절부(節婦)는 머리털을 끊고 목숨을 버려 세상과 인연을 끊고 오직 의리를 취하였거늘, 세속 사람들은 부처님 글을 잘 알지 못하고 한갓 거짓말하기를 좋아하니 윤기(輪機)에 해로움이 있도다. 슬프다, 관음보살은 어찌하야 여기에 계신고? 외로운 섬, 대 수풀에 바닷물결이 만리로다. 극진한 공부, 윤회

---

29) 충심으로 그렇게 함을 강조할 때 쓰이는 말.

30) 쓰였으되.

(輪廻)[31]에 벗어나고 어진 덕이 세상에 비치니, 억만창생(億萬蒼生)[32] 뉘 아니 공경하리오? 만고(萬古)에 그 이름이 불생불멸(不生不滅)[33]하니, 거룩한 그 덕을 붓으로 찬양키 어렵도다.

공과 두 부인이 보기를 마치고 크게 칭찬하여 가로되,

"필법과 문장이 이렇듯 기묘하니 재덕이 겸비함을 알지라. 과연 매파의 칭찬하던 말이 허언이 아니로다. 누를 시켜 통혼하야 사가(謝家)의 허혼함을 얻을꼬?"

두 부인이 가로되,

"바삐 주파를 보내어 통혼하소서."

공이 옳다 여겨 즉시 주파를 불러 사가에 청혼할새,

공이 주파더러 가로되,

"내 사 소저의 덕행을 이미 알았으니, 너는 그 곳에 가서 통혼하야 허락을 받아 오면 큰 상을 주리라."

주파 청령(聽令)[34]하고 사부(謝府)로 향하더라.

원래 사 소저는 사후영(謝厚英)의 딸이라. 후영, 본대 청렴강직하더니 조정에서 소인들이 작란(作亂)[35]함을 분히 여겨 여러 번 상소하다가 도리어 간신의 모해를 입고 소주(蘇州)[36] 땅에 귀양갔다가 마침내 돌아오지 못하고 적소(謫所)

---

31) 중생이 성도(聖道), 수업(修業)하여 해탈을 얻을 때까지 그의 영혼이 육체와 함께 업(業)에 의하여 다른 생을 받아, 무시무종(無始無終)으로 생사를 반복함을 이르는 말.

32) 세상의 모든 사람.

33) 생겨나지도 않고 없어지지도 않음.

34) 명령을 들음.

에서 돌아가니, 부인이 천만 가지 설움을 참고 소저를 데리고 고향 본댁에 돌아와 세월을 보낼새, 소저가 모친을 지성으로 봉양하니 부인이 여아의 장성함을 보매 그 출가할 연기(年紀)³⁷⁾를 당하였으되 주혼(主婚)³⁸⁾할 이 없음을 근심하더니, 매파 이날에 들어와 당하(堂下)에 문안하고 소저의 용모자색(容貌姿色)을 칭선(稱善)³⁹⁾하며 가로되,

"소인이 이제 유 상공의 명령을 받자와 귀 소저와 혼인을 이루고자 왔사오니, 유한림은 소년 등과하야 벼슬이 한림학사에 이르옵고 풍채와 문장·재덕이 일세를 압도하오니, 짐짓 귀 소저와 천정가연(天定佳緣)인가 하나이다."

부인이 진작부터 유한림의 풍채 출중함을 들었으므로 못내 기꺼하여 한 번 소저와 의논해보고 허락하려고 친히 소저의 방으로 가서 매파가 하던 말을 전하여 가로되,

"나는 이미 허혼코자 하거니와 너의 생각은 어떠하뇨? 가부간 기이지⁴⁰⁾ 말고 실정을 말해보라."

소저 대답하여 가로되,

"유 상공은 당세 어진 재상이라 더불어 결친함이 미위불가(未爲不可)⁴¹⁾이오나, 듣자오매 '군자는 덕을 귀히 여기고

---

35) 난리를 일으킴.
36) 중국 양쯔강(楊子江) 남쪽에 있는 도시.
37) 대강의 나이.
38) 혼사를 맡아 주관함.
39) 칭찬하여 좋게 여김.
40) 일이 드러나지 않도록 하지. 속이지.

색을 천히 여긴다' 하였거늘, 이제 주파의 말을 듣건대 먼저 자색을 일컫는 것이 마땅치 않을 뿐 아니라, 다만 저의 집 부귀만 자랑하고 선친의 청덕을 일자 일컬음이 없사오니, 이것은 주파가 무상하여 그릇 전함이라 함은 말할 것 없거니와, 만일 유공의 뜻이 그렇다 하면 유공의 어진 이름은 헛된 소문에 불과하오니, 소녀 그 집으로 출가함을 원치 않나이다."

부인이 소저의 뜻을 어기기 어려워 소저의 어림을 칭탁(稱託)[42]하고 허혼치 아니하니, 주파 무료(無聊)히[43] 돌아와 사실을 고하거늘, 공과 두 부인이 섭섭히 여기다가 주파더러 물어 가로되,

"네 가서 무엇이라 하였느냐?"

주파, 저 말한 대로 일일이 고한대, 공이 듣고 깨달아 가로되,

"내 소활(疏闊)[44]하야 잘못 가르쳐 보내었으니, 너는 이제 돌아가라"

하고, 이튿날 공이 친히 신성현에 가서 지현(知縣)을 보고 가로되,

"내 사씨와 결친코자 하야 매파를 보내었으되 여차 여차하고 허혼치 아니하니, 이는 매파가 말을 잘못한 소치이옵니다. 이제 선생이 나를 위하야 사가에 한 번 행차하심을 사양

---

41) 옳지 않다 할 것이 없음.

42) 핑계를 댐.

43) 열없은 생각이 생겨.

44) 성품과 됨됨이가 꼭 짜이지 못하고 헐렁하며 어설픔.

치 마소서."

지현이 대답하여 가로되,

"선생의 가르치심을 어찌 듣지 아니하리잇고?"

공이 염려하여 가로되,

"다른 말은 하지 말고 오직 사 급사의 청덕을 흠모하야 구혼하노라 전하오면 반드시 허락하리이다."

지현이 유공을 관사에 머물게 하고 친히 사가에 나아가 성명을 통하니, 부인이 혼사로 옴을 짐작하고 객당을 정히 쓸고 노복으로 하여금 지현을 맞아 좌를 정하고 주과(酒果)를 정비하여 대접하고 시비(侍婢)⁴⁵⁾로 전갈(傳喝)하여 가로되,

"성주께서 이같이 누지에 왕림하오셔 외로움을 위문하시니 폐사의 영광이로소이다."

지현이 공경하야 듣기를 다하고 전갈하여 가로되,

"소관이 귀댁을 방문함은 다름이 아니라. 귀부(貴府) 소저의 혼사를 중매하고자 함이옵니다. 그전 이부시랑 참지정사 유공이 영애, 소저가 부덕을 겸비하고 자색이 출중함을 듣고 기특히 여길 뿐 아니라, 사 급사의 청렴 정직함을 항상 흠앙하오매 그 여아의 재덕은 불문가지라 하야 귀부 소저로서 며느리를 삼고자 하오매, 유공의 아들은 금방에 장원 급제하여 벼슬이 한림에 이르옵고 임금의 총애 극진하오니 사람마다 사위를 삼고자 하는 바이오나, 유공이 모두 물리치고 귀부 소저의 성화를 들은 후 저로 하여금 청혼하옴이니, 바라건대 때를 잃지 마옵시고 허락하시면 내 돌아가 유공께 뵈올 낯이

---

45) 곁에서 시중 드는 계집종.

있을까 하나이다."

부인이 다시 전갈하여 가로되,

"용우(庸愚)[46]한 여식이 재덕이 부족하고 용모 취할 것이 없거늘, 성주께서 이렇듯 친히 이르러 계시니 내 어찌 사양하리잇고? 돌아가 쾌히 허혼함을 이르소서."

지현이 크게 기뻐하여 돌아와 유공에게 사 급사 집에 나아가 하던 말과 부인의 허혼한 말을 고하니, 유공이 좋아 날뛰며 지현의 수고함을 칭사(稱辭)하고 본부로 돌아와 두 부인에게 이 말을 전하고 즉시 택일하니, 길일이 앞으로 일삭(一朔)[47] 격한지라. 유공이 사 급사의 청렴정직하야 가세 빈한함을 아는 고로 빙폐(聘幣)[48]를 후히 하고 다만 최 부인 보지 못함을 못내 슬허하더라.

이러구러[49] 길일이 다다르니 양가에서 대연(大宴)을 배설(排設)하고 성친(成親)하매 참으로 요조숙녀 군자호구(君子好逑)[50]라 하겠더라. 부인이 신랑의 신선 같은 풍채를 사랑하야 여아의 짝이 가작함을 즐기는 중, 급사의 보지 못함을 생각하고 섭섭한 눈물이 나삼(羅衫)에 어룽지더라. 신랑이 가마에 오르기를 재촉하여 본부로 돌아와 신부 폐백을 받들어 존구(尊舅)[51]께 나오매, 공과 두 부인이 눈을 들어 신부를

---

46) 용렬하고 어리석음.

47) 한 달.

48) 공경하는 뜻을 표하여 주는 예폐(禮幣).

49) 세월이 이럭저럭 지나가는 모양.

50) 군자의 좋은 짝.

보매 용모 아름다움은 이르도 말고 현숙한 덕성이 외모에 나타나니, 공이 기뻐함을 이기지 못하야 두 부인을 돌아보아 가로되,

"나의 자부는 참으로 태임·태사의 덕이 있을지라. 어찌 세속 여자에 비할 바리오"

하고, 시녀를 불러 한 작은 상자를 가져오게 하야 그 속에 든 보경(寶鏡) 한 좌와 옥지환(玉指環)[52] 한 쌍을 내어 신부에게 주어 가로되,

"이 물건이 비록 어쭙지 못하나 우리 집 세전보물(世傳寶物)[53]이라. 내 지금 신부를 보니, 맑기가 거울 같고 덕이 옥 같으므로 이로써 나의 정을 표하노라."

사씨 일어나 절하고 받더라.

사씨 이로부터 효도를 다하야 존구를 받들고, 공순함으로써 군자를 섬기고, 정성으로써 제사를 받들고, 은혜로써 비복을 부리니 규문(閨門)이 옹옹(雍雍)하고[54] 화기가 애애하더라.

하루는 유공이 우연히 병을 얻어 날마다 짙어가니, 한림 부부 밤낮으로 시탕(侍湯)하되 백약이 무효한지라. 공이 다시 일어나지 못할 줄 알고, 두 부인을 청하야 길이 탄식하여 가로되,

---

51) 시아버지를 존경하여 일컫는 말.

52) 옥가락지.

53) 대대로 전해 내려오는 물건.

54) 규문이 화락하고. 규문은 부녀가 거처하는 안방.

"나는 지금 죽을지니, 현매(賢妹)는 너무 슬허[55] 말고 천만 보중하야 가사를 주장하되 그릇됨이 없게 하라"

하고, 또 한림의 손을 잡고 가로되,

"너희 부부 마땅히 서로 의논하고, 숙모의 가르침을 내 말과 같이 알고 학문에 힘쓰고 충성을 다하야 가성(家聲)을 떨어뜨리지 말지어다."

또 사씨에게 일러 가로되,

"현부의 요조한 덕행은 이미 감복한 바라. 다시 무엇을 부탁하리오."

3인이 눈물을 흘리고 평복(平復)[56]하기를 축원하더니 차야에 공이 엄연(奄然) 별세하니, 한림 부부 호천애통(呼天哀痛)함이 비할 데 없고, 두 부인도 또한 못내 애통하더라. 어느덧 장일을 당하매 영구를 뫼셔 선영하(先塋下)에 안장하고, 세월이 흘러 삼상(三喪)을 마치고 군명을 받자와 조정에 나아가 소인을 배척하고 몸가짐을 강직케 하니, 천자께서 사랑하사 벼슬을 돋우고저 하시나 승상 엄숭(嚴崇)이 꺼리어 저허하므로[57] 여러 해가 되도록 직품(職品)이 오르지 못하더라.

유 한림의 부부 성친한 지 벌써 10년이 넘고 연기 거진 삼십에 가까웠으나 다만 한낱 자녀가 없으니, 부인이 깊이 근심하야 한림을 대하야 탄식하여 가로되,

---

55) 슬퍼.

56) 병이 나아 건강이 회복됨.

57) 저어하므로. 두려워하므로.

"첩이 기질이 허약하야 생산할 여망이 없삽고 불효 삼천(不孝三千)에 무후위대(無後爲大)라[58] 하오니, 첩의 무자(無子)한 죄는 조문에 용납치 못할 것이오나 상공의 넓으신 덕택을 입사와 지금까지 부지하옵거니와, 생각건대 상공이 누대 독신으로 유씨 종사(宗嗣)의 위태함이 급하온지라. 원컨대 상공은 첩을 괘념(掛念)치 마시고 어진 여자를 택하야 농장지경(弄璋之慶)[59]을 보시면 문호(門戶)의 경사 적잖고, 첩 또한 죄를 면할까 하나이다."

한림이 웃어 가로되,

"어찌 일이 무자함을 한탄하여 첩을 얻으리오. 첩을 얻음은 집안을 어지럽히는 근본인즉, 부인은 어찌 화를 자초하려 하시느뇨? 이는 만만부당하여이다."

사씨 대답하여 가로되,

"재상가의 일처일첩은 예전부터 있는 일이옵고 또 첩이 비록 덕이 없사오나 세속 부녀의 투기하는 것은 더러이 아는 바이오니, 상공은 조금도 염려치 마소서"

하고, 가만히 매파를 불러 그럼직한 양가 여자를 구하니, 두 부인이 이 말을 듣고 크게 놀라 사씨에게 물어 가로되,

"그대, 질아(姪兒)를 위하야 첩을 구한다 하니 과연 그런 일이 있는가?"

사씨 대답하여 가로되,

"있나이다."

---

58) 많은 불효 가운데 자손 없는 것이 가장 크다.

59) 농장지희(弄璋之喜), 아들을 낳은 기쁨.

두 부인이 가로되,

"집안에 첩을 두는 것은 화를 취하는 근본이라. 속담에 이르기를, '한 말에 두 안장이 없고 한 밥그릇에 두 술이 없다' 하니, 군자 비록 얻으려 하더라도 굳이 그 불가함을 간할 것이어늘, 이제 화를 자초함은 어찌함이뇨?"

사씨 가로되,

"첩이 존문에 들어온 지 벌써 10년이 지났으되 아직 한낱 혈육이 없사오니, 고법(古法)으로 말하오면 군자의 버린 바되더라도 두 말을 못할지거늘, 어찌 감히 첩 둠을 꺼리리까?"

두 부인이 가로되,

"자녀를 생산함에는 조만(早晩)이 없나니, 두씨 문중에도 삼십 뒤에 생산하야 아들 다섯을 낳은 일도 있고 또 세상에는 사십이 지난 뒤에 비로소 초산(初産)하는 이도 많나니, 그대의 나이 아직 삼십이 멀었으니 너무 염려하지 말지어다."

사씨 가로되,

"첩은 기질이 허약하야 생산할 가망이 없사오며 또한 도리로써 말할지라도 일처일첩은 남자의 떳떳한 일이라. 첩이 비록 태사 같은 덕은 없사오나 세속 부녀들의 투기함은 본받으려 하지 않나이다."

두 부인이 웃어 가로되,

"태사, 비록 투기하지 않는 덕이 있었으나 문왕의 편벽되지 아니한 은혜와 사랑에 감복하야 모든 첩들이 원망이 없었거니와, 만일 문왕 같은 덕이 없었으면 비록 태사 같은 부인

일지라도 어찌 교화를 베풀 곳이 있었으리오. 더욱이 고금이 때가 다르고 성인과 범인의 길이 다르거늘, 한갓 투기하지 아니함으로써 태사를 본받으려 하니, 이는 헛된 이름을 탐하여 화를 면치 못할까 하노라. 그대는 깊이 생각하라."

사씨 가로되,

"첩이 어찌 감히 옛적 성인을 바라리까마는 세속 부녀들이 인륜을 모르고 질투를 일삼아 가도(家道)를 문란케 하는 이가 많음을 한탄하는 바이오니, 첩이 비록 용렬하오나, 어찌 이런 행실을 하리까? 그리고 또 군자 만일 몸을 돌아보지 않고 요미(妖美)한 색에만 침혹(沈惑)하오면 첩이 정성을 다하야 간하고자 하나이다."

두 부인이 만류하지 못할 줄 짐작하고 탄식하여 가로되,

"장차 들어올 신인이 양순한 여자거나 또는 군자가 간하는 말을 잘 들으면 그만이거니와, 그 사람이 좋은 사람이 아니고 사나이 마음이 한 번 그쪽으로 기울어지면 다시 돌리기가 어려우리니, 그대는 이후 내 말을 생각하고 뉘우침이 없게 하라."

하고, 무연(無然)[60]함을 마지않더라.

이튿날 매파 들어와 사씨께 여쭈되,

"어느 곳에 한 여자 있사오나, 아마 부인의 구하는 바에 너무나 과할 듯하나이다."

사씨 가로되,

"무슨 말이냐?"

---

60) 크게 낙담하는 모양.

매파 가로되,

"부인의 구하시는 바는 다만 부덕이 있고 생산을 잘 하오면 그만이거늘, 이 사람은 그렇지 아니하야 용모자색이 출중하오니 부인의 뜻에 합당치 못할까 하나이다."

사씨 웃어 가로되,

"매파는 남을 맥받지 말고[61] 자세히 말하라."

매파 가로되,

"그 여자의 성은 교씨(喬氏)요, 이름은 채란(彩鸞)이라 하며 하간부(河間府)에서 생장한 사람이라. 본대 벼슬하는 집 딸로서 일찍 부모를 여의고 그 형의 집에 의탁해 있는데 지금 나이 16세 하옵니다. 제 스스로 말하기를 가난한 선비의 아내 되느니보다 공후부귀가(公侯富貴家)의 첩이 되는 것이 좋다 하오며, 그 자색의 아름다움은 한 고을에 으뜸이요, 여공지사(女工之事)[62]도 모를 것이 없사오니, 부인이 만일 상공을 위하여 첩을 구하실진대 이보다 나은 이가 없을까 하나이다."

사씨 크게 기꺼하야 가로되,

"본대 벼슬 다니던 사람의 딸이면 그 성행이 반드시 무지한 천인과 다를 것이니 가장 적당하도다. 내 상공께 말해보리라"

하고, 한림에게 매파의 하던 말을 전하고 데려오기를 강권하니, 한림이 가로되,

---

61) 마음 떠보지 말고.

62) 여자가 하는 바느질과 길쌈질.

"내 첩 둠이 그리 급하지 아니하나 부인의 호의를 저버리기 어려우니, 마땅히 택일하여 데려오리라."

이에 친척을 모으고 교씨를 맞아올새, 교씨가 한림과 부인께 절하고 좌(坐)에 앉으니 얼굴이 아름답고 거동이 경첩(輕捷)[63]하야 해당화 한 송이가 아침 이슬을 머금고 바람에 나부끼듯 하매 모두 칭찬하지 아니할 이 없으되 오직 두 부인만 기꺼하지 않더라. 이날 밤에 교씨를 화원 별당에 머물게 하고 한림이 들어가 밤을 지낼새, 두 사람의 정이 흡연(洽然)하더라.

이튿날, 두 부인이 사씨와 더불어 말씀할새, 두 부인이 가로되,

"그대 기위(旣爲)[64] 소실 두기를 권할진대, 마땅히 순직하고 근실한 사람을 구할 것이거늘 이렇듯 절대가인(絶代佳人)을 데려왔으니, 아마 그 성품이 불량하야 그대에게만 유익되지 못할 뿐 아니라 유씨 가문에 화가 있을까 저허하노라."

사씨 가로되,

"옛날 위장강(衛莊姜)은 고운 얼굴과 공교로운 웃음으로도 착한 덕이 가작하였으니, 어찌 절대가인이라고 다 어질지 아니하리까?"

두 부인이 가로되,

"장강이 비록 어지나 자식을 두지 못하였나니라."

---

63) 산뜻하고 가뿐하다.

64) 벌써. 이미.

하고, 서로 웃더라.

한림이 교씨의 거처하는 집 이름을 고쳐 백자당(白子堂)이라 하고 시비 납매(臘梅) 등 4, 5인으로 모시게 하니, 가중(家中)이 모두 교낭자라 일컫더라.

교씨, 총명교힐(聰明狡黠)[65]하야 한림의 뜻을 잘 맞추며 사씨 섬김을 극진히 하매 집안 사람이 모두 칭찬하더니, 반년이 채 못 가서 잉태하매 한림과 부인이 못내 기꺼하는지라. 교씨, 행여나 남자를 낳지 못할까 염려하야 복자(卜者)를 불러다 물으니 혹은 "아들이라" 하고 혹은 "딸이라" 하며, 또 말하기를 "아들을 낳으면 수하지 못하고 딸을 낳으면 장수 유복하리라" 하니, 더욱 염려함을 마지아니하더라. 시비 납매 그것을 알고 교씨더러 이르되,

"이 동리에 한 여자 있으되 호왈 십랑(十娘)이라 하옵니다. 본대 남방 사람으로 이곳에 우거(寓居)[66]하였는데, 재주 비상하야 모를 것이 없사오니 이 여자를 불러 물으소서."

교씨, 이 말을 듣고 대희하여 곧 십랑을 불러 물어 가로되,

"네 능히 태중에 들어 있는 아이의 남녀를 분간하야 알아낼소냐?"

십랑이 대하야 가로되,

"소녀, 비록 재주가 능치 못하오나 태중에 든 아이의 남녀를 분간하는 방법이 있사오니, 잠깐 진맥하옴을 청하나이다."

---

65) 총기가 좋고 명민하나, 교활하고 간사함.

66) 타향에 임시로 삶. 우접(寓接).

교씨, 이에 팔을 걷고 맥을 보라 하니, 십랑이 손을 짚어 맥을 본 뒤 말하되,

"이는 분명히 여자를 낳을 맥이로소이다."

교씨 크게 놀라 가로되,

"상공, 나를 취하심은 한갓 색을 취하심이 아니라 아들을 낳기 위하심이거늘, 내 만일 딸을 낳으면 아니 낳음만 같지 못하니 이를 장차 어찌하리오?"

십랑이 가로되,

"천인(賤人)이 일찍이 산중에 들어가 이인(異人)을 만나 복중에 든 여태(女胎)를 변케 하야 남태(男胎)를 만드는 술법을 배워서 여러 사람에게 시험하매 백발백중하야 맞지 않은 적이 없으니, 낭자 만일 남자를 원하실진대 어찌 이런 묘한 법을 시험치 아니하시나이까?"

교씨, 이 말을 듣고 크게 기꺼하야 가로되,

"만일 이러한 술법이 있을진대 어찌 시험치 아니리오? 만일 성공만 하면 천금을 아끼지 아니하리라."

십랑이 가장 어려운 빛을 보이며 허락하고, 이에 지필묵(紙筆墨)을 청하여 부작(符作) 여러 장을 쓰고 기괴한 일을 많이 베풀어 교씨의 방 안과 자리 밑에 감추고 교씨더러 이르되,

"이 뒤에 와서 아들을 낳으신 경사를 축하하리이다"

하고 돌아가니라.

세월이 여류(如流)하야 10삭(十朔)이 차매, 교씨 과연 순산 생남하니 미목(眉目)[67]이 청수(淸秀)하고 기질이 기이한지라. 한림과 사씨의 기쁨은 이르도 말고 비복들까지 서로

치하하더라. 교씨 이미 아들을 낳으매 한림의 대접이 더욱 두터워서 사랑이 비할 데 없으므로 백자당을 떠날 날이 없으며, 아이의 이름을 장주(掌珠)라 하고 장중(掌中) 구슬같이 어루만지며, 사씨 또한 사랑함이 극진하야 조금도 기출(己出)[68]과 다름이 없으니 집안 사람들도 그 아이를 누가 낳은지 알지 못하더라.

때는 정히 모춘(暮春)[69]이라. 동산에 백화가 만발하야 그 아름다운 경치가 가히 구경함직한지라. 한림은 천자를 모시고 서원(西苑)에서 잔치를 배설(排設)하야 아직 집에 돌아오지 아니하고, 이때 사 부인이 홀로 서안(書案)[70]에 의지하야 옛글을 보매, 시녀 춘방(春芳)이 여쭈오되,

"화원 정자에 모란꽃이 만발하였으니 한 번 구경함직하온지라 상공이 아직 조당(朝堂)에서 돌아오시지 아니하고 계시니 한 번 화원에 가셔서 꽃을 구경하소서."

사 부인이 기뻐하여 즉시 책을 덮고 의상을 떨치고 시녀 5, 6인을 데리고 연보를 옮겨 정자에 이르니, 버들 그늘이 난간을 가리우고, 화향은 연당에 젖었고, 화원 안이 가장 고요하야 정히 구경함직한지라. 사 부인이 시비에게 명하야 차를 마시고 교씨를 청하야 같이 춘색을 구경하려 하더니, 문득 바람결에 거문고 타는 소리가 은은히 들리거늘 괴이히 여

---

67) 얼굴 모양.

68) 자기가 낳은 자식.

69) 늦봄. 만춘(晚春), '음력 3월'을 달리 이르는 말.

70) 책상.

겨 귀를 기울여 자세히 들으니, 거문고의 소리가 요량(嘹喨) 청결하야 진주 옥반에 구르는 듯 능히 사람의 마음을 감동케 하는지라. 부인이 좌우더러 물어 가로되,

"괴이하다, 이 거문고를 뉘 타는고?"

시비 대답하여 가로되,

"거문고 소리가 교낭자의 침소로부터 나는가 싶사외다."

사 부인이 믿지 아니코 가로되,

"음률은 여자의 할 바 아니라. 교낭자 어찌 이러할 리 있으리오. 듣는 것이 보는 것만 못하니, 너희는 모로미[71] 소리 나는 곳으로 가서 자세히 알고 오라."

시비, 부인의 명을 듣고 소리나는 곳으로 가니, 과연 백자당으로부터 나는지라. 이에 가만히 문 밖에서 엿보더니, 교낭자가 상에 온갖 음식을 차려놓고 섬섬옥수로 거문고를 희롱하며 한 미인이 화려한 의복을 입고 앉아 노래를 부르거늘, 시비 자세히 보고 곧 돌아와 사 부인께 고하니, 부인이 크게 놀라 가로되,

"교낭자, 어느 사이에 거문고를 배웠으며 또 노래 부르는 미인은 어떠한 사람인고? 내 한 번 불러 자세히 물어 그 진위(眞僞)를 안 후에 가히 좋은 말로 경계하야 다시 그런 행사를 못 하게 하리라"

하고, 시비에게 명하야 교낭자를 부르라 하니, 시비 나아가니라.

이때 교낭자, 십랑의 공에 힘입어 한림의 사랑을 낚으려

---

71) 모름지기.

하여 두루 방예(防豫)를 하고, 음률을 배워 한림을 농락코자 할새, 십랑이 교낭자를 향하여 가로되,

"낭자, 이제 한림의 사랑을 더 받고자 하면, 거문고와 노래는 장부의 맘을 혹하게 하는 것이니, 거문고 잘타는 사람을 구하야 스승을 삼아 배움이 마땅할까 하나이다."

교낭자 크게 기뻐하야 가로되,

"내 또한 그 마음이 있으되 스승을 만나지 못하야 한탄하노라."

십랑이 가로되,

"내 일찍이 탄금(彈琴)[72]에 익숙한 동무가 있으니, 이름은 가랑(佳娘)이옵니다. 탄금과 노래 부르기를 잘하니, 가랑을 청하야 배움이 어떠하오이까?"

교낭자, 가장 좋이 여겨 바삐 불러오기를 청하매 십랑이 즉시 사람을 부려 가랑을 부르니, 원래 이 가랑은 하방(下房) 계집으로 온갖 노래와 탄금을 유명하게 잘하는지라. 이에 부름을 듣고 대희(大喜)하야 비자(婢子)를 따라 교낭자의 침소에 이르러 서로 사귀매 뜻이 자연 합하야 교낭자, 가랑으로 스승을 삼고 가곡을 배우니, 교낭자는 본대 영리 총명한 계집이라. 일취월장(日就月將)[73]하야 고금음률에 모를 것이 없는지라. 가랑을 협실(夾室)에 감추고 한림이 조당에 들고 없는 때면 가랑을 청하야 가곡 음률을 배우고, 한림이 집에 있으면 노래와 탄금으로 한림을 농락하니, 한림이 교씨

---

72) 거문고나 가야금을 탐.
73) 날로 달로 자라거나 나아감. 일장월취(日將月就).

사랑함이 날로 더하고 사 부인의 침소는 날로 멀어지더라.

이때 교낭자, 한림이 입번(入番)하고 집에 없는 고로 이제 가랑을 청하야 주배(酒杯)를 갖추어놓고 술을 부어 즐기며 거문고와 노래로 서로 화합하더니, 문득 시비 이르러 사 부인의 명을 전하고 가기를 재촉하니, 교낭자 바삐 술상을 치고 시비를 따라 화원에 이르니, 사 부인이 좋은 낯으로 좌를 주어 앉히고 그 미인이 어떤 계집인지를 물으니, 교낭자 이에 대하여 가로되,

"그 여자는 저의 사촌 아우올시다"

하니, 사 부인이 정색하야 가로되,

"여자의 행실은 출가하면 구고(舅姑)[74] 봉양과 군자 섬기는 여가에 자식을 엄숙히 가르치고 비복을 은혜로 부리나니, 여자가 음률을 행하고 노래로 소일하면 가도(家道)가 자연 어지러워지나니, 그대는 깊이 생각하야 두 번 다시 그런 데 나아가지 말고 그 여자를 집으로 보내고, 또한 나의 말을 허물치 말라."

교씨 대하야 가로되,

"배움이 적고 허물을 깨닫지 못하옵더니, 부인의 경계하시는 말씀이 옳은지라 각골명심(刻骨銘心)[75]하리이다."

사 부인이 재삼 위로하야 가로되,

"내 낭자를 사랑하므로 심곡(心曲)[76]을 기이지 않고 다 일

---

74) 시부모(媤父母).

75) 뼈에 새기고 마음에 새겨 영원히 잊어버리지 않음.

76) 애틋하고 간절한 마음속. 정곡(情曲). 충곡(衷曲).

렀으니 명심하고, 후에 내가 허물이 있거든 낭자도 또한 일러 깨닫게 하라"

하고, 더불어 종일 담소(談笑)하야 즐기다가 저물게야 파하니라.

이때, 유 한림이 서원에서 잔치를 파하고 백자당에 이르러 술이 취하야 잠을 이루지 못하고 난간에 비겨 원근을 바라보니, 월색은 낮 같고 꽃 향기는 무르녹아 취흥이 발작하는지라. 교씨를 명하야 노래를 부르라 하니, 교씨 가로되,

"바람이 차매 몸이 아파 노래를 부르지 못하도소이다"

하고 굳이 사양하니, 한림이 가로되,

"여자의 도리는, 가부(家夫)가 죽을 일을 하라 하여도 반드시 명을 어기지 못하거늘, 이제 네 칭병불응(稱病不應)하니 어찌 여자의 도리리오."

교씨 가로되,

"첩이 아까 심심하기로 노래를 불렀더니, 부인이 듣고 불러 책하시되 '요괴한 노래로 집안을 요란케 하고 상공을 미혹케 하니, 네 만일 이후에 또 노래를 부르면 내게 혀를 끊는 칼도 있고 벙어리 만드는 약도 있나니 삼가 조심하여라' 하시니, 첩이 본대 빈한한 집 자식으로 상공의 은혜를 입사와 부귀영화가 이같사오니 비록 죽어도 한이 없겠나이다. 만일 첩으로 말미암아 상공의 칭덕이 흠사(欠事)되면 어찌하오리까?"

한림이 크게 놀라고 내심에 생각하되,

'제 늘 투기하지 않겠노라 하고 또 교씨 대접하기를 후히 하야 한 번도 단처(短處)[77]를 이름이 없더니, 이제 교씨의 말

을 들으니 가내에 무슨 연고가 있도다'

하고, 교씨를 위로하야 가로되,

"너를 취함이 다 부인의 권한 바요, 일찍이 부인이 너 대접하기를 극진히 하야 한 번도 낯빛 변함을 보지 못하였으니, 이는 아마 비복들이 참언(讒言)[78]을 주출(做出)[79]함이라. 부인은 본대 유순하니 결코 네게 유해함이 없을지니, 너는 부질없는 염려를 말고 안심하라."

교낭자 내심 앙앙(怏怏)[80]하나 하릴없이 사례할 뿐이더라. 상담(常談)[81]에 이르기를, "범을 그리매 뼈를 그리기 어렵고, 사람을 사귐에 그 마음을 알기 어렵다"하니, 교씨 공교(工巧)한 말과 아리따운 빛으로 용모 공순하매, 사 부인이 교씨 안과 밖의 다름을 어찌 알리오. 다만 예사 사람으로 알고 음탕한 노래가 장부를 미혹하게 할까 염려하야 교씨를 진심으로 경계함이요 조금도 투기함이 아니거늘, 교녀 문득 한을 품고 공교한 말을 지어 가화(家禍)를 빚어내니, 교녀의 요악(妖惡)함이 여차하도다.

하루는 납매가 사 부인 시비들과 같이 놀다가 들어와 교씨더러 일러 가로되,

"시방 추향(秋香)의 말을 듣건대, 부인께서 태기 계신 듯

---

77) 모자라는 점. 못한 점. 나쁜 점. 결점.

78) 거짓 꾸며서 남을 헐뜯는 말.

79) 없는 사실을 꾸며서 만듦. 주작(做作).

80) 불평·불만이 있어 마음이 시뜻함.

81) 일상의 평범한 이야기. 상스러운 말.

하다 하더이다."

교씨 이 말을 듣고 크게 놀라 가로되,

"성친한 후 10년이 지나서 잉태함은 참 희한한 일이로다. 혹시 월사(月事)가 불순하셔서 그릇 그런 소문이 난 것이나 아닌가?"

하고, 겉으로는 아무렇지도 않은 체하나 속으로 생각하기를,

'사씨가 정말 잉태하야 아들을 낳고 보면 나는 쓸데없이 될 것이니, 이 일을 어떻게 하면 좋단 말이냐'

하고, 혼자 애를 태우고 있는 동안에 사 부인의 태기 확실해지니, 온 집안이 모두 기뻐하되 교씨 홀로 시기하는 마음을 참지 못하야 앙앙불락(怏怏不樂)[82]하며 납매와 동을 짜고 낙태할 약을 여러 번 사 부인 먹는 약에 타서 드렸으나 어쩐 일인지 부인이 그 약만 마시면 구역이 나서 토해버리니, 이는 천지신명이 도우심이라 간악한 수단을 쓸 도리 없더라. 부인이 만삭(滿朔)이 되어 아들을 낳으니 골격이 비범하고 신체가 준일(俊逸)[83]한지라. 한림이 크게 기꺼하야 이름을 인아(麟兒)라 일컫다. 인아, 차차 자라나 장주와 같이 한 곳에서 놀되 비록 어리나 씩씩한 기상이 장주의 잔약함과는 현저히 다른지라 한림이 한 번 밖에서 들어오다가 두 아이의 노는 것을 보고 먼저 인아를 안고 어루만져 가로되,

"이 아이의 이마 흡사히 선인을 닮았으니, 장래 반드시 우리 가문을 빛나게 하리로다"

---

82) 앙앙하게 여겨 기쁘지 아니함.
83) 재능이 썩 뛰어남. 또는 그런 사람.

하고, 내당(內堂)으로 들어갔더니 장주 유모 들어와서 교씨께 고하여 가로되,

"상공이 인아만 안아주고 장주는 돌아보지도 않더이다"

하고 눈물을 흘리니 교씨 또한 애를 태워 가로되,

"내 용모와 자질이 모두 사씨에게 밎지[84] 못하고, 더욱이 적첩(嫡妾)의 분의가 현수(懸殊)[85]하건마는 다만 나는 아들이 있고 저는 아들이 없기 때문에 상공의 은총을 받아왔거니와 지금은 저도 아들을 낳았으니 그 아이 이 집 주인이 될 것인즉, 내 아들은 쓸데없는 군것에 불과한지라. 부인이 비록 좋은 낯으로 나를 대하나 그 심장은 알 수 없으니 만일 부인의 간새로 상공의 마음이 변한즉, 나의 전정(前程)은 어떻게 될는지 알 수 없다"

하고, 다시 십랑을 청하야 의논하니, 십랑은 교씨의 금은주옥(金銀珠玉)을 많이 받았으므로 드디어 그 심복이 되어서 가만히 교씨의 못된 꾀를 도우고 있더라.

하루는 한림이 조당(朝堂)에서 물러나와 집에 돌아오니, 이부 석낭중(石郎中)이란 사람한테서 편지 한 장이 와 있으니 그 편지에 하였으되,

"이 동청(董淸)이란 자는 소주(蘇州) 사람으로 재주있는 선비로되, 운명이 기구하여 일찍 부모를 여의고 과거도 못하고 고혈(孤子)한 몸이 경향(京鄕)으로 유리하다가 어떤 인연으로 소제(少弟)[86]의 집에 와서 잠깐 기식하고 있게 되었

---

84) 미치지의 준말.
85) 판이하게 다름.

삽더니, 소제 마침 외임을 나가게 되매 동청이 이로조차 갈 곳이 없는지라. 일찍이 들으매 존형께서 서사의 가감지인(可堪之人)[87]을 구하신다 하오니, 이 사람이 민첩하고 글씨를 잘 써서 한 번 시험해보시면 가히 그 재주를 짐작하실 듯하와 이에 편지를 주어 존문에 나아가 뵈옵게 하오니 한 번 시험해보옵소서"

하였더라. 원래 동청은 사부가(士夫家) 자식으로 조실부모(早失父母)하고 행지무상(行止無常)[88]하야 무뢰지배(無賴之輩)와 결탁하여 주색과 도박을 일삼으매 가업이 탕진하여 생계가 망연한지라. 드디어 고향을 떠나 객지로 나와 권귀부호가(權貴富豪家)의 식객이 되니, 동청이 천생으로 인물이 잘나고, 언변이 구첩(口捷)[89]하고, 글씨를 잘 쓰므로 처음에는 누구에게든지 귀염을 받다가 조금만 지나면 그 집 자제를 유인하고 처첩을 도적하야 마침내 쫓겨나게 되니 지남지북(之南之北)에 도저히 용납하지 못하는지라. 필경 석낭중의 집에까지 굴러와서 지냈는데, 낭중이 역시 그 인물의 간악함을 알았으나 이번에 외임(外任)으로 떠나게 되매 구태여 그 과실을 드러낼 필요가 없으므로 좋은 말로써 한림께 천거함이라. 한림이 그때 마침 적당한 서사를 한 사람 구하던 터이므로 석낭중의 편지를 보고 즉시 동청을 불러들여서 보매,

---

86) 자기보다 나이가 조금 위인 사람에게 자기를 낮추어 일컫는 말.
87) 맡은 일을 감당할 만한 사람.
88) 행동거지가 일정하지 않음.
89) 말 솜씨가 좋음.

의표(儀表)[90] 영민하고 응대여류(應對如流)[91]한지라. 한림이 크게 기꺼하야 문하에 두고 서상의 소임을 맡기니, 청이 글씨만 잘 쓸 뿐 아니라 성질이 교활하고 민첩하야 매사에 뜻을 잘 맞추니, 한림이 크게 미더워하야 일마다 그 말을 좇는지라. 사 부인이 한림께 간하여 가로되,

"첩이 들으니 동청의 위인이 정직하지 못하다 하니 가히 용납치 못할 일이옵니다. 그전 있던 곳에서도 요악한 일을 무수히 행하다가 일이 탄로나매 도망하야 떠다니다가 이에 왔으니, 상공은 오래 머물러 두시지 말고 일찍 내보내소서."

한림이 가로되,

"내 이왕 풍편에 이 말을 들었거니와 적실함을 알지 못하고 다만 내 글을 구함이요, 붕우의(朋友義)[92]는 없나니 그 어질고 아님을 의논하야 무엇하리오."

부인이 가로되,

"상공이 비록 그 사람과 친구는 아니나 부정한 무리와 더불어 같이 있으면 자연 사람을 그릇 만드나니, 이런 부정한 사람을 가내에 두어 만일 가도를 요란케 할진대 지하에 돌아가신 구고의 가법을 더럽힘이 있을까 두려워하나이다."

한림이 가로되,

"부인의 말씀이 과연 유리(有理)하나 세속 사람들이 남 비난함을 좋이 여기나니 오래 두고 보아 잘 조처하리니 부인은

---

90) 몸을 가지는 태도 또는 차린 모습.
91) 응답과 대답이 물 흐름과 같이 술술 나옴.
92) 친구로써 지켜야 할 도리.

염려 마시고 가중 비복들이나 은의(恩誼)로 잘 무휼(撫恤)[93]
하야 가도의 어지러움이 없게 하소서."

부인이 청파(聽罷)[94]에 한림의 말을 괴이히 여기나 교씨의
참소[95]로 인하야 한림이 의심함인 줄은 모르고 다만 사례하
더라.

이로부터 한림은 동청에게 선사를 맡기고 매사를 보아 행
하나 동청의 위인이 간활한 고로 한림의 뜻에 맞추어 무슨
일이든지 잘하니, 한림이 사 부인의 말을 생각지 아니하고
마음을 놓아 일을 다 맡기더라.

이때 교씨, 사 부인을 시기하야 한림에게 여러 번 참소하
나 모르는 듯하니, 교씨 크게 근심하야 십랑을 청하야 이 말
을 하고 사 부인 해할 계교를 물으니, 십랑이 한참 동안 생각
하다가 교녀의 귀에다 입을 대고 여차여차하면 어찌 사씨를
제어하기를 근심하리오 하더라. 교씨 가로되,

"사기(事機)[96]가 바쁘니 빨리 행하라."

십랑이 요매(妖魅)한 물건을 만들어 사면에 두루 묻고 교
씨의 심복인 시비 납매를 불러 이러이러하라 하니, 가중 상
하에 교씨와 십랑과 납매 밖에는 이 일을 알 사람이 없더라.
하루는 한림이 입번하였다가 여러 날 만에 집으로 돌아오니
가중 상하가 창황(蒼黃)[97]하야 장주의 병이 대단하다 하거

---

93) 불쌍히 여겨 위로하고 물질적으로 도와줌.

94) 끝까지 들음. 다 들은 후. 듣기를 마침.

95) 남을 헐뜯어서 없는 죄를 있는 듯이 꾸며 고해 바치는 일.

96) 일의 되어가는 가장 중요한 고비.

늘, 한림이 또한 놀라 백자당에 이르니, 교녀가 한림을 보고 울며 가로되,

"장주가 홀연히 병이 발하야 대통하오니, 이는 심상치 아니한 일이옵니다. 병세를 보니 체증과 감기 따위가 아니라, 필연 가중에 누가 방자[98]를 하야 귀신의 작란인가 하나이다."

한림이 교씨를 위로하고 장주의 병세를 살펴보니, 과연 헛소리를 하고 정신을 잃어 대단 위태하거늘 크게 염려하야 약을 지어 납매를 불러 급히 달여먹이라 하고, 동정을 자세히 보니 조금도 차도가 없는지라. 한림이 크게 우려하고 교씨는 울기를 마지아니하더라. 한림의 총명이 점점 감하매 미혹이 만단(萬端)[99]하야 마음을 정치 못하니 아깝도다. 사 부인의 성덕이 고인을 부러워할 바 아니거늘, 교씨 같은 요인(妖人)이 들어와 가중을 어지러이 하니 어찌 가석치 아니하랴.

이때 교녀, 동청과 더불어 가만히 사통(私通)하니 짐짓 한 쌍 요물이 상합함이라. 백자당이 외당과 다만 단 한 겹이 막히고 화원 문의 열쇠를 교녀가 가진지라. 한림이 내당에서 자는 날은 교녀가 동청을 청하야 동침하되, 일이 극히 비밀하야 시비 납매 외에는 아무도 알 이 없더라. 이때, 한림이 장주의 병이 심상치 않음을 보고 염려하더니, 교녀 또한 병을 칭탁하고 음식을 폐하고 밤이면 더욱 슬허하니 한림이 또

97) 어찌할 겨를 없이 매우 급함.
98) 남이 못되기를, 또는 남에게 재앙이 내리도록 귀신에게 비는 짓.
99) 여러 가지 일. 여러 가지. 온갖.

한 근심하더라. 하루는 납매 부엌에서 소쇄(掃灑)[100]하다가 한 봉 괴이한 물건을 얻으니, 한림이 교녀와 더불어 같이 보고 낯빛이 흙과 같아서 말을 못 하고 앉았더니, 교녀 울며 가로되,

　"첩이 16세에 귀댁에 들어와 일절 원수를 맺은 곳이 없더니, 어떤 사람이 우리 모자를 이렇듯 모해하는고?"

하니, 한림이 다시 보고 묵연부답(默然不答)하거늘, 교녀 가로되,

　"상공은 이 일을 어찌 처치코자 하시나이까?"

　한림이 한동안 잠자코 있다가 가로되,

　"일이 비록 간악하나 집안에 잡인이 없으니 누를 지목하리오. 그런 요괴한 물건을 불에 살라 없앰이 옳을까 하노라."

　교녀, 생각하는 듯하다가 고하여 가로되,

　"상공 말씀이 옳으시나이다"

하니, 한림이 납매를 명하여,

"불을 가져오라"

하여 뜰 앞에서 태워버리고 이 말을 삼가 누설치 말라 하니라. 한림이 나간 후, 납매가 교녀더러 물어 가로되,

　"낭자, 어찌 상공의 의심을 돋우지 아니하고 일을 그르치나이까?"

　교녀 가로되,

　"다만 상공을 의심케 할 따름이라. 너무 급거히 서둘다가

---

100) 비로 쓸고 물을 뿌림.

는 도리어 해로울지라. 상공의 마음이 이미 동하였으니 여차여차하리라"

하더라. 원래 그 방자한 물건에 쓴 글씨는 교녀가 동청으로 하여금 사 부인의 필적을 본떠서 만든 것이므로 한림이 보니 사 부인의 필적이 분명한지라. 그 근본을 캐어내면 자연 난처한 사정이 있을 듯하여 즉시 불에 살라버리고 말았으나 내 심에 생각하되,

'저적에[101] 교씨, 사 부인의 투기하는 말을 이르나 오히려 믿지 아니하였더니, 이런 짓을 할 줄이야 어찌 뜻하였으리오. 당초에 자식이 없으므로 부인이 주선하야 교씨를 얻었더니, 이제 스스로 자식을 얻으매 독한 계교를 지어내니 이는 밖으로 인의를 베풀고 안으로 간악함이라'

하고, 부인 대접이 전일과 다르더라. 이적에 사 급사 부중에서 급사 부인의 환후(患候) 침중(沈重)하매 여아를 보고자 하야 편지하였거늘, 사 부인이 크게 놀라 한림께 고하야 가로되,

"모친의 병환이 위중하시다니 만일 지금 뵈옵지 못하면 평생 종천지한(終天之恨)[102]이 될지라. 장공의 허하심을 바라나이다."

한림이 가로되,

"장모님의 환후가 위중하시면 일찍 가서 뵈오심이 옳을 것이거늘 어찌 만류하리오. 나도 또한 틈을 타서 한 번 가서

---

101) 지난번에 . 접때에.

102) 이 세상에서는 또 없을 만한 극도의 원한.

문안하리이다."

부인이 사례하고 교씨를 불러 가사를 부탁하고 즉시 치행(治行)하야 인아를 데리고 신성현 본부에 이르니 모녀 오래 떠났다가 서로 만나매 매우 기뻐하였으나, 부인이 모친의 환후가 자못 위태하심을 보고 본부에 머물러 모친의 병환을 구호하매, 수이[103] 돌아오지 못하고 자연 수월(數月)이 되었더라.

한림의 벼슬이 본대 한가한지라. 때를 타서 신성현 사부에 왕래가 빈번하더니, 이적에 산동(山東)과 산서(山西)와 하남(河南) 지방에 흉년이 들어 백성들이 사방으로 유리하는지라. 천자, 들으시고 크게 근심하사 조정에 명망이 있는 신하 세 사람을 빼어 세 길로 나누어 보내 백성의 질고(疾苦)를 살피라 하시니, 한림이 그 중에 뽑히어 산동으로 나아갈새, 미처 부인을 보지 못하고 떠나니라.

한림이 집을 떠난 후로 교씨 더욱 방자하야 동청과 더불어 기탄함이 없어 엄연히 부부같이 지내더니, 하루는 교씨가 동청더러 말하기를,

"이제, 상공이 멀리 나가고 사씨 오래 집을 떠났으니, 정히 계교를 베풀 때라. 장차 어찌하면 사씨를 없이할꼬?[104]"

동청이 가로되,

"내게 한 묘계가 있으니 족히 사씨로 하여금 가중에 있지 못하게 하리라"

---

103) 쉽게.
104) 없어지게 할꼬. 없앨꼬.

하고, 가만히 말하되 이리이리함이 어떠하뇨 하더라. 교씨 크게 기뻐하야 가로되,

"낭군의 계교는 진실로 귀신이라도 측량치 못하리로다. 그러나 어떠한 사람이 능히 행하랴?"

동청이 가로되,

"나의 심복 친구가 있으니 이름은 냉진이라. 이 사람이 재주가 민첩하고 눈치가 빠르니 마땅히 성사하려니와 부디 사씨가 사랑하는 보물을 얻어야 되리니, 이 일이 쉽지 아니리로다."

교씨 생각하다 가로되,

"사씨의 시비 설매는 납매의 동생이라. 그년을 달래 얻어 내리라"

하고, 납매로 하여금 조용한 때를 타서 설매를 불러 후히 대접하고 금은 패물을 주어 달래며 계교를 이르니 설매 가로되,

"부인의 패물을 넣은 그릇은 방안에 있으되 열쇠를 가져야 할 것인즉 알지 못해라. 무엇에 쓰려 하느뇨?"

납매 가로되,

"쓸 데를 구태여 묻지 말고 삼가 남더러 이르지 말라. 만일 누설하면 우리 양인이 살지 못하리라"

하고, 열쇠 여럿을 내어주며,

"그 중에 맞는 대로 열고 상공이 평일에 늘 보시고 사랑하시던 물건을 얻고자 하노라."

설매, 즉시 열쇠를 감추고 들어가 가만히 상자를 열고 옥지환을 도적하야 내고 상자를 전과 같이 덮은 후 즉시 나와

교씨에게 드려 가로되,

"이 물건은 유씨 댁 세전지물(世傳之物)[105]로 가장 중히 여기더이다"

하니, 교씨 크게 기꺼하야 큰 상을 주고 동청과 더불어 꾀를 행하려 하더니, 마침 사씨를 뫼시고 갔던 하인이 신성현으로 쫓아와서 급사 부인의 별세하심을 전하고 가로되,

"사공, 나이 어리고 다른 강근지친(强近之親)[106]이 없으니 부인이 손수 치상하야 장사를 지내시고, 사 공자에게 가사를 착실히 살피라 하시더이다."

교씨, 납매를 보내어 극진히 위문하고 일변 동청을 재촉하야 빨리 꾀를 행하라 하니라.

이때, 한림이 산동 지방에 이르러 주점에 들어 음식을 사먹으려 하더니, 문득 한 청년이 들어와 한림을 보고 읍(揖)하거늘[107] 한림이 답례하며 좌정(坐定)하고 바라보매 그 사람의 풍채 훌륭한지라. 한림이 성명을 물으니 답하야 가로되,

"소생은 남방 사람이요 냉진이거니와, 존사(尊師)의 고성대명(高聲大名)을 듣고자 하나이다."

한림이 바로 이르지 않고 다른 성명으로 대답하고 민간 물정을 물으니 대답이 선명하거늘, 한림이 기뻐 내심에 생각하

---

105) 대대로 전하여 내려오는 물건.

106) 가까운 일가 친척. 강근지족(强近之族).

107) 인사하거늘. 읍은 두 손을 맞잡아 얼굴 앞으로 들고 허리를 공손히 구부렸다가 펴면서 두 손을 내리는 인사법의 하나.

되,

'이 사람이 가장 아름답다'

하고, 물어 가로되,

"그대 이제 어디로 나아가려 하느냐? 그대 비록 남방 사람이라 하나 음성이 서울 사람 같도다."

냉진이 가로되,

"소제는 본디 외로운 자취로 뜬구름같이 동서로 표박(漂泊)[108]하야 정처 없이 다니는지라. 수년을 서울에 있었더니 금춘에 신성현이라 하는 곳에서 반년을 지내고, 이제 고향으로 가매 수일 동행함을 얻으니 다행하여이다."

한림이 가로되,

"나도 심사 울적한 사람이라. 정히 형을 만나니 다행하도다"

하고, 술을 권하야 서로 먹고 한 가지로 행하야 객점에 들어 쉬고 이튿날 새벽에 떠날새, 한림이 보니 그 사람의 속옷고름에 옥지환이 매였거늘, 한림이 가장 괴이히 여겨 자세히 보니 눈에 익은지라. 의심하야 이르되,

"내 마침 서역 사람을 만나 옥 분별하는 법을 알았는데, 지금 형의 가진 옥지환이 예사 옥이 아닌가 싶으니 한 번 구경코자 하노라."

그 사람이 뵈인 것을 뉘우치고 머뭇거리다가 끌러주거늘, 받아보니 옥빛과 물형 새긴 제도가 완연히 사씨의 옥지환과 같은지라. 의심하야 다시 보니 또한 푸른털로 동심결(同心

---

108) 정처 없이 떠돌아다니며 지냄.

結)[109]을 맺었거늘, 심중에 더욱 의심하야 청년더러 물어 가로되,

"과연 좋은 보배로다. 형이 이것을 어디서 얻어 가졌느냐?"

그 사람이 거짓 슬픈 빛을 띠고 대답치 않고 도로 거두어 고름에 차거늘, 한림이 알고자 하야 다시 물어 가로되,

"형의 옥지환이 반드시 까닭이 있거늘, 나에게 이야기한들 무슨 방해됨이 있으리오."

청년이 한참 있다가 가로되,

"북방에 있을 때에 마침 아는 사람이 준 바라, 형이 알아 무엇하며 무슨 티새[110] 있으리오."

한림이 생각하되, 제 말이 가장 의심되도다. 옥지환도 분명한 사씨의 것이고 또 신성현으로부터 오노라 하니, 혹시 비복의 무리가 도적하야 이 사람에게 판 것이나 아닌가 하야 그 근맥(根脈)[111]을 자세히 알고자 하야 짐짓 여러 날 동행하니, 정의(情誼)[112]가 자연히 친근한지라. 물어 가로되,

"형의 옥지환에 동심결 맺은 것을 말하지 아니하니, 어찌 친구의 정의라 하리오?"

청년이 주저하다가 가로되,

"형과 더불어 정이 깊으니 이야기를 하여도 해롭지 아니

---

109) 두 고를 내고 맞죄어서 매는 매듭.

110) 곡절(曲折). 자세한 사연이나 까닭.

111) 일이 생겨난 유래.

112) 사귀어 두터워진 정.

하되, 다만 정의 있는 사람의 일이니 더 이상 묻지 마소서."

한림이 가로되,

"그와 같이 유정한 사람이 있으면 어찌 함께 살지 않고 남방으로 나아가느뇨?"

청년이 가로되,

"좋은 일에 마(魔)가 많고 조물이 시기하야 아름다운 인연이 두 번 오지 아니하는지라. 옛글에 이르되 '궁문(宮門)에 들어가기가 깊은 바다에 들어감과 같은데 이로조차 소랑(蕭郎)은 행인과 같이 되었다' 하니 정히 소제를 두고 이름이라. 어찌 탄식하지 아니하리오!"

하고, 슬픈 빛을 보이거늘 한림이 가로되,

"형은 참 다정한 사람이로다"

하고, 두 사람이 종일토록 술을 마시고 즐기며 놀다가 이튿날에 각각 길을 나누어 떠나니라. 알지 못해라, 그 사람의 근본이 어떠한 사람이며 사씨의 액운이 필경 어찌될꼬? 한림이 길을 떠나 산동으로 향하야 갈새 옥지환을 한 번 보고 그 근본을 자세히 알지 못한지라. 크게 의심하야 생각하되,

'세상에 알 수 없는 일이 많도다. 혹시 비복 등이 도적하야 낸 것인가?'

천사만념(千思萬念)으로 심사가 늘 수란(愁亂)[113]하더니 반년 만에 나랏일을 다 마치고 서울로 돌아오니 사 부인이 집에 돌아온 지 오랜지라. 한림이 부인과 더불어 서로 눈물을 흘리고 조상한 후 교씨와 다만 두 아이를 보고 무애(撫

---

113) 시름이 많아 마음이 산란함. 수요(愁擾).

愛)터니, 홀연 청년 냉진의 옥지환 일을 생각하고 낯빛을 변하야 사씨더러 물어 가로되,

"부인은 전일 선인이 주신 옥지환을 어디 두었느뇨?"

부인이 가로되,

"저 상자 속에 있거니와 어이 물으시느뇨?"

한림이 가로되 ,

"괴이한 일이 있으니 내 보고자 하노라."

부인이 또한 괴이하야 시비로 하여금 상자를 가져오라 하야 열어보니, 다른 것은 다 그대로 있으되 옥지환이 없는지라. 사씨 크게 놀라 가로되,

"내 분명히 여기 두었더니 어이 없는고?"

한림이 안색을 변하고 말을 아니하니, 사씨 가로되,

"옥지환 간 곳을 상공이 아시나이까?"

한림이 성내 가로되,

"그대 남을 주고 날더러 물음은 어쩐 일이뇨?"

사씨, 이 말을 듣고 부끄럽고 분하야 말을 못 하더니 홀연 시비 고하되,

"두 부인이 오셨나이다."

한림이 황망(慌忙)히 맞아들여 절하고 무사히 다녀옴을 기뻐하더니, 한림이 두 부인을 대하야 가로되,

"가중에 큰 변이 있어 장차 숙모께 품하려 하였나이다."

부인이 놀라며 의심하야 가로되,

"무슨 일이뇨?"

한림이 청년 냉진의 말을 이르고,

"그 일이 심히 괴이하기로 집에 돌아와 옥지환을 찾은즉,

과연 없으니 문호의 큰 불행이라. 이를 장차 어찌 처치하리
까?"

사씨, 이 말을 듣고 혼비백산하야 눈물을 흘리고 가로되.

"첩이 평일 행사 무상(無狀)[114]하와 상공이 이같이 추한 행
실을 의심하시니 첩이 무슨 면목으로 사람을 대하리오. 첩의
생사를 상공은 임의로 하소서. 옛날에 이르기를, '어진 군자
는 참언을 믿지 말고 참소하는 사람을 시호(豺虎)[115]에게 던
지라' 하였으니, 원컨대 상공은 깊이 살피사 원통함이 없게
하소서."

두 부인이 듣기를 다하매 크게 성을 내어 가로되,

"너의 총명이 선친과 어떠하뇨?"

한림이 대하야 가로되,

"소질(小姪)이 어찌 감히 선대인을 따르리잇고?"

부인이 가로되,

"선형(先兄)이 본대 지감(知鑑)[116]이 있고 또 천하 일을 모
를 것이 없이 지내었으나 매양 사씨를 칭찬하되, '나의 자부
는 천하에 기특한 열부라' 하고, 너로써 내게 부탁하되 '연
수가 나이 어리니 만사를 가르쳐 그른 곳에 빠지지 말게 하
라' 하시고 자부에게 당하야는 '아무 경계할 것이 없다' 하셨
으니, 이는 사씨의 선행 숙덕(善行淑德)을 아심이라. 그렇지
않더라도 너의 총명으로도 짐작할 것이거늘, 하물며 선형의

---

114) 예절이 없음. 공적이나 착한 행실이 없음.

115) 승냥이와 호랑이.

116) 사람을 잘 알아봄, 또는 그러한 능력. 지인지감(知人之鑑).

지감과 사씨의 절행으로 이 같은 누명을 입게 하야 옥 같은 아내를 의심하느뇨? 이는 반드시 가중에 악인이 있어 도적함이니 어찌 엄중히 핵사(覈査)[117]하지 아니하고 이같이 불명한 말을 하느뇨?"

한림이 가로되,

"숙모의 가르치시는 말씀이 당연하여이다"

하고, 즉시 형장기구를 갖추고 시비 등을 엄형 문초(嚴刑問招)하니, 애매한 시비는 "죽어도 모르노라" 하고 설매는 바로 고하면 죽을까 겁내어 한결같이 항복하지 아니하니, 마침내 종적을 알지 못할지라. 두 부인이 또한 하릴없이 돌아가고 사씨는 누명을 설원(雪寃)[118]치 못하였으매 죄인으로 자처하고 한림은 전후 참언을 많이 들었으므로 의심을 풀지 못하니, 교씨 가만히 기뻐하더라. 한림이 교씨로 더불어 사씨의 일을 의논하니, 교씨 가로되,

"두 부인의 말씀이 옳은 듯하나 또한 공번되지 아니하야 사 부인만 너무 포창(褒彰)[119]하시고 상공을 과히 협박하시니 체면이 없사오며, 또 옛날 성인도 속은 일이 많사오니 선노(先老)야 비록 고명하시나 사 부인이 들어오신 뒤 오래지 아니하야 별세하셨으니, 어찌 부인의 마음을 잘 아셨으리오. 임종시에 유언하심은 상공을 경계하고 부인을 권장하심이거늘, 두 부인이 이 말씀을 빙자하야 상공으로 하여금 일마다

---

117) 사실을 자세히 조사하여 밝혀냄. 사핵(査   ).

118) 원통함을 품.

119) 드러내어 칭찬함.

부인께 문의하라 하시니 어찌 편벽(偏僻)[120]되지 아니하리
오."

한림이 가로되,

"사씨, 평일에 행실이 착하니 나도 또한 그런 일이 없으리
라 하였더니 한갓 의심난 일을 본 고로 지금 의혹함이라. 전
일에 장주가 병이 났을 때에 방자한 글씨가 사씨의 필적 같
으매, 그때에 내가 참언이 있는가 하야 즉시 불에 살라 없이
하고 너더러도 말하지 아니하였더니, 이 일로써 볼진대 어찌
믿으리오?"

교씨 가로되,

"그러면 부인을 어찌 처치하시려 하나이까?"

한림이 가로되,

"아직 명백한 증거가 없으니 어찌 다스리며 또한 선상공
이 사랑하시던 바요, 숙모 힘써 말하시니 가장 어려운 일이
라 어찌하리오."

한대, 교씨 묵연부답하더라. 이때에 교녀, 잉태하였더니
십 삭이 차매 한 남아를 낳으니, 한림이 기뻐하야 이름은 봉
추(鳳雛)라 하고 두 아이를 사랑함이 장중보옥(掌中寶玉) 같
더라. 하루는 교녀, 한림의 없는 때를 타서 동청과 더불어 꾀
를 의논하더니 교녀 가로되,

"전일에 쓴 꾀가 참으로 용하나 한림의 말씀이 여차여차
하니, 옛말에 '풀을 베매 뿌리를 없이하라' 하였으니 장차
어찌하며, 사씨가 두 부인과 더불어 옥지환의 근맥을 찾는다

---

120) 마음이 한쪽으로 치우침.

하니. 만일 일이 누설되면 화가 적지 아니하리로다."

동청이 가로되,

"두 부인이 반드시 극력하야 일을 주선하리니, 낭자는 모로미 숙질간 참소를 지어 서로 화목치 못하게 하라."

교씨 가로되,

"나도 이 뜻이 있어 그리하고자 하나 상공이 평일에 두 부인 섬기기를 부모같이 하야 매양 그 뜻을 거스르지 못하고 일일이 순종하니, 이 꾀를 행하기는 어려울까 하노라."

동청이 가로되,

"그러면 묘한 꾀를 급히 생각지 못할 것이니 날을 두고 의논하리라."

이때, 두 부인이 사씨를 위하야 사람을 놓아 옥지환 출처를 듣보되[121] 마침내 찾지 못하고, 심중에 헤오되 아무래도 교녀의 간계인 듯하나 당처(當處)[122]를 잡지 못하고 마음이 답답하여 잠을 이루지 못하더니, 아들 두억(杜億)이 장사부 총관(長沙府總管)을 하매 두 부인이 아들을 따라 장사로 가게 되었는지라. 마음은 비록 기쁘나 사씨의 외로움을 염려하야 마음이 놓이지 않는지라. 택일하야 장차 부임하려 하니, 유한림이 두 부인 모자를 청하야 잔치를 배설하고 전송할새, 좌상에 사씨가 참여치 아니한지라. 두 부인이 자못 불쾌하야 한림더러 일러 가로되,

"선형이 별세하신 후 현질로 더불어 서로 의지하야 지내더

---

121) 무엇을 찾아 살피느라고. 뜻을 두어 듣고 보고 하되.

122) 바로 그곳.

니, 이제 뜻밖에 만리의 이별을 당하니 어찌 섭섭하지 않으리오. 내 현질에게 부탁할 말이 있나니 네 능히 들을소냐?"

한림이 황망히 꿇어앉아 가로되,

"소질이 비록 무상(無狀)하오나 어찌 숙모의 말씀을 거역하오리까! 무슨 말씀인지 듣잡고자 하나이다."

부인이 가로되,

"다름아니라, 사씨 한[123]부덕은 일월같이 밝은 바라. 너의 총명으로 깊이 깨닫지 못함이 한되도다. 내 집 떠난 뒤 또 무슨 일이 있더라도 참언을 신청하지 말고 미혹에 빠지지 말지어다. 만일 불미한 일이 있거든 한장 글월을 내게 부치고 과히 처치하지 말아서 뒤에 뉘우침이 없게 하라."

한림이 가로되,

"숙모의 말씀을 삼가 본받아 행하리이다."

두 부인이 시녀를 불러 물어 가로되,

"사 부인은 지금 어디 계시뇨? 나를 잠깐 인도하라."

시비, 부인을 모셔 사씨가 있는 곳에 가니, 사씨가 머리를 호트러뜨리고 옥안(玉顔)[124]이 초췌하야 연연 약질이 의복을 이기지 못하는지라. 두 부인이 이 거동을 보고 마음이 칼로 베는 듯 애처로운지라. 사씨, 두 부인의 오심을 보고 반기며 가로되,

"숙숙(叔叔)[125]이 영귀(榮貴)하사 부인께서 좋은 행차를 하

---

123) 큰. '한'은 '큰'의 뜻을 가진 접두사.

124) 옥같이 아름다운 미인의 얼굴을 일컬음.

125) 고모나 시숙모의 아들.

시니 좌첩이 마땅히 존하에 나아가 하례하오련마는 몸이 만고
에 큰 누명을 무릅써서 나아가 뵈옵지 못하오매 무궁한 한이
되옵더니, 천만 의외에 이같이 왕림하시니 죄송하여이 다."

두 부인이 눈물을 흘려 가로되,

"선형이 임종시에 유언하사 한림으로써 내게 부탁하노라
하시던 말씀이 오히려 귀에 머물러 있으되, 내 질아를 잘 인
도치 못하야 그대로 하여금 이 지경에 이르게 하였으니 이는
다 노모의 허물이라. 다른 날 무슨 면목으로 지하에 돌아가
선소사 양위를 뵈오리오. 그러나 그대는 과도히 심사를 상하
지 말라. 필경은 좋은 때를 만나 누명을 신설(伸雪)[126]하게
되리라. 예로부터 영웅열사와 절부열녀들이 시운을 만나지
못하면 일시 곤액(困厄)[127]을 당한지라. 현질은 널리 생각하
야 마음을 상하지 말라. 유씨는 본시 충효 가문으로 소인에
게 힘을 잃은지라. 해를 많이 당하였으매 가중이 한결 맑더
니 이제 선소사 별세하신 뒤로 이렇듯 괴이한 변괴 있으니,
이는 가중에 요괴로운 시첩(侍妾)이 있어 질아의 총명을 흐
리옴이라. 요사이 질아의 거동을 보니 전일의 많은 기운이
하나도 없고 나에게 가정사를 의논함이 적어 숙질지간에 의
가 감하였으니, 그 동정을 보매 근심하기를 마지않나니 이는
질부의 자작지얼(自作之孼)[128]이라 누를 한하고 원망하리오.
그러나 이것은 도무지 천정한 운수라 과도히 슬퍼하지 말라"

---

126) 뒤집어쓴 죄의 억울함을 밝혀 원통함과 부끄러움을 씻어버림.
　　신원설치(伸寃雪恥).
127) 곤란과 재액(災厄).

하고, 시비로 하여금 한림을 불러 정당에 이르니, 두 부인이 정색초연(正色愀然)하여 가로되,

"요사이 네 행사를 보매 본심을 잃은 사람 같으니 내 심히 염려하노라. 슬프다, 선소사 기세(棄世)[129]하실 때에 가중 대소사를 내게 부탁하신 말씀이 지금껏 귀에 머물러 있거늘, 그대 용렬하야 사씨의 빙옥(氷玉)[130] 같은 행실로도 시운이 불리하여 누명을 무릅씀을 보니 어찌 한심치 아니하리오. 우숙(愚叔)이 멀리 떠나매 마음을 놓지 못하는지라. 이에 네게 한 말을 부탁하노니, 이 뒤에 가중에서 사씨를 잡아 말하는 자가 있어 흉한 일을 눈으로 보았을지라도 소루히[131] 사씨를 저버리지 말고 나의 돌아옴을 기다려 처치하라. 사씨는 절부정녀이니 결단코 그른 곳에 나아가지 아니하리라. 이제 사씨의 신세가 위태함을 보고 멀리 떠나매 내 발길이 돌아서지 아니하나니, 현질은 부디 조심하야 요망한 말을 신청치 말라."

한림이 미우(眉宇)[132]를 찡그리고 고개를 숙여 들을 따름이거늘, 부인이 초연탄식(愀然歎息)[133]하고 사씨를 당부하야 재삼 보중(保重)[134]함을 이르고 돌아가니, 사 부인이 두 부인의 멀리 떠나심을 더욱 슬허하야 마음을 놓지 못하더라. 이

---

128) 자기가 저지른 재앙.
129) 죽음을 높이어 이르는 말. 별세(別世). 하세(下世).
130) 얼음과 옥. 곧 맑고 깨끗하여 아무 티가 없음을 비유하여 이르는 말.
131) 생각이나 하는 일이 꼼꼼하지 못하고 얼뜨고 거칠게.
132) 이마의 눈썹 언저리.

때 두 부인을 꺼려하다가 이제 떠남을 보매 교녀 심중에 가만히 기뻐하야 동청을 청하야 가로되,

"전일에 꺼리던 바는 두 부인이러니, 이제 아들을 따라 멀리 가시니, 이때에 꾀를 행하야 사씨를 없애버리는 것이 좋을까 하노라."

동청이 가로되,

"사씨로 하여금 당장 천지간에 용납치 못하게 할 묘한 꾀가 있으되, 다만 저허하건대 낭자가 듣지 않을까 하노라."

교녀 가로되,

"정말로 용한 꾀일진대 내 어찌 듣지 아니리오."

동청이 책 한 권을 내어보이며 가로되,

"꾀가 이 속에 있으니 시험해보려느냐?"

교녀 가로되,

"무슨 꾀인지 듣고자 하노라."

동청이 가로되,

"이 책은 당나라 사기(史記)[135]라. 거기 쓰인 글을 볼 것 같으면 예전에 당 고종이 무소의(武昭儀)[136]를 총애하고 무소의가 황후를 참소코자 하나 적당한 시기를 얻지 못하였더니, 소의 마침 딸을 낳으매 얼굴이 심히 아름다운지라. 고종이 몹시 사랑하고 황후도 역시 귀히 여겨서 때때로 와서 보니,

---

133) 근심하여 한숨을 쉼.

134) 건강이나 안전을 위하여 몸을 아낌.

135) 역사적 사실을 적은 책. 사서(史書). 사승(史乘).

136) 당고종의 후궁(後宮).

하루는 황후가 전과 같이 무릎 위에 놓고 어르다가 나간 뒤에 소의 즉시 그 딸을 눌러 죽이고 소리를 질러 통곡 왈, '누가 내 딸을 죽였도다' 하니 고종이 궁인을 모조리 국문(鞫問)[137]하매 여출일구(如出一口)[138]로 외인은 아무도 침전에 출입한 자 없고 다만 황후께서 막 오셨다가 갔다 하야 황후 마침내 변명함을 얻지 못한지라. 고종이 드디어 황후를 폐하고 무소의를 황후에 봉했으니 이가 천고 유명한 측천무후(則天武后)라. 예로부터 큰일을 하는 이는 조그만 일에 거리끼지 않나니, 이제 낭자가 측천무후의 남은 꾀를 써서 사씨에게 가화(嫁禍)[139]시키면 사씨 비록 임사(臨事)의 행실과 소진(蘇秦)·장의(張儀)의 구변이 있더라도 제 한 마디 변명함을 얻지 못하고 스스로 물러나나니라."

교녀, 듣기를 마치매 손으로 동청의 등을 치며 가로되,

"범과 같은 미물로도 오히려 제 새끼 사랑할 줄을 알거든, 하물며 사람이 되어서 어찌 차마 제 자식을 해하리오."

청이 가로되,

"낭자의 시방 위급한 형세가 함정에 든 범과 같으니, 내 꾀를 쓰지 않다가는 장차 후회하여도 소용이 없으리라."

교녀 가로되,

"아무리 하여도 이것은 차마 할 수 없으니, 그 다음 좋은 꾀를 생각해보라"

---

137) 국왕이 직접, 중죄인을 국청(鞫廳)에서 심문하던 일.
138) 이구동성(異口同聲). 여러 사람이 다 같이 말을 함.
139) 화를 남에게 넘겨 씌움.

하고, 한창 의논할 판에 한림이 조당으로부터 돌아옴을 듣고 놀라 각각 돌아가니라.

동청이 가만히 납매를 불러 일러 가로되,

"낭자의 위인이 차마 하지 못하야 나의 묘한 꾀를 쓰지 못하니, 이런즉 너희도 위태하리라. 네가 모로미 적당한 시기를 보아서 이리이리하라"

하니, 납매 그 말을 듣고 틈을 타서 하수(下手)[140]코자 하더니, 하루는 장주가 마루 위에서 혼자 자는데 유모는 마침 옆에 없고 사 부인의 시비 춘방·설매 두 사람이 난간 밑을 지나는지라. 납매, 문득 동청의 말을 생각하고 둘이 멀리 가기를 기다려 곧 장주를 눌러 죽이고 가만히 설매에게 가서 말하되,

"네가 옥지환 도적해낸 것이 아직도 탄로되지 않았으되, 부인이 알아내려고 백방으로 조사하고 계시매 일이 만약 누설되면 네가 먼저 죽을 것이니, 이 일을 어떻게 하면 좋단 말이냐? 나 시키는 대로 이리이리하면 대화(大禍)를 면할 뿐 아니라 가히 큰 상을 얻으리라."

설매 가로되,

"그리하마"

하더라. 장주의 유모가 장주의 오래 일어나지 않음을 보고 괴이히 여겨 나아가 본즉, 입과 코로 피를 많이 흘리고 죽은 지 이미 오래거늘 크게 놀라 통곡하니, 교녀 창황히 달려와 구(求)코자 하나 무가내하(無可奈何)[141]라. 이 분명 동청의

---

140) 손을 대어 직접 사람을 죽임.

소행인 줄 알고 그 꾀를 실행코자 하야 급히 한림께 고하니,
한림이 와서 보매 몸이 떨리고 뼈가 서늘하야 말을 내지 못
하는지라. 교녀, 가슴을 치며 크게 울어 가로되,

"작년에 방자하던 자가 내 아들을 죽였도다. 상공은 어찌
빨리 가중 비복을 문초하야 죄인을 사실(査實)[142]해내지 않
나이까?"

한림이 즉시 가중 비복 등을 잡아내서 형장을 엄히 할새,
유모 말하기를,

"소비, 아기를 안고 마루에 앉았다가 아기가 곤히 자므로
잠시 밖에 나갔다가 채 돌아오지 않아서 변이 창졸에 일어났
으니, 아기 옆을 떠난 죄는 만사무석(萬死無惜)[143]이오나 어
떻게 된 사유인지는 전연 알지 못하도소이다"
하고, 납매는 가로되,

"소비 마침 문 앞을 지나다 우연히 바라본즉, 춘방과 설매
가 난간 밖에서 무엇인지 손짓을 하더니만 곧 돌아가는 것을
보았사오니, 이것들을 불러 물으시면 가히 짐작하실 듯하여
이다."

한림이 곧 두 사람을 잡아들여서 먼저 춘방에게 물을새,
비록 뼈가 부서지고 살이 헤어져도 종시 거짓말하지 않아 가
로되,

"소비, 설매와 잠시 지나갔을 뿐인즉 무슨 알음이 있사오

---

141) 어찌할 수 없게 됨.

142) 사실(事實)을 조사함.

143) 죄가 매우 무거워 용서할 여지가 없음을 이르는 말.

리까?"

또 설매를 국문하매, 처음에는 춘방의 말과 다름이 없었으나 매질하기를 십여 차에 불과하여, 설매 고함 질러 가로되,

"소비 장차 죽으리로소이다. 죽을 바에야 무슨 말을 못하오리까. 부인이 소비들에게 이르시기를, 인아와 장주 둘이 같이 있을 수 없으니 누구든지 장주를 해하는 자면 큰 상을 주리라 하시옵기로 소비 등이 여러 날을 두고 틈을 엿보던 차, 마침 공자 마루 위에서 자고 옆에 사람이 없기로 '이때를 놓쳐서는 안 되겠다' 하고, 춘방과 하수코자 하매 소비는 간이 서늘하고 손이 떨려서 감히 앞장서지 못하였거니와, 실상 공자를 눌러 죽이기는 춘방이로소이다."

한림이 크게 노하야 엄형으로 춘방을 국문하매, 춘방이 설매를 꾸짖어 가로되,

"네 위로 부인을 팔고 동무를 모함하야 죽음을 면코자 하니, 너와 같은 년은 개 · 도야지에 지나지 않도다"
하고, 종시 무함(誣陷)[144]한 말을 하지 않고 죽으니라. 교녀, 한림께 고자질하여 가로되,

"설매는 실상 하수한 일이 없고 또 바로 대었으니 죄 없고 공이 있는지라 물을 것이 없고, 춘방은 이미 죽었으니 원수는 조금 갚았다 할 수 있으나 남의 주촉(嗾囑)[145]을 받아 한 일인즉, 실상 춘방도 원통타 하리로다"
하고, 아우성쳐서 장주를 부르며 또 발을 구르고 하늘을 부

---

144) 없는 사실을 꾸며 남을 함정에 빠뜨림.

145) 남을 꾀어 부추겨서 시킴.

르짖어 가로되,

"장주야, 내가 네 원수를 갚지 않으면 살아서 무엇하리오. 내 너를 따라 죽으리라"

하고, 바삐 방으로 들어가서 띠를 끌러 목을 매니 시비 급히 끌러 놓으매, 교녀 통곡하여 소리를 그치지 않고 한림께 달려들어 격동시키니, 한림이 머리를 숙이고 말이 없는지라. 교녀 가로되,

"투기하는 계집이 처음에 우리 모자를 죽이고자 하다가 일이 누설되매, 후회하지 않고 못된 종년들과 부동(符同)¹⁴⁶⁾하야 이 무지한 유아에게 독수(毒手)¹⁴⁷⁾를 놀렸으니, 오늘은 장주를 죽이고 내일은 나를 죽일지라. 내 원수의 손에 죽느니보다 차라리 자처함이 낫도. 너희들은 무엇 때문에 나를 끌러놓았느냐? 상공께서 저 투기하는 계집과 해로코자 하시거든 먼저 첩을 죽여서 저 계집의 마음을 쾌케 하소서. 첩의 죽음은 조금도 아깝지 않거니와 다만 염려되는 바는 저 계집이 이미 간부(姦夫) 있사오니 상공도 또한 위태할까 하나이다"

하고, 다시 들어가 목을 매니 한림이 급히 만류하고 크게 성내어 소리 질러 가로되,

"몹쓸 계집 같으니! 가중에 방자한 일은 심상한 변괴 아니로되 다만 부부간 은의를 생각하야 치지불문(致知不問)¹⁴⁸⁾하였고, 옥지환을 주고 외인과 사통함은 당연히 출거(黜去)¹⁴⁹⁾

---

146) 그릇된 일을 하기 위하여 몇 사람이 어울려 한통속이 됨.
147) 남의 목숨을 노리는 손길.

를 시킬 것이로되 문호에 욕됨이 두려워서 그만두었더니, 이제 조금도 반성치 않고 간악한 종년과 부동하야 천륜을 상하니 그 죄를 돌아보건대 천지간에 용납할 수 없는지라. 이 계집을 집 안에 두다가는 유씨의 종사(宗嗣)가 장차 끊어지리로다"

하며, 일변 교녀를 위로해 가로되,

"오늘은 날이 이미 저물었으니 내일 마땅히 종족을 모아 가묘(家廟)에 고하야 음부(淫婦)를 영영 내치고 너로써 부인을 삼아서 선인의 제사를 받들게 하리니, 너는 너무 슬허하지 말고 관심(寬心)하라."

교녀, 눈물을 거두며 사례해 가로되,

"주부(主婦)의 칭호는 천첩이 감히 바라는 바 아니오나, 원수와 같이 한 집에 있지 않으면 첩의 원억(冤抑)[150]한 마음이 조금 풀릴까 하나이다."

한림이 비복을 명하야 종족을 모두 사당으로 모으라 하는지라. 시비 등이 모두 울면서 이 사연을 사 부인께 고하니 부인이 안색을 변치 않고 천연히 가로되,

"내 이 일이 있을 줄 안 지가 오래도다"

하더라.

이튿날 한림이 일가 친척을 모두 청해놓고 사씨의 전후 죄상을 이르고 기어코 쫓아낼 것을 말하니, 모든 사람이 본대

---

148) 사실을 밝히지 않고 덮어둠.

149) 내쫓아 보냄.

150) 원통하고 억울함.

사씨의 친절함을 알고 모두 한림의 망령(妄靈)임을 짐작하나 모두 한림에게 먼 일가 아니면 수하 사람이라, 뉘 즐거이 고집을 부려서 한림의 뜻을 거스리리오. 그래서 모두 가로되,

"이는 한림의 생각대로 처리할 것이요, 우리는 판단하지 못하겠노라."

하니, 한림이 이에 비복을 분부하야 향촉(香燭)을 갖추어 가묘에 분향배례하고 사씨의 죄상을 고할새 그 글에 하였으되,

유세차(維歲次)[151] 모년 모월 모일에 효손(孝孫) 한림학사 연수는 삼가 글월을 증조고(曾祖考) 문현각(文賢閣) 태학사(太學士) 문충공 부군(文忠公府君), 증조비부인(曾祖妣夫人) 호(扈)씨, 조고(祖考) 태상경(太常卿) 이부상서 부군, 조비부인(祖妣夫人) 정씨, 현고 태사공(顯考太史公) 예부상서 부군, 현비부인(顯妣夫人) 최씨의 신위(神位)에 밝게 고하나이다. 부부는 오륜의 하나요, 만복의 근원이라. 나라에서 이로써 백성을 가르치고 다스리는 바니 어찌 삼가지 아니하오리까? 슬프다, 저 사씨 처음 가문에 들어오매 숙덕(淑德)[152]이 예법에 어김이 없더니, 처음과 나중이 한결같지 못하야 혹시 불미한 일이 있으나 대체를 돌아보아 책치 않고 또 삼년 초토(草土)[153]를 한가지로 받들었으므로 출부(黜婦)치 않으매, 갈수록 음흉하야 모병

---

151) 간지(干支)로 따져볼 때 해의 차례. 제문(祭文)·축문(祝文)의 첫머리에 쓰는 관용어.

152) 여자의 정숙하고 우아한 덕. 여자의 미덕.

을 청탁하고 본가에 가서 추행이 탄로하였으나 가문에 욕될까
하여 사실을 감추고 집 안에 머물어두었더니, 스스로 후회치 않
고 그 죄 칠거(七去)[154]에 대하매 조종 신령이 흠양치 아니하실
바니 향화가 끊어질까 저허하야 부득이 출거하고, 소첩 교씨는
비록 육례를 갖추지 못하였으나 실로 명가 자손이고 백행을 구
비하야 조종의 제사를 받듦직하온지라. 교씨를 봉하야 정실을
삼나이다

하였더라. 읽기를 다하매 시비로 하여금 사씨를 이끌어 조종
의 영위에 나아가 사배 하직할새, 사씨 눈물이 비 오듯 하니
모든 일가들이 문 밖에서 절하고 이별하며 모두 눈물을 흘리
더라. 유모가 인아를 안고 나오니, 부인이 받아 안고 가로되,
　"나를 생각지 말고 좋이 있으라. 알지 못해라, 너로 더불
어 다시 만날 날이 있을는지?"
하고, 탄식하며 또 가로되,
　"깃 없는 어린 새가 그 몸을 보존치 못한다 하니, 어미 없
는 어린애가 어찌 잔명을 부지하랴. 슬프다, 차생(此生)에
미진한 인연을 후생(後生)에나 다시 이어 모자됨을 원하노
라"
하고, 눈물을 금치 못하니 눈물이 화하야 피가 되는지라. 길
이 탄식하여 가로되,

---

153) 거적 자리와 흙베개란 뜻으로 거상중(居喪中)임을 나타내는 말.
154) 지난날, 유교적 관념에서 이르던 아내를 내쫓을 수 있는 일곱
　　가지 조건.

"존구께서 기세하시매 따라 죽지 못하고 살아 있다가 이런 광경을 당하니 어찌 슬프지 아니하리오."

아이를 유모에게 맡기고 교자에 오르며 인아를 어루만져 잘 있으라 하니, 인아 크게 부르짖어 사 부인을 따라가려 하며 울기를 그치지 아니하더라. 사 부인이 유모를 천만 번 당부하와 "인아를 잘 보호하라" 하고, 다만 차환(叉鬟)[155] 하나를 데리고 가니라. 이때 가중 시비들이 교녀를 붙들어 가묘에 분향할새, 녹의홍상(綠衣紅裳)[156]에 옥패(玉佩)[157] 소리 쟁쟁하니 천상선녀 같은지라. 예를 마치고 가중 비복에게 하례하는 인사를 받을새, 교녀 말하되,

"내 오늘부터 새로 집안 일을 주장(主掌)[158]하리니 너희들은 다 각각 맡은 일을 부지런히 하야 죄에 범치 말라"
하니, 시비 등이 영을 듣고 고개를 숙이곤 물러나니라. 이때 비복 등 8, 9인이 모여서 교녀에게 말하여 가로되,

"사 부인이 비록 쫓겨났으나 적년(積年)[159] 섬기던 바 자못 은혜 중한지라. 부인이 허하시면 소복 등이 한 번 나아가 일별코자 하나이다."

교녀 가로되,

"이는 너희들의 정의라 어찌 막으리오."

---

155) 머리를 얹은 젊은 여자종.
156) 연두저고리와 다홍치마. 곧 젊은 여인의 고운 옷차림을 이르는 말.
157) 옥으로 만든 패물.
158) 책임지고 떠맡아 함.
159) 여러 해.

모든 시비가 일제히 사씨를 따라가 통곡하니, 사씨 교자를 멈추고 가로되,

"너희들이 이같이 와서 나를 전송하니 감사하도다. 너희들은 힘써 새 부인을 섬기며 고인을 잊지 말라."

비복 등이 눈물을 흘리고 절하며 작별하니라. 이때 사씨, 교부(轎夫)에게 분부하야 신성현으로 가지 말고 성도에 있는 시부모의 산소 아래로 향하라 하니, 교군이 청령(聽令)하고 유씨의 선영하에 이르니라. 사씨, 이에 수간초옥(數間草屋)을 얻어 거처할 새, 부모와 구고를 생각하며 처량한 신세를 슬허하야 눈물과 한숨으로 세월을 보내더라. 이적에 사 공자가 소문을 듣고 곧 찾아가서 눈물을 흘려 가로되,

"여자, 가부(家夫)에게 용납치 못하면 마땅히 본가로 돌아와 형제 서로 의지하심이 옳거늘, 저 무인공산(無人空山)에 홀로 계시니 도리어 불편하리로다."

사씨 슬허하야 가로되,

"내 어찌 동기의 정과 모친 영전에 모시기를 알지 못하리오마는 내 한번 돌아가면 유씨와 아주 끊어지고 마는 것이라. 한림이 비록 급히 나를 버렸으나 내 일찍이 선고에게 득죄함이 없으니, 구고 묘하에서 여년을 마침이 나의 소원이니 괴이히 알지 말라."

사 공자, 저저(姐姐)[160]의 고집을 알고 돌아가 늙은 창두(蒼頭)[161] 한 명과 비자(婢子) 양랑을 보내거늘, 사씨 가로되,

"우리 집에도 본대 노복이 얼마 안 되거늘 어찌 여럿을 두

---

160) 누이.

리오"

하고, 늙은 창두 한 명만 두어 외정(外庭)을 맡아보라 하고 양랑은 보내니라. 이곳은 유씨 종족과 노복 등이 많이 사는 데라. 사씨의 옴을 보고 모두 나와 위로하며 쌀과 야채를 공급하며 그 마음을 풍족케 하니, 사씨 또한 여공(女工)이 민첩하야 남의 침선방적(針線紡績)[162]도 하며 약간 패물도 팔아 연명하야 고생으로 세월을 보내더라. 이적에 교군 등이 돌아가 사씨가 유 상공의 묘하로 감을 고하니, 교녀 생각하되,

'제 신성현으로 가지 않고 유씨 묘하에 있음은 출부로 자처함이 아니라'

하고, 이에 한림에게 말하되,

"사씨 누명으로 종조에게 득죄하였거늘 감히 유씨 묘하에 있으리오?"

한림이 잠자코 있다가 가로되,

"제 이미 출부된 바에 거취를 제 뜻대로 할지라. 하물며 묘하에 타인도 많이 사나니 저를 금하야 무엇하리오"

하니, 교녀 마음에 거리끼나 감히 어떻게 못하더라. 하루는 교녀가 동청을 보고 의논하니, 동청이 가로되,

"사씨, 유씨 묘하에 있고 본가로 가지 아니함은 네 가지 까닭이 있으니, 첫째는 전일에 옥지환 일을 발명(發明)[163]코자 함이요, 둘째는 유가의 자부로 자처하야 후일을 바람이

---

161) 노복(奴僕).

162) 바느질과 실 뽑는 일.

요, 셋째는 유가 종족에게 인정을 끼쳐 후일 도움이 되게 함이요, 넷째는 한림이 춘추로 묘하에 다니니 사씨 심산궁곡에서 무궁한 고초를 당하는 것을 보면 비록 철석 간장이라도 전일 은혜를 생각하고 마음이 어찌 동치 아니하랴?"

교씨 가로되,

"그러면 사람을 보내어 죽임이 쾌하리로다."

동청이 가로되,

"그렇지 않도다. 사씨, 불의에 남에게 죽으면 한림이 의심할지라. 내게 한 꾀가 있으니 냉진이 본대 가족이 없고 겸하야 사씨를 흠모하는 바라. 그로 하여금 사씨를 속여 데려다가 첩을 삼게 하면 그 절개를 고침이라. 한림이 들으면 아주 마음을 끊으리니, 이 꾀가 어찌 묘하지 아니하리오."

교녀 웃으며 가로되,

"그 꾀를 어찌 실행코자 하느뇨?"

동청이 가로되,

"제 본가에 가지 아니하고 유씨 묘하에 머물러 유가의 신을 끊지 않다가 두 부인이 돌아오면 두 부인에게 의탁하야 한림과 인연을 다시 도모코자 함이라. 이제 두 부인의 편지를 위조하야 행장을 차려오라 하면 사씨 그대로 좇아가리니, 냉진이 데려다가 협박하면 사씨 아무리 절개 있은들 제 어찌 벗어나리오. 이는 참으로 독 속에 든 쥐라. 저 사씨, 냉진에게 한 번 몸을 허하면 유가와 더불어 아주 끊어지리니 어찌 기이한 꾀가 아니리오."

---

163) 죄나 잘못한 일이 없음을 말하여 밝힘. 변명(辯明).

교녀 크게 좋아하야 가로되,

"낭군의 묘한 꾀는 예전 육출기계(六出奇計)[164]하던 진유자(陳孺子)[165]의 후신인가 하노라."

동청이 가만히 냉진을 불러 꾀를 이르니, 냉진이 또한 홀아비 몸으로 사씨의 높은 이름을 들은 고로 동청의 말을 듣고 크게 기뻐하야 허락하고 두 부인의 필적을 구하니, 동청이 교씨에게서 두 부인의 필적을 구하야 냉진을 주거늘, 냉진이 이에 두 부인의 필법을 모방하야 편지를 한 장 써서 먼저 사람을 시켜 보내고 교자로 세내어 교군과 심복 수십 명을 보낼새, 유씨 묘하에 이리이리하라 계교를 가르쳐 보내니, 모든 사람이 응낙하매 냉진이 천만 당부하고 집에 돌아와 화촉지구(華燭之具)를 장만하고 기다리더라.

화설, 사 부인이 하루는 방 안에서 베를 짜더니, 문득 들으니 문 밖에서 사람이 부르되,

"이 댁이 유 한림 부인 사씨 계시는 댁이냐?"

하거늘, 창두,

"그렇다"

하고, 찾는 연고를 물으니, 그 사람이 대답하되,

"서울 두 추관(杜推官) 댁에서 왔노라."

창두 또 물어 가로되,

---

164) 여섯 번 신기한 계교를 냄.
165) 이름은 진평(陳平). 한(漢)나라 양무(陽武) 사람. 가난한 집안에서 태어났으나 독서를 좋아하였음. 용모가 매우 아름답고 고조(高祖)를 도와 여섯 번 기계(奇計)를 내어 천하를 평정하였음.

"두 추관이 대부인을 모시고 장사로 가신 후 그 댁이 비었거늘 어쩐 연고로 왔느냐?"

그 사람이 대답하되,

"그대 알지 못하도다. 우리 댁 노야께서 장사 추관으로 계시더니 나라에서 한림학사로 부르시매, 두 부인이 먼저 상경하사 사 부인이 여기 계심을 들으시고 놀라시며 나를 보내어 문후(問候)[166]하라 하시니 편지를 가져왔노라"

하거늘, 창두, 편지를 받아 부인께 드리고 온 사람이 하던 말을 아뢰거늘, 부인이 그 편지를 받아보니 대개 이러하다. 이별한 후 염려하던 말과 아자(兒子)[167] 한림이 되어 상경한 말과,

내가 서울을 떠나 그대가 이에 이르렀으니 한한들 어찌하리오. 지금 그대가 머문 곳이 서어(齟齬)[168]하고 산곡에 강포(强暴)[169]한 사람이 침노할까 두려우니, 내 집에 와서 서로 의지하면 편안하리니 마땅타 하면 교자를 보내리라.

하였더라. 사 부인이 두 부인의 상경함을 듣고 기뻐하야 의심치 아니하고 갈 뜻으로 답장하여 보내고, 이날밤에 혼자 앉아 생각하되,

---

166) 웃어른의 안부를 물음.

167) 아이.

168) 익숙하지 않아 서름서름함.

169) 우악스럽고 포악함.

"이곳이 비록 산골이나 선산을 바라고 위로하더니 이제 떠나게 되매 자못 처량토다"

하고, 베개 위에 의지하야 잠깐 졸더니 비몽사몽간에 문득 한 사람이 이르되,

"노야와 부인이 청하시나이다."

사씨, 눈을 들어보니 소사(小師)가 부리던 비자라. 즉시 그 사람을 따라 한 곳에 이르니, 시비 수 인이 나와 인도하야 침전에 이르니 유 소사, 최 부인과 함께 앉았는데 용모가 완연히 전일과 같은지라. 사씨, 크게 기뻐하야 절하고 뵈오며 눈물이 비 오듯 흐르니, 소사 슬하에 앉히고 위로하야 가로되,

"아희, 참언을 듣고 현부를 곤케 하니 내 마음이 편치 못하도다. 그러나 오늘 두 부인의 편지가 참이 아니니 현부는 자세히 보면 알리라."

최 부인이 사 부인을 불러 옆에 앉히고 어루만져 가로되,

"내 일찍 세상을 이별하매 현부를 다시 보지 못하였나니 어찌 슬프지 아니하리오. 네 다시 눈을 들어 나를 보라. 유명(幽明)[170]이 비록 다르나 현부, 아희와 더불어 사당에 오르매, 현부의 드린 술잔을 흠향치 않은 적이 없으니 이제 교녀로 제사를 받들매 내 어이 흠향하리오. 슬프다, 현부 집을 떠난 후 이곳에 와 있으니 우리 좋이 의탁하였거니와 이제 그대 멀리하게 되니 어찌 슬프다 아니하리오."

사씨 울며 가로되,

---

170) 저승과 이승.

"비록 두 부인이 부르시나 어이 떠나오리까!"

소사 가로되,

"이를 말함이 아니라 편지가 거짓된 것이며, 그대 또 오래 여기에 있지 못할 것이요, 아직도 7년 재액(災厄)이 남았으니 마땅히 남방으로 피난할지어다. 후회치 말고 급히 이곳을 떠나 남방으로 수로 5천 리를 향하야 가라."

사씨 울며 가로되,

"혈혈(孑孑)[171]한 여자의 몸으로 어찌 7년을 유리하리잇고? 전두길흉(前頭吉凶)을 알고자 하나이다."

소사 가로되,

"이는 천수(天數)[172]니 어찌하리오. 다만 할 말이 있으니 이후 6년 4월 15일에 배를 백빈주(白蘋洲)[173]에 매었다 급한 사람을 구하라. 이것은 명심불망(銘心不忘)[174]할지어다. 또 그대 이곳에 오래 머물지 못할지니 빨리 돌아가라."

사씨 가로되,

"이제 존안을 떠나오니 어느 날 다시 뵈오리까?"

읍하고 느껴 우니 유모와 차환이 깨우거늘, 사씨 놀라 깨달으니 꿈이라. 가장 신기하야 몽사를 말하니 시비 또한 신기히 여기는지라. 사 부인이 존구의 말씀을 깨달아 두 부인의 편지를 다시금 보고 가로되,

---

171) 외로이 선 모양. 외로운 모양.

172) 천명(天命). 천운(天運).

173) 유 한림과 사씨가 해후한 물가의 이름.

174) 마음에 새겨두고 잊지 아니함.

"두 추관의 아버지 이름이 홍(洪)자인 고로 두 부인이 평일 말할 때나 편지 쓸 때나 일절 홍(洪)자를 쓰지 아니하매 이 편지에 홍자를 썼으니 이는 반드시 위조가 분명하도다. 알지 못해라, 어떤 사람이 이렇듯 모해하는고?"

하야 의심이 만단일 제 동방이 밝아오거늘, 사씨가 유모더러 말하되,

"존구께서 분명히 남방으로 수로 5천 리를 가라 하시니 장사 땅은 남방이요, 또 두 부인이 가실 때에 수로로 5천여 리나 된다 하셨으니, 이제 반드시 두 부인을 찾아가 의탁하라 하심이니 어찌 가지 아니하리오"

하고, 장차 남방으로 가는 배를 각방으로 구하더니, 홀연 창두 고하되,

"두부(杜府)에서 교자를 갖고 왔으니 어찌하리까?"

사씨, 몽사를 생각하고 이르되,

"내 어젯밤에 감기가 들어 일어나지 못하니, 수일 후 적이 낫거든 가리라."

창두 이대로 이르니, 교군이 하릴없이 무료히 돌아가 말을 전하니, 동청이 가로되,

"사씨는 본대 지혜 많은 사람이라. 반드시 의심하야 칭병함이니 이 일이 아니 되면 화가 적지 아니하리로다."

냉진이 가로되,

"이미 내친 걸음이니 건장한 사람 수십 명과 교군을 데리고 묘하에 가 있다가, 밤이 들거든 사씨를 겁박하야 데려옴이 좋을까 하노라."

동청이 가로되,

"그 꾀가 묘하니 빨리 행하라."

냉진이 응낙하고 이에 강도 수십 인을 데리고 가니라. 이때 사씨, 남방으로 가는 배를 얻지 못하야 근심하더니, 마침 남경으로 가는 장삿배를 만나니, 이는 두 부인의 창두로서 일찍이 속량(贖良)하야 나가 장사하는 장삼이라 일컫는 사람의 배라. 사씨 그 말을 듣고 기뻐하야 즉시 장삼을 불러 함께 가기를 약속하니, 장삼도 또한 두부에 있을 때에 사씨를 뵈온 고로 고생함을 알고 배를 대어 오르기를 청하니, 사씨가 존구 묘하에 나아가 재배 하직코 유모와 차환이며 늙은 창두 한 사람을 데리고 배에 올라 남방으로 향하니라. 이때 냉진이 수십 명 강도를 데리고 묘하에 나아가 수풀에 은신하야 밤을 타서 사씨가 머무는 집으로 달려드니 집이 비고 한 사람도 없는지라. 냉진이 크게 놀라 가로되,

"사씨는 과연 꾀가 많은 사람이로다. 우리의 계교를 벌써 알고 달아났도다"

하고, 돌아가서 동청더러 말을 이르니, 동청과 교녀가 사씨를 잡지 못함을 애닯다 하더라.

차설, 사 부인이 배에 올라 남방으로 향할새, 만경창파(萬頃蒼波)가 하늘에 닿은 듯하고 왔다갔다하는 장삿배의 새벽 달 찬 바람에 닻 감는 소리는 수심을 돕고 잔나비의 울음 소리는 슬픈 사람의 간장을 끊으니, 사씨 자기의 신세를 생각하고 규중 여자로 몸에 더러운 누명을 입고 일신을 만경창파 일엽편주(一葉片舟)에 의지하야 장사로 향하는 바를 생각하매 가슴이 무너지는 듯한지라. 크게 통곡하야 가로되,

"하늘이 어찌 정옥을 내시고 명도(命途)[175]의 기구[176]함이

이처럼 점지하게 하신고?"

하니, 유모며 차환이 또한 슬픔을 참지 못하야 서로 붙들고 울다가 유모 울음을 그치고 부인을 위로하여 가로되 ,

"하늘이 높으시니 살피심이 희소하시나 어찌 매양 이러하리오. 귀체를 보중하오셔 슬픔을 진정하옵소서."

부인이 눈물을 거두어 가로되,

"나의 팔자 기박(奇薄)하야 너희들이 나와 함께 고초를 겪으니 나는 나의 죄거니와 유모와 차환은 무슨 죄뇨? 이는 주모를 잘못 만남이라. 규중 여자의 몸으로 일신을 일엽편주에 의지하야 해상에 떴으니 향하는 곳이 장차 어디메뇨? 두 부인이 나를 기다리시는 것이 아니요, 또한 구가(舅家)에 출부된 몸이 구차히 살아 장사로 가니, 신세 어찌 슬프지 아니하리오. 차라리 이곳에서 몸을 창파에 던져 굴삼려(屈三閭)[177]의 충혼을 좇고자 하노라."

말을 마치고 울기를 마지아니하매 유모와 차환 등이 여러 가지로 위로하더니, 배가 점점 행하야 한 곳에 이르러는 풍랑이 대작(大作)[178]하고 사씨 또한 토사(吐瀉)로 병이 대단하매, 부득이 배를 뭍에 대고 강가에 집을 얻어 치료코자 할새

---

175) 타고난 수명(壽命). 운수와 재수. 명수(命壽).

176) 세상살이가 순탄하지 못하고 가탈이 많음.

177) 중국 전국시대 초(楚)나라의 정치가·시인. 이름은 평(平). 자는 원(原). 회왕(懷王)과 경양왕(頃襄王)을 섬겨서 좌도(左徒)·삼려대부(三閭大夫) 등의 벼슬을 했고, 모략에 빠져 한때 방랑생활을 하다가 멱라수(汨羅水)에 빠져 죽었다.

178) 크게 일고.

멀리 바라보매 일간(一間) 초옥이 산밑에 있거늘, 차환으로
하여금 그 문을 두드리고 주인을 찾으니, 한 소녀 나오는데
나이 겨우 14, 5세쯤 되고, 용색이 절묘하고, 태도 요조한지
라. 차환의 전하는 말을 듣고 쾌히 허락하고 부인을 맞아 안
방으로 인도하니 날이 이미 저문지라. 사씨 물어 가로되,

"너의 부모는 어디 가시고 너 혼자 있느뇨?"

소녀, 공경하야 대답하되,

"저의 성은 임가옵더니, 일찍 아비를 여의고 편모를 모셔
있삽는데, 이미 마침 물 건너 마을에 갔삽다가 폭풍을 만나
돌아오지 못하였나이다."

소녀, 차환에게 물어서 부인의 행색을 알고 밥과 찬을 각
근(恪勤)[179]히 차려서 불 밝히고 석반을 드리니, 사씨 그 은
근한 정의에 감복하여 약간 수저를 들고 그 소녀에게 사례해
가로되,

"불시의 손이 폐를 많이 끼쳐서 미안하도다."

소녀, 엎드려 대답해 가로되,

"부인은 귀인이라 누지(陋地)에 행차하시매 가문의 영광
됨은 말할 것도 없삽고, 촌가 박찬의 대접이 너무 허술하와
황공무지(惶恐無地)[180]하옵거늘, 이렇듯 과분한 말씀을 하시
니 더욱 죄송하여이다."

그날 밤에 부인이 임씨 집에서 자고 그 이튿날 떠나려 하
였으나 풍랑이 좀처럼 그치지 않아서 사흘을 연해 쉬게 되

---

179) 충심으로 부지런히 힘씀.

180) 황공하여 몸둘 바를 모름.

매, 그 소녀, 더욱 관곡(款曲)[181]하야 정성을 다하는지라. 수삼 일 지낸 후 그러구러[182] 떠나게 되매 두 정이 연연하야 차마 손을 나누지 못하고, 사씨 행장에 남아 있는 지환 한 개를 내어주며 가로되,

"이것이 비록 작은 것이나 그대 옥수(玉手)[183]에 머물러서 나의 정을 잊지 말라."

그 소녀 사양하야 가로되,

"이것이 부인 원로행역(遠路行役)[184]에 긴하거늘 어찌 가지리까?"

부인이 가로되,

"여기서 장사 땅이 멀지 아니하고 그 곳에 가면 긴히 쓸 데가 없으니 사양치 말라."

그 소녀 공경히 받고 이별을 차마 못 하니, 부인이 재삼 연연하다가 작별하고 즉일 발행하야 수일을 행하더니 창두 나이 늙고 수토(水土)에 익지 못하야 병들어 죽으니, 부인이 비창(悲愴)하고 불행함을 이기지 못하야 배를 머무르고 장삼을 시켜 강가 언덕에 안장하고 떠날새, 행중에 다만 유모와 차환뿐이라. 십분 낭패하야 앞길의 원근을 물으니,

"수일만 행하면 장사에 득달하리이다"

하거늘, 사 부인이 앞 길이 가까움을 기뻐하며,

---

181) 간절하고 인정이 많음. 정답고 친절함.

182) 우연히 그러하게 되어.

183) 여자의 아름다운 손. 섬섬옥수(纖纖玉手).

184) 먼 길을 여행하는 고생.

"배를 빨리 저어 행하라"

하더니, 사씨의 액운이 점점 더 닥쳐오는지라. 홀연 풍랑이 크게 일고 배가 바람에 쫓겨 동정호(洞庭湖)[185]로 향하여 악양루(岳陽樓)[186] 아래 이르니 옛적 열국 때 초나라 지경이라. 순(舜) 임금이 나라 안을 순행타가 창오(蒼梧) 들[187]에 와서 돌아가매 두 왕비 아황(娥皇)[188]과 여영(女英)[189]이 따라가지 못해 소상강(瀟湘江)[190]가에서 울새 피눈물이 흐른지라. 대숲에 뿌렸더니 대에 핏방울이 튀어 아롱진 점이 박혔으니 이것이 이른바 소상반죽(瀟湘斑竹)[191]이라 하는 것이다. 그리고 그 뒤에 초나라의 충신 굴원(屈原)이 충성을 다하야 회왕(懷王)을 섬기다가 간신의 참소를 만나 강남으로 귀양 오매 수간초옥을 짓고 있다가 몸을 멱라수(汨羅水)에 던졌으며, 또 한 나라의 가의(賈誼)[192]는 낙양재사로서 대신에게 무이어[193] 장사에 내치매, 역시 이곳에 이르러 제문 지어 강물에

185) 중국 호남성(湖南省)에 있는 호수. 양쯔(楊子)강으로 흘러나감.
186) 중국 호남성 악주성(岳州城) 서문 위의 성루(城樓). 동정호의 뛰어난 조망으로 유명함.
187) 순 임금이 객사한 지명.
188) 중국 고대 임금 요(堯)의 딸로서, 동생 여영과 함께 순 임금에게 시집가, 순 임금이 죽자 상수(湘水)에 빠져 죽음.
189) 아황의 동생. 상수에 빠져 죽어 영혼이 상부인(湘夫人)이 됨.
190) 중국 호남성(湖南省) 동정호 남쪽에 있는 소수와 상강.
191) 중국 소상 지방에서 나는 아롱진 무늬가 있는 대(竹)로서 아황·여영의 피눈물이 대숲에 뿌려져 반죽(斑竹)이 되었다는 고사(故事)가 있음.

던져 굴원의 충혼을 조상(弔喪)하였는지라. 이러한 까닭으로 지내는 손들로 하여금 가장 강개한 회포를 자아내게 하는 곳이라. 그러므로 매양 구의산에 구름이 끼고 소상강에 밤이 들고 동정호에 달이 밝고 황릉묘(黃陵廟)[194]에 두견이 슬피 울 때면 비록 슬프지 아니한 사람이라도 자연 눈물을 뿌리지 않을 수 없거든, 하물며 신세가 처량한 사람이리오! 더욱이 사 부인은 요조 숙녀의 빙옥 같은 몸으로 요녀의 참소를 입어서 가부의 내침을 받아 고혈한 약한 몸으로 여기까지 이르렀으니, 옛사람을 느끼고 자기 신세를 생각하야 뱃전에 비겨서 밤이 늦도록 잠을 이루지 못하더니, 이때 장사하는 배들이 남북으로 모여들어서 심히 복잡한지라. 가만히 들으매 옆의 배에서 한 사람이 말하기를,

"우리 장사 백성들은 정말 복이 없도다"

하매, 또 한 사람이 가로되,

"어찌 이름이뇨?"

그 사람이 가로되,

"상년(上年)에 오신 두 추관 노야께서는 마음이 정직하고 정사가 공평해서 백성들이 근심이 없더니 금번에 새로 온 유 추관(柳推官)은 재물을 탐내고 돈을 좋아해서 백성들의 유죄·무죄를 물론하고 함부로 매질하야 돈을 뺏는지라. 이와

---

192) 중국 서한(西漢)의 학자, 정치가. 양왕(梁王)의 태부(太傅)가 되었음.

193) 따돌림 당하여.

194) 아황·여영 두 왕비가 빠져 죽은 상수에 세운 사당. 중국 호남 성 상음현(湘陰縣)에 있음.

같이 명관을 잃고 탐관을 만났으니 어찌 복이 있다 하리오."

사 부인이 듣기를 마치매, 두 추관이 이미 갈려서 어디로 옮아간 줄 알고 애가 타고 기가 막혀서 어이할 줄을 모르다가 새벽이 되어 장삼을 시켜서 자세히 물어보라 하니, 이윽고 장삼이 돌아와 고하야 가로되,

"우리댁 노야, 장사 고을에 와 명치(明治)를 하셨으므로 순행하는 어사가 나라에 장계하여 성도지부(成都知府)[195]로 승차하여 진작 대부인을 모시고 성도로 부임하셨다 하나이다."

부인이 하도 어이없어 하늘을 우러러 가슴을 두드려 가로되,

"유유창천(悠悠蒼天)[196]아, 날로 하여금 이다지도 하시는고?"

하고, 장삼더러 일러 가로되,

"두 부인이 이미 성도로 가셨으니 장사는 객지라. 저리로 갈 수도 없고 여기서 머물 수도 없으니, 너는 우리 세 사람을 여기다가 내려놓고 배를 저어 빨리 가라."

장삼이 가로되,

"장사가 기위 계실 곳이 못 되고 소인도 여기 오래 있을 수가 없사옵니다. 부인은 어디로 가시려 하옵나이까?"

부인이 가로되,

---

195) 중국 사천성(四川省) 사천 분지 서부에 위치한 수륙교통의 요충지. 지부란 그 지방을 관장하는 지방관을 말함.

196) 한없이 멀고 푸른 하늘.

"내 갈 곳은 구태여 물을 바 아니니 너는 너 갈 데로 가라."

유모와 차환들이 이 말을 듣고 창황망조(蒼黃罔措)[197]하야 서로 붙들고 통곡하고, 장삼은 세 사람을 강 언덕에 내려놓고 부인을 향하야 절하고 작별하야 가로되,

"바라건대, 부인은 천금 같으신 귀체를 보중하시옵소서" 하고, 배를 저어 가니라. 사씨 천신만고(千辛萬苦)하야 겨우 배를 얻어 장사 땅을 거의 왔다가 마침내 이 지경에 이르고 보니 희망이 끊어진지라. 심장이 녹는 듯하야 아무리 생각하나 죽을밖에 별 수 없는지라. 유모 차환 등이 울며 가로되,

"사고무친(四顧無親)[198]한 땅에 와서 또한 노수(路需)[199]가 떨어졌으니, 부인은 장차 어찌 귀체를 보존하려 하시나이까?"

부인이 길이 탄식하여 가로되,

"사람이 세상에 나매 수요장단(壽夭長短)[200]과 화복길흉의 천정(天定)한 운수니 일시 액운을 구태여 근심할 바 없으되, 이제 내 신세를 생각건대 화를 자초함이라. 옛말에 하였으되 '하늘이 만든 화는 피할 수 있으나 제가 만든 화는 피할 수 없다' 하였으니 이제 내 도중에서 이같이 낭패하니 다시 어디를 가며 누를 의지하리오?"

---

197) 너무 급하여 어찌할 바를 모름.

198) 의지할 만한 사람이 전혀 없음.

199) 먼 길을 오가는 데 드는 돈. 노자(路資).

200) 오래 살음과 일찍 죽음.

유모 등이 위로하여 가로되,

"옛날 영웅호걸과 열녀절부가 이런 곤액을 아니 당한 사람이 드무니, 이제 부인의 일시 액화(厄禍) 있사오나 명천이 하감(下瞰)[201]하시고 신명이 소소하니 장차 검은 구름을 바람이 쓸어버리면 일월을 다시 보올 것이니, 부인은 너무 슬허하지 마소서. 어찌 일시 액운으로 말미암아 천금 귀체를 삼가지 아니하오리까?"

부인이 가로되,

"액운을 당한 옛사람이 하나 둘이 아니로되 구하여 주는 사람이 있어 자연 몸을 보전하였거니와, 이제 나의 일은 그렇지 아니하야, 연연약질(軟娟弱質)[202]이 위로 하늘에 오르지 못하고 아래로 땅에 들지 못하니 어찌하리오. 마땅히 한번 죽어 옛사람으로 더불어 꽃다운 이름을 나타나게 할지니, 이는 나에게 행복되는 일이로다"

하고, 강물을 향하야 뛰어들려 하니, 유모와 차환이 붙들고 울어 가로되,

"소비 등이 천신만고하야 부인을 모셔 이에 이르렀으니 마땅히 생사를 한가지로 할지라. 원컨대 부인과 함께 물에 빠져서 지하에 돌아가 모시기를 바라나이다."

부인이 가로되,

"나는 죄인이니 죽음이 마땅하거니와 너희들은 무슨 죄로 나를 따르리오. 행중에 노자가 떨어졌으니 너희들은 인가에

---

201) 굽어 살피고.
202) 몸이 가냘프고 연약한 사람, 또는 그 체질.

의지하라. 차환은 나이 젊으니 말할 것도 없거니와 유모도 아직 남의 집에 들어가 밥을 지을 수 있으니 어찌 의탁할 곳이 없을소냐? 각각 몸을 보중하였다가 북방 사람을 만나거든, 내 이곳에서 죽은 줄을 알게 하라"
하고, 이에 나무를 깎아 글을 쓰되,

모년 모월 모일에 사씨 정옥은 구가의 출부되어 이에 이르러 물에 빠져 죽노라

쓰기를 다하고 통곡하니, 유모와 차환이 좌우에서 따라 우매, 일월은 빛이 없고 초목금수(草木禽獸)도 슬허하더라. 이러구러 날이 어둡고 동천에 달이 오르니, 사면에서 귀신이 울고 황릉묘 위에 두견의 소리가 처량하고 소상강 대숲 아래 잔나비 슬피 우니, 유모 등이 부인더러 말하되,

"밤이 심히 차니 저 위에 올라 밤을 지내고 내일 다시 생사를 판단하사이다."

부인이 마지못하야 악양류에 올라가니, 아로새긴 들보가 반공에 솟아 강물에 다다랐는데 오색 채운이 구의산(九疑山)으로조차 일어나 악양루를 둘렀으며 월색은 난간에 가득하니, 사씨 가로되,

"악양루는 천고에 유명한 곳이라"
하고, 밤을 지내더니 날이 밝고자 할 때에 누각 아래로부터 사람의 소리가 나며 수십 명이 올라오니, 이 사람들은 서울 사람으로서 이곳에 왔다가 구경코자 하여 올라옴이러라. 사씨, 사람의 올라옴을 보고 크게 놀라 뒷문으로조차 누각에서

내려서 강가 숲속에 와서 눈물을 흘려 가로되,

"이제 우리들이 의탁할 곳이 없고 날이 밝았으니, 장차 어디로 가리오? 아무리 생각하여도 강물에 몸을 던지니만 같지 못하니 유모는 만류치 말라"

하고, 몸을 일으켜 강 속에 뛰어들려 하니, 유모와 차환이 망극하야 사씨를 붙들고 통곡할새, 사씨 문득 기운이 시진(澌盡)하야[203] 유모의 무릎을 의지하야 잠깐 졸더니, 비몽사몽간에 한 여동(女童)이 와 이르되,

"낭랑(娘娘)[204]이 부인을 청하시더이다."

사씨 놀라 가로되,

"낭랑은 뉘시뇨?"

여동이 가로되,

"가시면 자연 알으시리이다."

사씨, 여동을 따라 한 곳에 이르니 한 전각이 강변에 있어 광활한지라. 여동이 부인을 데리고 전각으로 들어가더니, 이윽고 발을 걷어치고 전상(殿上)에서 소리하야 가로되,

"오르라"

하거늘, 사씨가 동자를 따라 전상에 오르니 양위 낭랑이 교의에 앉았고 좌우에 모든 부인이 모셨더라. 사씨, 예를 마치매 그 부인이 좌를 주고 가로되,

"우리는 다른 사람이 아니라 순 임금의 두 왕비라. 상제께서 우리의 정상(情狀)을 측은히 여기시고 이곳 신령을 시키

---

203) 기운이 빠지고 없어져.
204) 왕비, 왕후.

신 고로 이에 있나니, 이러므로 고금 절부열녀를 가으말아[205]
세월을 보내더니, 그대 이제 일시 화를 만나 이곳에 이름이
로다. 천정한 운수니 아무리 죽고자 하나 무가내하(無可奈
何)[206]니 마음을 너그럽게 하라."

사씨, 일어나 사배하고 가로되,

"인간에 미천한 여자, 매양 서책 중에서 성덕을 우러러 사
모할 따름이옵더니 이에 와서 뵈올 줄 어찌 뜻하였으리잇
고?"

낭랑이 가로되,

"부인을 청함은 다름아니라, 부인이 천금보다 중한 몸을
헛되이 버려 굴원의 자취를 따르고자 하니 이는 하늘이 명하
심이 아니라. 부인이 호천통곡함은 천도 무심함을 한함이니
이는 평일 총명이 흐리게 됨이라. 그러므로 특별히 의논을
펴 회포를 일러 위로코자 청함이노라."

사씨 사례하여 가로되,

"낭랑의 가르치심이 이 같으시니 첩이 소회(所懷)를 여쭈
리이다. 소첩은 본대 한미(寒微)한 사람이라. 일찍 엄부를
여의고 편모에게 자라나 배운 바 없어 행실이 불민하옵더니,
존구 기세하시매 세상 일이 크게 변하야 동해의 물을 기울여
도 씻지 못할 누명을 입고 규문을 나온 후 눈물을 뿌려 구고
의 묘하를 지키던 중, 마침내 강호에 나부끼는 몸이 되오매
갈 바를 알지 못하야 앙천탄식하다가, 하릴없어 만경창파에

---

205) 일을 맡아 재량(裁量)하여. 담당하여 처리하여.

206) 몹시 고집을 부리거나 버티어서 어찌할 수가 없는 일.

몸을 던져 고깃배에 장사하려 하매 여자의 마음에 망령되옴을 깨닫지 못하옵고 부르짖사와 낭랑이 들으시게 하오니 죄사무석이로소이다."

낭랑이 가로되,

"매사가 다 천정이요 인력으로 못 하나니, 어찌 굴원의 죽음을 본받으며 하늘을 원망하리오. 부인은 아직 장래의 복록이 무궁하나니 어찌 자처(自處)[207]하리오. 유씨 집은 본대 적선한 가문이라. 오직 유 한림 너무 조달(早達)[208]하야 천하의 일을 통달하나 사리에 주밀(周密)치 못하므로 하늘이 잠깐 재앙을 내리사 크게 경계코자 함이거늘, 부인이 어찌 이토록 조급히 구느뇨? 부인을 참소하는 자는 아직 득의하고 방자 교만하야, 비유컨대 똥의 버러지가 제 몸이 더러운 줄 알지 못함과 같으니 어찌 족히 말하리오. 하늘이 장차 큰 벌을 내리시리라. 그러니 부인은 안심하고 바삐 돌아갈지어다."

사씨 가로되,

"낭랑이 첩의 허물을 더럽다 아니하시고 이같이 밝게 가르치시니 감격하도소이다. 그러나 돌아가 의탁할 곳이 없사오니, 낭랑은 첩의 사정을 돌아보사 시녀로 있게 하시면 낭랑을 모시고 영원히 있을까 하나이다."

낭랑이 웃어 가로되,

"부인도 이 다음 이곳에 머물려니와, 아직 당치 아니 했으니 빨리 돌아가라. 남해도인(南海道人)이 부인과 인연이 있

---

207) 스스로 자기의 목숨을 끊음. 자살(自殺).
208) 젊어서 높은 자리에 오름. 어려도 어른같이 보임.

으니 거기에 잠깐 의탁함이 또한 하늘의 뜻이니라."

사씨 가로되,

"첩이 전일 들으니 남해는 하늘 한 끝이라 길이 멀거늘 어찌 가오리까?"

낭랑이 가로되,

"연분이 있으면 자연 가게 되리니 염려 말라"

하고, 드디어 동벽 좌상의 얼굴이 아름답고 눈이 별 같은 부인을 가리켜 가로되,

"이는 위국부인(衛國夫人) 장강(莊姜)[209]이라"

하고, 또 한 부인을 가리켜 가로되,

"이는 한나라 반첩여(班婕妤)[210]라"

하고, 차례로 이름을 가리켜 가로되,

"부인이 이미 이에 이르렀으니 서로 알게 함이로다."

사씨, 일어나 사례하야 가로되,

"오늘에 여러 부인의 면목을 이렇듯 뵈옴은 뜻하지 않은 바니 어찌 영광이라 아니하오리까?"

여러 부인이 흔연(欣然)[211]히 답사하더라. 사씨, 사배 하직하니 낭랑이 가로되,

"매사에 힘써 하면 50년 후 이곳에 자연 모일 것이니 다만 삼가 보중하라"

---

209) 주(周)나라 때 동궁득신(東宮得臣)의 누이동생으로 위장공(衛莊公)의 부인이 됨. 호(號)가 장강(莊姜)임.

210) 중국 한나라 성제(成帝)의 후궁.

211) 흐뭇해하는 모습으로.

하고, 청의 여동(靑衣女童)을 명하야,

"모셔 가라"

하니, 사씨 절하고 뜰 아래 내릴새 전상에서 열두 주렴(珠簾)[212]지우는 소리에 놀라 잠을 소스치니,[213] 유모 등이 부인이 오래도록 혼절(昏絶)함에 망극하야 깨기를 기다리더니 오랜 후에야 몸을 움직이거늘 기뻐하야 급히 구하매, 사씨 일어나 어느 때나 되었는지를 물으니, 잠든 후 서너 시간이나 되었다 하더라. 이에 유모 등이 가로되,

"부인이 기절하야 계시거늘, 저희들이 구원하야 이제야 정신을 진정하야 계시나이다."

사씨, 낭랑의 말씀을 다 이르고 가로되,

"내 몽중에 대숲 속으로 갔으니, 너희들이 믿지 않거든 나를 따라오라"

하고, 붙들어 수풀로 들어가니 한 사당이 있는데, 현판에 '황릉묘'라 하였으니 이는 곧 두 왕비의 사당이라. 꿈에 보던 곳과 같으되, 단청(丹靑)이 투색(渝色)[214]하고 심히 황량(荒涼)하더라. 즉시 전상을 바라보니 두 왕비의 화상이니, 완연히 몽중에 뵈옵던 바와 다름이 없거늘,

사씨 절하고 축원하야 가로되,

"첩이 낭랑의 가르치심을 입사오니, 다른 날 좋은 때를 만날진대 낭랑의 성덕을 어찌 명심치 아니하리잇고?"

---

212) 구슬을 꿰어 만든 발. 구슬발.

213) 깨니. 설깨니.

214) 빛이 바램. 퇴색(退色).

하며 물러나와, 차환으로 하여금 묘지기의 집에서 밥을 구하도록 하야 삼인이 요기하더라. 이에 부인이 가로되,

"우리 삼인이 두루 방황하야 의지할 곳이 없으매 신령이 희롱하시도다"

하고 주저하더니, 밤은 점점 깊어가고 달빛은 몽롱한지라.

사씨 헤오되,

"사람이 세상에 나매 부귀빈천이 팔자에 있으나 여자로서 씻지 못할 누명과 허다한 고초를 지나되, 마침내 이곳에 이르러 의지할 바가 없게 되니 죽는 것이 상책이로다"

하더니, 뜻밖에 사당문 앞으로 두 사람이 들어와 고하야 가로되,

"부인이 어려움을 만났으나 어찌 물에 빠져 자처코자 하시나이까?"

부인이 놀라 눈을 들어보니, 하나는 늙은 여승이요 하나는 여동이라. 이에 물어 가로되,

"어찌 우리 일을 아느뇨?"

여승이 황망히 예하고 가로되,

"소승은 동정 군산사(君山寺)에 있더니, 아까 비몽사몽간에 관음이 현몽(現夢)하사 어진 여자 환난을 만나 갈 바를 모르고 장차 물에 빠지려 하니 빨리 황릉묘로 가서 구원하라 하시매 급히 배를 저어 왔더니, 과연 부인을 만나매 부처님 영험하심이 신기하도소이다."

사씨 가로되,

"우리는 죽게 된 사람이러니, 존사의 구함을 만나매 실로 감격하나 존사의 암자 멀고 또 귀 암자에 폐가 될까 하나이

다."

여승이 가로되,

"출가한 사람은 본대 자비를 일삼나니 하물며 부처님의
지도하심이거늘 어찌 이런 말씀을 하시나이까?"

하고, 붙들어 언덕에 내려 좌정한 후 여승이 여동과 더불어
배를 저어 타고 갈새, 일진순풍을 만나 순식간에 군산에 다
다르매, 산이 동정호에 외로이 있으니 사면이 다 물이요 여
러 봉에 대 수풀이고 인적이 희소하더라. 여승이 배에서 내
려 사씨를 붙들어 길을 따라 나아갈새, 열 걸음에 한 번씩 쉬
어 암자에 들어가니 암자 이름을 수월암(水月庵)이라 하였
는데 가장 깊숙하고 정결하야 인세(人世) 같지 아니하더라.
종일 신고(辛苦)²¹⁵⁾하였으므로 잠이 들어 밤이 밝아옴을 깨
닫지 못하더라. 여승이 불당을 소쇄하고 향을 피우고 경쇠를
치며 부인을 깨워 예불하라 하거늘, 사씨가 차환 등과 더불
어 법당에 올라 분향 배례할새, 눈을 들어 살피고 문득 놀라
며 눈물을 머금으니 부처는 다른 이가 아니라 십육 년 전에
자기가 찬을 지어서 썼던 백의 관음화상이라. 여승이 괴이히
여겨 물어 가로되,

"부인이 어찌 부처의 화상을 보고 슬허하시나이까?"

사씨 가로되,

"화상 위에 쓴 것이 내 아희²¹⁶⁾ 때에 지은 찬이니, 여기에
와보매 자연 비회(悲懷)를 금치 못하리로소이다."

---

215) 어려움에 처하여 몹시 애씀, 또는 그 고통이나 고생.
216) 아이.

여승이 크게 놀라 가로되,

"이 말씀 같을진대 부인이 신성현 사 급사댁 소저가 아니십니까? 부인의 용모와 성음이 이목에 익은 줄을 이상히 여겼나이다. 소승은 다른 사람이 아니라 그때 부인에게 글 받아온 우화암 묘혜로소이다. 소승이 유 소사의 명을 받자와 부인에게 관음찬을 받아가매 소사 보시고 크게 기뻐하야 혼인을 정하시고 소승을 중상(重賞)하시니, 그때 머물러 혼사를 보려 하다가 스승이 찾기를 바삐 하매 할 수 없이 산에 돌아와 스승을 따라 십 년을 수도하였더니, 스승이 돌아가시고 얼마 후에 이곳에 와 유벽(幽僻)[217]한 곳에 암자를 짓고 고요히 공부하며 불상을 뵈올 때마다 부인의 옥설(玉雪) 같은 용모를 생각하더니, 알지 못해라, 부인이 어찌하야 이 지경에 이르시니잇고?"

사씨, 눈물을 흘리고 전후 곡절을 일일이 설화(屑話)[218]하니, 묘혜 탄식하여 가로되,

"세상 일이 본대 이 같은 것이오니, 부인은 너무 슬허하지 마옵소서."

부인이 불상을 다시 보니, 외로운 섬 가운데 앉아 기운이 생생하야 완연히 살았는 듯하고, 찬의 의미가 자기의 유락함을 그렸는지라. 사씨 탄식하여 가로되,

"세상 일이 다 하늘이 정한 것이니 어찌하리오!"

하고, 이날부터 관음보살에게 분향하야 인아와 다시 만나기

---

217) 한적하고 구석짐.

218) 자질구레한 이야기.

를 축원하더라. 묘혜, 조용한 때를 타서 부인더러 가로되,

"부인이 이제 여기 와 계시니 복색을 어찌하시렵니까?"

사씨 가로되,

"내 이곳에 있음이 부득이함이라 어찌 변복하리오."

묘혜 가로되,

"내 생각하니 유 한림은 현명한 군자라. 한때 참언을 신청하나 후일은 일월같이 깨달아 부인을 맞아가리이다. 소승이 일찍이 스승에게 수도할 때 사주도 약간 배운 바 있사오니, 부인은 사주를 말씀하옵소서."

부인이 즉시 이르니, 묘혜 곰곰이 생각하다가 크게 기뻐하야 가로되,

"팔자는 대길(大吉)할지라. 초년은 잠깐 재앙이 있으나 나중은 부부 안락하고 자손이 영화하야 복록이 무궁하리로다."

부인이 탄식하여 가로되,

"박명한 인생이 존사의 과히 칭찬하심을 당치 못하리니 어찌 그것을 믿으리오"

하고, 한담을 시작할새, 부인이 강상에서 풍파를 만나 인가에 머물매 그 집 여자의 현철하던 것을 이르고 못내 칭찬하니, 묘혜 가로되,

"부인이 소승의 질녀를 보셨나이다. 질녀의 이름은 취영이니, 제 어미 일찍 강보[219]에 두고 죽으매 제 아비가 변씨를 취하였으되, 그 아비 또 죽으매, 변씨가 취영을 소승에게 주

---

219) 포대기.

어 머리를 깎아 중을 삼고자 하거늘, 내 그 상을 보니 귀자를 많이 두어 복록이 완전할 상이라. 변씨를 권하야 데리고 살라 하였더니 요사이 들으매 질녀 가장 효성겨워 모녀 서로 사랑하고 산다 하더니, 부인이 만나보셨나이다."

부인이 가로되,

"얻기 어려운 것이 어진 사람이라. 나도 사람의 마음을 알지 못한 까닭으로 이에 누명을 입고 이렇듯 고생하니 어찌 한되지 아니하리오."

묘혜 가로되,

"이는 도시 천정한 운수라. 부인과 소승이 잠시 인연이 있사오니 그런 줄 알으소서."

부인이 가로되,

"내 여기 있음을 한함이 아니라. 집을 떠나매 인아의 신세 외로운지라. 그 생사가 어찌 되었는지 염려 적잖고, 또 요사이 집안에 요괴한 사람이 있어 한림의 신상에 어떠한 재앙이 미칠까 염려함이 적잖으며, 전일 구고 묘하에 있을 때 구고의 존령이 현몽하사 이르되, '모년 모월 모일에 배를 백빈주에 대었다가 급한 사람을 구하라' 하시고 신신당부하시니 알지 못해라. 이 어떤 사람이 급한 화를 만날 것이뇨?"

묘혜 가로되,

"한림 상공은 오복이 구비한 상이요, 겸하야 유씨 대대로 적덕이 많사오니 어찌하여 요얼(妖孽)이 침노하오리까? 백빈주에서 급한 사람을 구하라 하셨으니 그때를 기다려 어기지 말고 구하사이다. 유 소사는 본대 공명정대하신 어른이시니 생간 어찌 범연(凡然)하시리까?"

부인이 옳다 하고 이에 머물러 세월을 보낼새, 유모와 차환으로 더불어 침선방적을 부지런히 하야 사중의 힘을 덜어주니 모든 여승이 기뻐하야 부인을 극진히 공경하더라.

차설, 교녀 정당(正堂)을 차지하야 가사를 총찰하매 악독함이 날마다 더하야, 비복이 그녀의 혹독한 형벌을 견디지 못하고 사씨를 생각하더라. 교녀, 십랑으로 하여금 한림의 총명을 가리는 요물을 정당 사면에 묻어두고 한림이 입번할 때를 타서 동청을 백자당으로 청하야 서로 즐기는 정이 비길 데 없으니, 음란한 거동이 이루 측량치 못할러라. 하루는 교녀, 동청을 데리고 백자당에서 자고 날이 밝으매 동청은 외당으로 나가고 교녀는 곤하야 늦도록 일어나지 아니하였더니, 한림이 돌아와 정당에 이르매 교녀 없는지라. 시비더러 물으니 백자당에 있다 하거늘, 한림이 백자당에 이르러 교녀를 보고 이에서 자는 연고를 물으니 교녀 대답하야 가로되,

"근래 정당에서 자매 몽사(夢事) 산란하고 기운이 좋지 아니하여 어젯밤은 이에서 잤나이다."

한림이 가로되,

"부인의 말이 옳도다. 나도 잠만 들면 몽사 번잡하야 정신이 혼미하고 나가 자면 편안한지라. 바야흐로 의심이 깊더니 부인이 또한 그러하다 하니 점 잘 치는 사람을 불러 물어보리라"

하더라.

이때 천자, 서원에서 기도하기를 일삼으니, 간의태후(諫議太侯)[220] 서세가 글을 올려 간하고 승상 엄숭을 논핵(論劾)[221]하니, 보시고 크게 노하사 서세를 삭직(削職)하시고,

"먼 곳에 보내어 충군(充軍)[222]하라"

하시니, 유 한림이 또 글을 올려 구한대, 임금이 한림을 꾸짖
으시고 조서를 내려 가로되,

"일후 만일 기도함을 막는 자가 있으면 목을 베리라"

하시니, 한림이 또한 병을 칭탁하고 조정에 들어가지 아니하
니라. 도원관에 도진인(陶眞人)이란 자가 있으니, 한림과 친
한지라 문병하러 왔거늘, 한림이 모든 손을 다 보내고 다만
진인을 머무르게 하고 내실에 들어가 기운을 살피라 하니,
진인이 두루 본 후 이르되,

"비록 대단치 아니하나 또한 좋지 아니하다"

하고, 사람을 시켜 침벽(寢壁)을 뜯고 나무로 만든 사람 여
럿을 얻어내니 한림이 크게 놀라 변색하거늘, 진인이 웃어
가로되,

"이는 구태여 사람을 해하려 함이 아니라, 상공의 시첩이
사랑을 받고자 함이라. 자고로 이런 일은 사람의 정신을 요
란케 하는 계교니 없애고, 또 집안에 좋지 못한 기운이 떠도
니 이런 일을 술법에 이른바 '주인이 집을 떠나리라' 하였나
니 모로미 조심하야 재앙이 없게 하소서."

한림이 가로되,

"삼가 명심하리이다"

---

220) 중국의 옛 관명(官名). 천자를 간하고 정치의 득실(得失)을 논
하는 직책.

221) 허물을 탄핵함.

222) 관원이 죄를 범할 때 군역(軍役)에 복무시키던 형벌.

하고, 진인을 후히 대접하야 보내고 생각하되,

'가중에 이런 일이 있으면 사씨를 의심하였더니, 이제 사씨 없고 방을 고친 지 오래지 않은데 이런 요물이 있으매 반드시 가중에 악사를 짓는 자가 있도다. 이로써 볼진대 사씨 그 아니 애매하던가?'

하고 의심이 만단으로 일어나더라. 본대 이 일은 교녀, 십랑과 더불어 계교한 바거늘, 창졸에 백자당에 잔 핑계를 꾸미려 하야 몽사 번잡타 하였으나, 일이 발각되매 한림이 비록 교녀의 한 일인 줄 깨닫지 못하되, 적년 미혹하였던 총명이 돌아온 듯 머리를 숙이고 지난 일을 생각하며 정히 의심하던 차에 장사로부터 두 부인의 서찰이 이르렀거늘, 반가이 떼어 보니 글월의 뜻이 깊고 오히려 사씨가 출거한 줄 모르고 당부한 말씀이 더욱 간절한지라. 심중에 생각하되,

'사씨의 위인이 현철한데 옥지환은 친히 보았으나 혹시 시비 중에서 '도적함이 괴이치 아니하고, 시비 춘방이 죽을 때에 납매 등을 꾸짖고 죽었으나 종시 불복하였으니 왜 그리 하였을까?'

하고 불평하더라. 교녀, 이후로 한림의 기색이 전일과 다름을 보고 크게 두려워하야 동청더러 가로되,

"내 한림의 기색을 보니 앞날과 다른지라. 아마 우리 두 사람의 일을 아는가 싶으니 어쩌면 좋을꼬?"

동청이 가로되,

"우리 일은 가중에서 모를 이 없으되 한림의 귀에 가지 아니함은 부인을 두려함이라. 한림이 만일 뜻을 변하면 참소하는 자 많으리니, 우리 두 사람은 죽어 묻힐 땅이 없으리로

다."

교녀 가로되,

"일이 이 같으니 어찌하리오? 나는 여자라 소견이 없으니, 낭군은 좋은 꾀를 생각하여 화를 면케 하라."

동청이 가로되,

"오직 한 꾀가 있으니, 옛말에 이르되 '남이 나를 저버리거든 차라리 내 먼저 남을 저버리라' 하였으니, 가만한 때에 독약 한 봉을 섞어 한림을 해하고 우리 두 사람이 해로하면 무슨 해로움이 있으리오."

교녀, 잠자코 있다가 가로되,

"이 말이 근사(近似)²²³⁾하거니와, 행여 누설하면 화를 면치 못하리니 조용히 의논하리라"

하더라.

이때, 한림이 병을 칭탁하고 조정에 들어가지 아니한 지 오래매 혹 벗을 찾아다니더니, 동청이 우연히 한림의 책상 위에서 한 글을 얻어내니 이는 곧 한림의 지은 바라. 두어 번 보다가 문득 기뻐 날뛰며 가로되,

"하늘이 우리 두 사람으로 하여금 백년해로를 점지하심이로다."

교녀, 황망히 물어 가로되,

"어인 말인고?"

동청이 가로되,

"저적에 천자, 조서를 내리사 '나의 기도하는 것을 간하는

---

223) 썩 그럴 듯함, 꽤 좋음.

신하는 곧 죽이리라' 하셨는데, 지금 이 글을 보매 시절을 두고 기롱(譏弄)²²⁴⁾하여 엄 승상을 간악한 소인에 비하였더니, 이 글을 가지고 가서 엄 승상을 뵈면 엄 승상이 천자께 아뢰어 법으로 다스리리니, 우리 두 사람이 어찌 백년해로를 못 하리오."

교녀, 크게 기뻐하야 제 뺨을 동청의 뺨에다 대어 음란한 교태를 부려 가로되,

"전일에 말씀하던 꾀는 위태하더니, 이는 남의 손을 빌어서 없이함이니 어찌 쾌치 아니하리오."

하고, 음란한 행사 무궁하니, 이런 악독한 계집이 어디 또 있을까.

차설, 동청이 유 한림의 글을 소매에 넣고 바로 엄 승상 부중에 나아가 뵈옴을 청한대, 엄숭이 들어오라 하야 물어 가로되,

"무슨 일로 왔느뇨?"

동청이 가로되,

"천생은 한림학사 유연수의 문객이옵니다. 비록 그 집에 머물러 있으나 그 사람의 의논을 듣사온즉, 매양 승상을 해코자 하므로 늘 마음이 불안하더니, 어제 연후 술을 먹고 취하야 소생더러 이르되, '엄숭은 임금을 그릇 지도하는 소인이라' 하고 또 지금 세상을 송(宋)나라 휘종(徽宗) 시절에 비하야 '비록 간하지 못하나 글을 지어 내 뜻을 표하리라' 하고 이 글을 지어 쓰거늘 천생이 그 글뜻을 물으니, 승상을

---

224) 남을 업신여기어 실없는 말로 놀림. 희롱.

옛적 간신 진회(秦檜)와 왕흠약(王欽若)에게 비하여 짐짓 묘한 글이라 일컫거늘, 천생이 도적하야 승상께 드리나이다."

엄숭이 받아보니 과연 옥배천서(玉杯天書)[225]란 문자 있거늘, 엄숭이 냉소하야 가로되,

"유연수의 부자 홀로 내게 항복치 아니하더니, 망령된 아희, 대신을 희롱하니 죽고자 하는도다"

하고, 글을 가지고 궐내에 들어가 아뢰되,

"근래 기강이 풀어져 젊은 학사, 국법을 두려워하지 아니하오니 심히 한심하온지라. 이제 성상이 법을 세워 계시거늘, 한림 유연수 감히 신원평(新垣平)의 옥배와 왕흠약의 천서로 신을 욕하오니, 신이야 무슨 말씀 하오리까마는 성주를 기롱하오니 마땅히 국법을 밝힘직 하오이다"

하고, 이에 국궁(鞠躬)[226]하야 글을 받들어 임금 앞에 올리니, 천자께서 글을 받아보시고 크게 노하사 유연수를 금의옥에 가두시고 장차 사형을 내리려 하시더니, 태후 서세가 글을 올려 가로되,

"충신을 죽이려 하시나 그 죄를 알지 못하오니, 청컨대 그 글을 내리우사 알게 하소서."

임금이 글을 보이시고 가로되,

"유연수, 천서옥배로써 나를 기롱하니, 어찌 죽기를 면하리요."

서세 가로되,

---

225) 나라가 문란할 것을 두려워한 글.
226) 존경하는 뜻으로 몸을 굽힘.

"이 글을 보오니 천서옥배로 임금을 기롱함이 분명치 못하고, 한 문제(漢文帝)와 송 진종(宋眞宗)은 태평성군이라. 유연수 죄를 입사오나 죽을 죄는 아니거늘, 어찌 밝게 살피지 아니하시나이까?"

임금이 잠자코 있으니, 엄숭이 좌우에서 간하는 말이 일어남을 보고 가장 불평하나 남의 이목을 가리우지 못하야 착한 체하여 아뢰어 가로되,

"학사의 말이 이 같으니 유연수를 귀양 보냄이 마땅하여이다."

임금이 허락하시니 엄숭이 유사(有司)에게 분부하야,

"행주(幸州)로 귀양 보내라"

하고, 돌아오니 동청이 승상더러 가로되,

"이 같은 중죄인을 어찌 죽이지 아니하시나이까?"

엄숭이 가로되,

"간하는 말이 있어 죽이든 못하였으나, 행주는 수토 사나와 북방 사람이 가면 살아오는 이 없으니 칼로 죽이는 것이나 다름이 없도다"

하니 동청이 기뻐하더라. 이때 한림이 불의에 흉변을 만나 장차 길을 떠날새, 교녀가 비복을 거느려 성 밖에 나아가 통곡하며 이별하여 가로되,

"첩이 어찌 홀로 있으리오. 상공을 좇아 생사를 한가지로 하려 하나이다."

한림이 가로되,

"내 이제 험지에 가면 생사를 알 수 없으니, 그대는 좋이 있어 제사를 받들고 인아를 잘 길러 성취한즉, 그대 몸을 의

지하야 살지니, 어찌 나와 한가지로 가리오. 인아, 비록 사나운 어미의 소생이나 골격이 비범하니, 거두어 잘 기르면 내 죽어도 눈을 감으리로다."

교녀 가로되,

"상공의 자식이 곧 첩의 자식이라. 어찌 봉추와 달리하야 박대하오리까?"

한림이 재삼 부탁하더라. 한림이 옥에 나올 때에 동청의 일을 잠깐 말하는 사람이 있거늘, 집안 사람더러 가로되,

"동청을 보지 못하니 어쩐 일인가?"

비복 등이 가로되,

"나간 지 3, 4일이로소이다."

한림은 들은 말이 옳은 줄 알고 대단히 분하나, 할 수 없어 관차(官差)[227]를 따라 남으로 향하니라. 이 뒤로는 동청이 엄숭의 가인이 되야 세도를 얻어 진류현령(陳留縣令)이 되매 교녀에게 일러 가로되,

"내 이제 진류현령을 하야 모레면 떠날 것이니 한가지로 가자"

하거늘, 교녀 좋아 날뛰며 집 안에 말을 내되,

"사촌 종형이 먼 시골서 살더니 이제 병이 중하매 영결(永訣)하야지라 기별이 왔기로 간다"

하고, 심복한 시비 납매 등 다섯 명과 인아·봉추를 데리고 그 나머지 비복들은 집을 지키라 하니, 모든 비복이 다 청령하되 인아의 유모가 따르고자 하거늘 교녀 가로되,

---

227) 관에 딸린 군노(軍奴).

"인아는 젖을 아니 먹고 내 또 수이 오리니, 네가 함께 가서 무엇하리오."

꾸짖어 물리치고 금은주옥과 모든 경보(輕寶)²²⁸를 다 거두어가지고 집을 떠나니 누가 감히 막으리오. 수삼 일 만에 하간에 이르니, 동청이 위의(威儀)²²⁹를 차리고 벌써 와 기다리다가 서로 만나 반김이 비할 데 없더라.

동청이 가로되,

"인아는 원수의 자식이니 데려다 무엇하리오. 일찍 죽여 화근을 없이하리라."

교녀, 그 말을 옳이 여겨 설매더러 가로되,

"인아, 장성하면 나와 네가 편치 못하리니 빨리 데려다가 물에 넣어 자취를 없이하라."

설매, 그 말을 듣고 인아를 안고 물가에 오니 아희 오히려 잠이 깊게 들었거늘, 차마 해치지 못하고 스스로 눈물을 흘리고 가로되,

"사 부인 성덕이 저 물 같거늘, 내 무상하야 그를 모해하고 이제 또 그 아들을 마저 해하면 어찌 천벌이 없으리오"

하고, 인아를 수풀 속에 고이 누이고 돌아와 교녀더러 가로되,

"아희를 물 속에 넣으니 물결 속에 들락날락하더니 필경 보이지 않더이다."

교녀와 동청이 크게 기뻐하야 배에 올라 술을 부어 서로

---

228) 간단한 보물.
229) 위엄이 있는 몸가짐이나 차림새.

권하고 거문고를 타며 노래를 부르니, 음란한 행사 이루 다 말할 수 없더라. 육지에 내려 위의를 갖추고 진류에 도임하니라.

차설, 유 한림이 금의옥식으로 생활하다가 뜻밖에 귀양살이를 하매 그 고초 측량 없고, 또 수로가 사나운지라. 이에 전일을 생각하고 뉘우쳐 가로되,

"사씨. 일찍 동청을 꺼리더니 이제 그 말이 옳은지라. 지하에 돌아가면 무슨 면목으로 선조를 뵈오리오"

하고, 길이 탄식하매 심화(心火)가 병이 되어 죽을 지경이로되, 이곳은 본대 약이 없는지라. 병세 날로 침중하더니, 하루는 비몽사몽간에 한 늙은 할미가 병을 가지고 들어와 이르되,

"상공의 병이 위중하시니 이 물을 먹으면 좋으리로다"

하거늘, 한림이 물어 가로되,

"그대는 누구관데 죽어가는 사람을 구하느뇨?"

노고(老姑) 가로되,

"나는 동정호 군산에 사노라"

하고, 병을 뜰 가운데 놓고 가거늘 다시 묻고자 하다가 번뜩 깨달으니 꿈이라. 가장 이상히 여겼더니, 이튿날 아침에 노복이 뜰을 쓸다가 이상한 낯빛으로 들어와 고하되,

"뜰에서 물이 솟아나나이다."

한림이 괴이히 여겨 창을 열고 보니, 꿈에 노고가 병을 놓던 곳이라. 물을 떠오라 하야 먹어보니 맛이 달고 시원하야 감로를 먹은 듯하니 나쁜 수토에 상한 병이 구름 걷듯하야 원기가 싱싱하매, 보는 이가 다 놀라 괴이히 여기더라. 또 그

물이 마르지 아니하야 수십 집이 나누어 먹으니 행주에 토질 (土疾)이 없어지고 그곳 사람이 우물 이름을 학사정(學士井) 이라 하며 지금까지 전하야오니라.

이때, 동청이 교녀와 더불어 진류에 도임한 후 전혀 탐재 (貪財)를 일삼아 백성에게 세금을 더하고 온갖 악한 짓을 다 하야 백성의 재물을 빼앗고도 오히려 부족하야 엄숭에게 글 을 올려 가로되,

"진류현령 동청은 고두재배(叩頭再拜)[230]하고 승상 좌하 에 글월을 올리나이다. 소생이 약한 정성을 다하야 승상을 섬기고자 하되 고을이 작아서 재물이 부족한 고로 마음과 같 이 못 하오니 보배와 금은이 많은 남방의 관원을 하오면 정 성을 다하야 섬기리다"

하였더라. 엄숭이 기뻐하여 즉시 남방의 큰 고을을 시키려 할새 천자께 여쭈어 가로되,

"진류현령 동청의 재주가 사람에 지나고 정사를 잘 하오 니 가히 큰 고을을 감당하올지라. 성상은 살피소서."

임금이 그 말을 옳이 여겨 계림태수(桂林太守)를 제수하시 니, 동청 크게 기뻐하야 계림에 부임하니라.

이적에 천자, 태자를 책봉(冊封)[231]하시고 온 천하의 죄인 을 모두 놓으시니, 유 한림이 은사(恩赦)[232]를 만났으나 서울 로 바로 가지 아니하고, 친척이 무창(武昌)에 있으므로 그리

---

230) 공경하여 머리를 숙여 재배함.
231) 왕세자나 왕세손 및 후(后)·비빈(妃嬪)의 작위를 봉함. 책립 (冊立).

로 갈새 여러 날 행하야 장사지경에 이르니 때는 정히 유월이라. 날이 대단히 덥고 몸이 곤하므로 길가 그늘에 앉아 생각하되,

'내 신령의 도움을 입어 삼년 수로에 상한 병이 스러지고 또 은사를 입어 돌아오니, 서울에 가서 처자를 데려다 고향에 돌아와 농부가 되리라'

하고 앉았더니, 문득 북쪽으로서 사람의 소리 요란하며 붉은 곤장 든 사령(使令)과 각색 깃대 든 하리(下吏)가 쌍쌍이 오며 길을 치우라 하거늘, 한림이 몸을 수풀에 감추고 보니 한 관원이 금안백마(金鞍白馬)에 위의 거룩하게 지나거늘 자세히 보니 분명한 동청이라. 놀라 생각하되,

'이놈이 어찌 저렇게 높은 벼슬을 하였는고?'

하고, 가만히 거동을 살피건대,

'자사(刺史) 아니면 태수 벼슬을 하였도다. 제 엄숭에게 붙이어 그리 되었도다'

하고 더욱 분히 여기더니, 문득 또 치우라는 소리 나며 채의 시녀(彩衣侍女) 십여 인이 칠보(七寶) 금덩이를 옹위(擁衛)[233]하고 지나니 위의 또한 장한지라. 모두 지난 뒤에 한림이 길에 나와 주점에 들어 점심을 먹고 쉬더니, 문득 맞은편 집에서 한 여자가 나오다가 한림을 보고 놀라 물어 가로되,

"상공이 어찌하야 이곳에 계시니잇고?"

---

232) 왕조 때, 나라에 경사가 있을 경우 죄가 가벼운 죄인을 석방하던 일.

233) 부축하여 좌우로 호위함.

한림이 자세히 보니 곧 설매라. 놀라 물어 가로되,

"나는 지금 은사를 입어 북으로 가는 길이거니와, 너는 어찌 이곳에 왔으며 가중이 다 평안하냐?"

설매, 황망히 한림을 모셔 사람 없는 곳으로 가서 눈물을 흘리며 가로되,

"어찌 한 입으로 다 아뢰오리까? 상공이 아까 지나간 행차를 눌로 아시나이까?"

한림이 가로되,

"동청이 무슨 벼슬을 하야 가나보더라."

설매 또 가로되,

"뒤에 가는 행차는 눌로 아시나이까?"

한림이 가로되,

"그는 동청의 내권(內眷)[234]이 아니냐?"

설매 가로되,

"동청의 내권이 곧 교 낭자라. 소비도 따라가더니 말에서 떨어져 옷을 갈아입으려 하야 이 주점에 들었다가 상공을 뵈올 줄 어찌 뜻하였으리잇고?"

한림이 듣기를 다한 뒤에 정신을 잃고 한참 동안이나 있다가 가로되,

"세상일이 참으로 기구하도다. 아무튼 이야기나 자세히 해보아라"

하니, 설매 머리를 땅에 조아리고 울어 가로되,

"소비, 하늘을 속이고 주인을 저버린 죄 천지에 가득하오

---

234) 아내. 안사람.

니 사죄를 청하나이다."

한림이 가로되,

"네 죄는 말할 것 없고 그간 사정이나 자세히 말하라."

설매 울며 가로되,

"사 부인이 비복을 은의로 거느리시되, 불충한 소비 아득하야 납매의 꾀임에 들어 옥지환을 도적하고 장주를 죽여 부인을 출거케 함이 모두 소비의 죄오며, 교 낭자 동청과 사통하야 십랑과 공모함이요, 상공을 행주로 귀양 보내심도 교 낭자가 동청과 꾀함이요, 상공이 가신 후 교 낭자 도망할 뜻을 내어 '형을 보러 간다' 하고 동청에게로 가니, 소비 비록 천인이나 어찌 이런 변을 보았사오리까. 교 낭자, 투기와 형벌이 혹독하야 시비를 악형으로 위협하니, 소비도 죽을 고초를 많이 당하였나이다"

하고, 팔을 걷어 불로 지진 곳을 보여 가로되,

"사 부인을 저버리고 교 낭자를 섬긴 것은 어머니를 버리고 범의 입에 들어감이라. 소비, 무엇을 알리잇가? 다만 납매의 꾐에 빠지고 돈에 팔림이오니 만번 죽더라도 죄를 속하지 못하리로소이다."

한림이 다 들은 뒤에,

"인아는 어찌 되었느냐?"

설매가 가로되,

"교녀, 소비로 하여금 공자를 물에 넣으라 하거늘, 차마 못 하고 갈대 수풀에 감추어두고 왔사오니 혹시 근처에 사람이 거두어 기르는가 하나이다."

한림이 잠깐 안색을 펴 가로되,

"살았으면 너는 나의 은인이로다. 그러나 내 사람답지 못하야 음부에게 속아 무죄한 처자를 보전치 못하니 무슨 면목으로 세상에 서리오."

설매 가로되,

"데리러 온 사람이 밖에 있으니 지체하오면 의심할지라 바삐 한 말씀을 고하나이다. 어제 악주(鄂州)에서 행인을 만나 들으니 그 사람이 가로되 '유 한림 부인이 장사로 가시다가 풍랑을 만나 물에 빠져 죽었다' 하고, 혹은 '살았다' 하야 소문이 자세치 못하오니 아뢰나이다"

하고, 급히 가니라.

이때 교녀, 설매의 늦게 온 연고를 물은대, 설매 가로되,

"낙상한 데가 아파 속히 오지 못하였나이다."

교녀는 의심이 많고 간특(姦慝)[235]한 인물이라, 설매의 동행인더러 물어 가로되,

"어찌 더디 온다?"

그 자가 가로되,

"주점에서 한 사람을 만나 이야기하더이다."

또 물어 가로되,

"그 사람이 어떤 사람이라 하더뇨?"

대답하야 가로되,

"귀양 갔다 오는 유 한림이라 하더이다."

교녀 크게 놀라 급히 동청을 불러 의론하니, 동청이 또한 놀라 가로되,

---

235) 간사하고 악독함.

118

"이놈이 남방 귀신이 되었는가 하였더니 살아서 돌아오니, 만일 득의하면 우리는 살지 못하리라"
하고, 건장한 장정 수십 인을 빼어,
"빨리 가서 유연수의 머리를 베어 오면 천금을 상주리라"
하니, 모두 청령하고 따라가니라. 이때 설매, 일이 발각되매 죽을 줄 알고 집 뒤에 가서 목을 매고 죽으니, 교녀가 알고 제 손으로 못 죽인 것을 한하더라.

이적에 유 한림이 길을 찾아가며 생각하되,
"내 음부의 간교한 말을 듣고 현처를 멀리하고 자식까지 잃어버리고 일신이 표박하니 만고에 죄인이라. 무슨 낯으로 지하에 돌아가 부인과 자식을 대하리오"
하고, 악주 땅에 이르러 강가에서 배회하면서 사람을 만나사 부인의 종적을 물으니 모두 "모르노라" 하더라. 한림이 또다시 한 노인을 만나 물으매 말하되,
"모년 모월 모일에 한 부인이 두 여자를 데리고 악양루에 올라 밤을 지내고 장사로 가더니 그 뒷일은 알지 못하노라"
하거늘, 한림이 더욱 슬허하야. 강가로 두루 찾더니, 문득 길가에 소나무를 깎고 크게 썼으되,

모년 모일에 사씨 정옥은 이곳에서 눈물을 뿌리고 물에 빠져 죽노라

하였거늘, 한림이 이에 통곡 기절하니, 종자 황망히 구하야 깨매 슬픔을 이기지 못하야 길이 탄식하여 가로되,
"부인의 현숙한 덕행으로 이렇게 참혹히 죽었사오니 어찌

슬프지 아니하리오. 마땅히 제사를 지내리라"

하고, 길가 술집에 들어가 방을 빌어 제문을 쓰려 하니 마음이 아득하야 눈물이 앞을 가리우는지라. 홀연 밖에서 함성이 진동하거늘, 살펴보니 도적놈들이 창검을 들고 달려오며 크게 외쳐 가로되,

"유연수만 잡고 타인은 상치 말게 하라"

하거늘, 한림이 대경(大驚)하야 불분동서(不分東西)하고 달아날새, 멀리 못 가서 길이 없고 큰 강이 앞을 막는지라. 정신이 아득하야 어떻게 할 줄을 모르더니 후면에서 크게 불러 가로되,

"유연수 강가로 갔으니 자세히 찾으라"

하거늘, 한림이 앙천탄식하여 가로되,

"내 처자를 무죄히 박대하였으니 어찌 천벌이 없으리오. 남의 손에 죽느니보다 차라리 물에 빠져 죽으리라"

하고, 정히 물에 빠져 죽으려 하더니 문득 배 젓는 소리 은은히 들리거늘, 한림이 찾아 나아가니 어떤 사람이 있어 한림의 위급함을 구하는고? 다음을 볼지어다.

차설, 묘혜가 사 부인을 모셔 세월을 보내더니, 하루는 부인이 가로되,

"일찍이 존구 현몽하시기를 유월 모일에 배를 백빈주에 매어 급한 사람을 구하라 하셨으니, 오늘이 정히 그 날이니 마땅히 가리로다"

하니, 묘혜 깨달아 이날 황혼에 배를 저어 백빈주로 오니라. 한림이 사람의 소리를 좇아 강가로 내려오며 바라보니, 한 여자 일엽편주를 홀로 저어 노래를 부르며 오매, 그 노래에

하였으되,

"창파에 달이 밝으니 남호에 흰 마름을 캐리로다. 연꽃이 아름다이 웃고자 함이나, 배 젓는 사람이 시름하는도다. [236]"

또 한 여자 회답하되,

"물가의 마름을 캐니 강남에 날이 저물었도다. 동정에 사람이 있어 고인을 만나도다 [237]"

하는지라. 한림이 급히 불러 가로되,

"강상 선랑은 배를 대어 급한 사람을 구하라"

하니, 묘혜 배를 대니 한림이 배에 올라 이르되,

"뒤에 도적이 따르니 빨리 저으라"

하는지라. 말을 마치자 도적이 크게 외쳐 가로되,

"배를 도로 대어라, 그렇지 않으면 너희들이 다 죽으리라"

하거늘, 묘혜 못 들은 체하고 배를 빨리 저어가니, 도적들이 크게 소리하여 가로되,

"너희 배에 올라간 놈은 살인한 놈이니, 계림태수 잡으라 하시매 잡아오면 중상하리라."

한림이 이 소리를 들으매 동청이 보낸 놈들인 줄 알고 여랑들에게 하는 말이,

"나는 유 한림이란 사람이오, 저놈들은 도적이라"

하거늘, 묘혜 배를 빨리 젓고 이에 돛을 달며 노래하여 가로되, .

"창오산(蒼梧山)[238] 저문 하늘이 달빛에 밝았으니 구의산에

---

236) 綠水明秋月 南湖採白蘋 荷花嬌欲語 愁殺蕩舟人.

237) 江南春已暮 汀洲採白蓮 洞庭有歸客 浦湘逢故人.

구름이 헐어지도다.[239] 저기 저 속객은 독행천리 무슨 일인
고? 아마도 부질없이 가는도다"

하였더라. 이때 한림이 묘혜의 노래를 듣고 아무 말인 줄도
알지 못하고 따라서 선중에 들어가니, 한 부인이 소복담장
(素服淡粧)[240]으로 앉았다가 한림을 맞아 슬피 울거늘, 한림
이 보니 이가 곧 사 부인이라. 슬프고 반가움을 이기지 못하
야 서로 붙들고 일장통곡하다가 한림이 가로되,

"이에서 상봉함은 천만 뜻밖이라"

하고, 한훤(寒喧)[241]을 편 후 길이 탄식하야 가로되,

"내 낯을 들고 부인을 보니 부끄러움을 이기지 못할지라
무슨 말을 하리오. 그러나 부인은 정신을 진정하야 연수의
불명함을 들으소서"

하고, 부인이 집을 떠난 후 요인(妖人)의 전후 일을 다 이르
며, 교녀가 십랑과 더불어 방자하던 말이며 또 설매가 옥지
환을 도적하야 동청을 주매 동청이 냉진을 보내어 속여 이르
던 말을 하니, 사씨 눈물을 흘려 가로되,

"상공이 이 말씀을 아니하셨으면 첩이 구천에 돌아간들
어찌 눈을 감으리까?"

한림이, 장주를 죽이고 설매로 하여금 춘방에게 미루던 말

---

238) 일명 구의산(九疑山)이라고도 하며, 순 임금이 여기서 죽었다
함.

239) 저절로 물러나 흩어지도다.

240) 흰옷을 입고 엷게 화장을 함, 또는 그렇게 한 차림.

241) 날씨가 춥고 더움에 대하여 말하는 인사. 한온(寒溫).

이며 동청이 엄숭에게 참소하야 자기를 사지에 보낸 말과 교녀가 가중 보물을 다 가지고 동청을 따라간 말을 이르니, 사씨 잠자코 말이 없는지라. 한림이 또 탄식하여 가로되,

"다른 것은 그만이지만, 인아는 부인을 잃고 또 아비를 잃어 강물 속의 무주고혼(無主孤魂)[242]이 된 듯하니 어찌 슬프지 아니하리오."

하고, 눈물이 비 오듯 쏟아지니, 사씨 이 말을 듣고

"애고"

한 마디 소리에 곧 기절하는지라. 한림이 구하야 다시 가로되,

"설매의 말을 들으니 제 차마 못 죽이고 물가 수풀에 던졌다 하니, 혹시 하늘이 살피사 다행히 살았으면 하나이다."

사씨 울며 가로되,

"설매의 말을 듣고 어찌 믿으며, 설사 수풀에 두었더라도 어찌 살기를 바라리오."

이렇듯 문답하야 슬픔을 이기지 못하다가, 한림이 또 가로되,

"회사정(懷沙亭) 필적을 보니 부인이 물에 빠짐이 분명하므로 노방역려(路傍逆旅)[243]에서 제문을 짓다가 동청의 보낸 무리를 만나 꼭 죽게 되었더니, 뜻밖에 부인의 구함을 얻어 살아났으니 부인은 어디로부터 이에 왔으며 어찌 배를 저어 나를 구하셨느뇨?"

---

242) 주인이 없이 돌아다니는 외로운 혼령.

243) 길가에 있는 여관.

사씨 가로되,

"첩이 선산 묘하에 있을 때에 도적이 위조 편지를 하야 위급한 화를 당하게 되었는데, 구고 현몽하사 모년 모월 모일에 배를 백빈주에 매어 급한 사람을 구하라 하시던 말씀을 일일이 전하며, 다행히 저 스님을 만나 여태껏 의지하였으며, 오늘 저 스님의 덕택으로 상공을 구하였으며, 회사정의 글은 죽으려 할 때 썼으나 저 스님의 구함을 입어 잔명을 보전하였거니와, 이에서 상공을 만날 줄이야 어찌 뜻하였으리오."

한림이 탄식하여 가로되,

"우리 부부는 묘혜 스님의 구한 바니 은혜가 태산 같도다"

하고, 묘혜를 향하야 절하고 사례하여 가로되,

"스님이 본대 우화암에 있던 묘혜 선사가 아닌가? 당초에 우리 부부의 결혼을 담당하고 또 우리 부부를 죽을 땅에서 구하니, 하늘이 우리 부부를 위하야 스님을 내셨도다."

묘혜 사양하야 가로되,

"상공과 부인의 천명이 거룩하심이니 어찌 소승의 공이리까? 그러하오나 여기는 오래 말씀할 곳이 아니니 암자로 가사이다"

하고, 이어서 객당을 소쇄하고 한림을 맞아 차를 드릴새, 유모와 차환이 한림을 보고 일희일비하더라. 한림이 사씨더러 가로되,

"내 이제 범의 입을 벗어났으나 의지할 곳이 없는지라. 무창에 가서 약간 전장(田庄)[244]을 수습하고 가도를 정돈한 후 서울에 올라가 가묘를 모셔와 앞날의 죄를 사코자 하나니,

부인은 버리지 아니하실진대 동행함을 바라나이다."

사씨 가로되,

"상공이 첩을 더럽다 아니하실진대, 어찌 명령을 거역하리잇가? 첩이 당초에 출가할 때 친척을 모으고 가묘에 고하였사오니, 이제 첩이 돌아가매 사람을 대함이 부끄러운지라. 출거한 사람이 다시 들어가는데 예절이 없지 못할 것이요, 예법을 좇아 행함이 좋을까 하나이다."

한림이 가로되,

"이는 나의 불민함이라. 이제 가묘를 모셔오고 일변 인아소식을 알아 찾아오고 예를 갖추어 데려가리이다."

부인이 가로되,

"그러하오나 상공의 외로운 몸이 도적을 만나면 위태하오리니 조심하야 행하소서. 동청이 도적을 보내어 상공을 잡지 못하였으니 필연 다시 잡으려 할 것이니, 원컨대 상공은 성명을 감추고 행하소서."

한림이 응낙하고, 이에 부인과 묘혜를 작별하고 행하야 여러 날 만에 무창에 이르러, 여간 재산을 수습하고 가묘를 수축하고 노복을 신칙(申飭)[245]하야 농업을 다스리라 하다.

차설, 동청이 교녀와 더불어 계림으로 가다가 중로에서 유한림이 사(赦)를 입어 돌아옴을 듣고 크게 놀라 장교를 보내어 목을 베어오라 하였더니, 얼마 후 장교들이 돌아와 고하되 유연수를 잡지 못하였다 하는지라. 동청과 교녀 더욱 놀

---

244) 소유하고 있는 논과 밭. 장토(庄土).
245) 단단히 타일러 삼가게 함.

라 가로되,

"이제 유연수, 서울에 가면 우리 죄상을 임금에게 아뢰고 분을 풀 것이니, 우리 어찌 마음을 놓으리오"

하고, 갔던 장교를 분부하야,

"유연수를 극력 심방(尋訪)[246]하야 잡아들이라"

하니라.

이때, 냉진이 의지할 곳이 없어 생각하되,

'동청이 큰 벼슬을 하였으니 그리 가서 의지하리라'

하고 동청을 찾아가니, 동청이 맞아 잘 대접하고 심복을 삼아 한가지로 악한 일을 행하야 백성들과 행인의 재물을 빼앗으니, 남방 사람이 뉘 아니 동청을 죽이려 하리오마는 다 승상 엄숭의 세도를 두려워하야 입을 열지 못하더라. 교녀, 계림에 간 지 오래지 아니하야 그 아들 봉추 병들어 죽으니, 슬픔을 이기지 못하더라.

동청은 그 고을에 일이 많으므로 몸소 여러 군데를 돌아다니게 되매, 냉진이 그 집의 안팎일을 맡아보게 된지라.

그러므로 교녀를 사통하야 마치 유부에서 동청과 사통하듯 하더라.

이때, 동청이 엄숭을 섬김이 더욱 극진하야 십만 보화를 갖추어 냉진으로 하여금 엄 승상 생신에 바치고자 하야 보내니, 냉진이 서울에 와서 들으매 천자께서 엄숭의 간악함을 깨달으시고 삭탈관직하야 옥에 가두고,

"그의 재산을 몰수하여 거두어라"

---

246) 방문하여 찾아봄. 심문(尋問).

하였거늘, 냉진이 생각하되,

'동청의 죄악이 많되 사람들이 모두 엄숭을 두려워하야 감히 말을 못 하였는데, 이제 이렇게 되었으니 마땅히 꾀를 쓰리라'

하고, 이에 등문고(登聞鼓)[247]를 쳐서 변을 고하니 법관이 잡아 묻거늘, 냉진이 가로되,

"소생은 북방 사람으로 남방에 다니러 갔더니, 계림태수 동청이 악독하야 학정을 일삼을 뿐 아니라 백성을 못살게 하고 행인의 재물을 탈취하는 죄가 많더이다"

한대, 법관이 이 연유를 고하니, 천자 크게 노하사 금오관으로 하여금,

"동청을 잡아 가두라"

하고, 조사를 하여보니 과연 냉진의 말과 같은지라. 조정에 엄숭이 없으니 누가 동청을 구하리오. 동청이 재물을 드려 살기를 구하나 어찌 그 말을 들으리오. 속절없이 장안 거리에 내다 베어 죽이고 그 가산을 적몰(籍沒)[248]하니, 황금이 사만 냥이요 금주보배(金珠寶貝)는 다 헤아릴 수 없더라. 냉진이 계림으로 사람을 보내어 교녀를 데려왔으나 서울에 있는 것이 불편하야 산동으로 갈새, 교녀 본대 냉진과 살기가 소원이라. 몸에 가진 바 가벼운 보배 많고 냉진의 가진 돈이 십만 금이라. 두 사람이 좋아 날뛰며 재물을 싣고 가더니 한

---

247) 대궐 문루(門樓)에 달아 백성이 원통한 일을 하소연할 때 치던 큰 북. 신문고(申聞鼓).
248) 죄인의 재물을 죄다 거두고 가족까지도 처벌하는 일.

곳에 이르러 주점에 들어 술에 만취하야 굴러 자더라. 냉진의 짐을 싣고 가던 차부 정대관이란 자는 본대 도적이라. 냉진의 행장에 재물이 많음을 알고 욕심이 대발하야 이 밤에 다 도적하야 가지고 달아나니, 냉진과 교녀가 잠을 깨어 행장을 찾은즉 아무것도 없는지라. 이곳에 머무르고 그 고을에 정장(呈狀)[249]하였으나 잡지 못하였더라.

이적에 천자, 조회를 받을새, 각 읍 수령의 정사를 탐문하시는 중, 동청의 죄상을 보시고 가로되,

"이놈을 누가 천거하야 벼슬을 시켰느냐?"

서각로 아뢰어 가로되,

"엄숭이 천거하야 진류현령에서 계림태수까지 승차함이로소이다."

천자 가로되,

"그러면 엄숭이 천거한 자는 다 소인이요, 엄숭이 배척한 자는 다 어진 사람이라"

하시고, 곧 이부를 명하사 엄숭이 천거한 사람 수백 인을 삭직케 하고 귀양갔던 신하들을 다 불러 쓸새, 간의 태후 호연세를 도어사로 하시고, 한림학사 유연수를 이부시랑으로 하시고, 또 과거를 보여 인재를 구하실새, 이때 사 급사의 아들 희랑이 역시 참방(參榜)[250]하야 문호를 빛나게 하니라.

차설, 사씨 전일 남방으로 행할 때에 사 공자가 풍편으로 대강 들어 알았으나, 그때에 두 추관이 또한 이직하야 성도로 가매 사 공자 미처 서신도 부치지 못하고, 또 사씨의 중간

---

249) 소장(訴狀)을 냄. 정소(呈訴).

낭패를 알지 못하므로 정히 배를 타고 촉중으로 들어가 만나 보려 하더니, 마침 들으매 두 추관이 순천부사를 하였다 하고, 과거 날이 가까웠으므로 두 추관이 오기만 기다리더니 이때 마침 순천부사 상경하였다 하거늘, 사 공자 즉시 찾아가서 누이의 소식을 물으니, 부사 눈물을 흘려 가로되,

"나도 소식을 듣지 못하였도다. 소제, 장사에 있을 때에 존수(尊嫂) 남으로 가는 배를 얻어 내게 의지하고자 하다가 중로에서 낭패하야 마침내 물에 빠져 자처하였다 하니, 나도 존수의 소식을 알고자 하야 사람을 보내어 두루 찾되 아득한지라. 그곳 사람이 혹 이르되 '유 한림이 이곳에 와서, 빠져 죽는다는 내용이 담긴 사 부인의 필적을 보고 슬픔을 못 이기어 제전을 갖추어 치제하려 하다가, 그날 밤에 도적에게 쫓기어 어디로 갔는지 모르노라' 하고 이제 조정에서 유 한림을 찾되 아무도 알 이 없다."

하거늘, 사 공자 청파에 가로되,

"그러면 누이와 매부는 정녕 살지 못하였으리로다"

하고, 통곡함을 마지않으니 두 부인이 사 공자를 청하야 위로하며 사람을 보내어 각처로 탐문코자 하더니, 마침 과거 날이 당도하여 사 공자 둘째 방에 뽑히고 즉시 강서 남창부(南昌府) 추관을 하니, 남창은 장사에서 멀지 않은지라. 사 공자, 벼슬의 영귀함보다 누이의 거처를 알게 되었음을 못내 기꺼하야 즉시 가족을 거느리고 부임하니라.

차설, 유 한림이 성명을 감추고 행세하니 아는 자 없는지

---

250) 과거에 급제하여 방목(榜目)에 이름이 오름.

라. 한림이 가족과 더불어 농업을 힘써 양식을 군산 수월암에 보내어 부인께 드리고,

"안부를 알아오라"

하였더니, 가동이 돌아와 고하되,

"부인은 무양(無恙)하시고 악주 관문에 방이 붙어 상공을 찾거늘 그 연고를 물은즉, 옆 사람이 말하기를 '천자, 유 한림을 이부시랑으로 하시고 상공 종적을 몰라 각처에 방을 붙여 찾노라' 하나 소복이 감히 바로 고하지 못하였나이다."

한림이 생각하되,

"엄숭이 세도하면 내 어찌 이부시랑을 하리오. 아마 엄숭이 물러남이로다"

하고, 무창에 나아가 태수에게 통지하니, 태수 반기며 급히 맞아 가로되,

"천자, 선생을 이부시랑에 하시고 사명이 급하시더니, 이제 어디로부터 오시나잇가?"

한림이 가로되,

"소생이 성명을 감추고 다니더니, 천자께서 엄숭을 내치사 소생을 부르시는 말을 듣고 왔나이다"

하고, 사람을 군산에 보내어 부인에게 이 일을 통하니라. 이에 유 시랑이 오래 머물지 못하야 역마로 올라갈새, 남창부에 이르니 지방 관원이 모두 와서 명함을 드리거늘, 시랑이 보니 그 중 한 사람이 사경안(謝景顔)이라 하였는지라. 처음에는 피차간 누구인지 몰랐다가 서로 만나매 채 말을 접하지 않아서 그 관원이 눈물로 얼굴을 가리우거늘, 괴이히 여겨 물으니 관원이 대답하야 가로되,

"자씨를 한 번 이별한 후 생사를 모르다가 이제 자형을 만나게 되오니 어찌 슬프지 않으리오!

시랑이 비로소 사 공자인 줄 알고 반가이 손목을 잡으며 허희 탄식(歔欷歎息.)[251]하야 가로되,

"내 혼암(昏闇)[252]하야 무죄한 그대의 자씨를 내치고 간인의 화를 당함은 어찌 다 말하리오! 영자씨(令姉氏) 다행히 여승 묘혜의 구함을 입어 지금 군산 수월암에 편히 있나니 염려 말라."

관원이 가로되,

"누이의 살아 계심은 매형의 복이요, 묘혜의 은혜로다."

시랑이 가로되,

"그대는 마음을 너무 상하지 말라. 천은이 넓고 크사 다 갚기 어려운지라. 나의 박덕으로 어찌 이런 행복을 얻으리오"

하고, 서로 술을 권하여 담화하다가 이별하니라. 시랑이 서울에 나아가 사은한대, 천자 보시고 전후 일을 후회하시니, 시랑이 고두사례(叩頭謝禮)[253]하여 가로되,

"성은이 이 같으시니 미신(微臣)이 황송하여이다. 신이 용렬하와 책임을 감당치 못하겠사오니, 벼슬을 거두심을 바라나이다."

천자 가로되,

---

251) 한숨 지으며 한탄함.

252) 어리석어 사리에 어두움.

253) 머리 숙여 고마움을 표시함.

"경의 뜻이 굳으니 특별히 강서백(江西伯)을 내리나니 인심찰직(人心察直)[254]하라."

시랑이 사은하고 본부에 이르니, 옛집이 황량하고 뜰 가운데 잡초가 무성하야 주인을 잃은 것 같더라. 슬픔을 못 이겨 사당에 나아가 통곡 사죄하고 두 부인께 나가 뵈옵고 사죄하니, 두 부인이 눈물을 흘려 가로되,

"내 여태껏 살았다가 현질을 다시 보니 지금 죽어도 한이 없도다. 그러나 네 조종향사(祖宗享祀)[255]를 폐한 지 오래니 그 죄 어디 미쳤느뇨?"

시랑이 사죄하야 가로되,

"소질의 죄는 만번 죽어도 아깝지 않도소이다. 다행히 부부 다시 합하였사오니 죄를 용서하소서."

두 부인이 기뻐하야 가로되,

"이는 다 현질의 액운이라. 옛말에 이르기를 '현인은 복을 데리고 악인은 재앙을 만난다' 하니 네 이제 회과자책(悔過自責)[256]하느냐?"

시랑이 전후 사연을 일일이 고하니 두 부인이 눈물을 씻고 가로되,

"이 같은 일이 어찌 세상에 또 있으리오!"

하더라. 모든 친척이 시랑을 보고 하례하고, 비복들이 반기며 눈물을 씻더라. 시랑이 가묘에 분향하고 조정에 영위를

---

254) 인심을 올바로 보살핌.

255) 조상의 제사.

256) 자기의 잘못을 비판하여 허물을 뉘우치고 제 스스로 책망함.

모셔 강서로 떠날새, 두 부인이 사씨를 보고자 하야 눈물로 보내매 시랑이 또한 섭섭함을 이기지 못하더라. 이에 강서를 향하야 발정(發程)²⁵⁷⁾하니 위의 거룩하더라. 사 추관이 누이를 데려올 일을 말하니, 시랑이 가로되,

"그대 먼저 가라. 내 마땅히 강가에 가서 맞으리라."

추관이 기뻐하야 위의를 차려 군산으로 향하니라. 이적에 사 추관이 군산에 이르니, 부인이 반갑게 맞고 슬픔을 이기지 못하야 적년 그리던 회포를 말하더니, 시랑의 서신을 드리거늘 받아보니 방백(方伯)²⁵⁸⁾을 하였는지라. 부인과 추관이 묘혜에게 은혜를 사례하고 예물을 드리니, 묘혜 가로되,

"이는 부인의 복이라. 어찌 소승의 공이리잇고?"

이날 밤에 추관이 객당에서 자고 이튿날 부인과 떠날새, 묘혜와 여러 승려가 산에 내려 이별하매 피차에 연연하야 차마 손목을 놓지 못하더라. 행하야 강서지경에 이르니 시랑이 벌써 와 기다리는지라. 비단 장막이 강가에 덮이고 옥절홍기(玉節紅旗)²⁵⁹⁾가 사방에 벌였더라.

시비, 새로 지은 의복을 부인께 드리니 칠 년 동안 입었던 소복을 벗고 화복(華服)²⁶⁰⁾으로 부부 서로 합하니 진실로 세상에 희한한 일이러라. 배를 타고 행하야 강서에 이르러 부중에 들어가니, 노복 등이 맞아들이며 모두 기뻐 날뛰더라. 시랑 부부, 가묘에 나아가 절하고 뵈올새 축문 지어 부부 재

---

257) 길을 떠남. 계정(啓程).

258) 관찰사.

259) 출발을 시신(示信)하는 붉은 깃발.

합함을 고하니 글뜻이 간절하더라. 강서 대소 관원이 모두 예단(禮單)[261]을 드려 하례하고, 또 사 추관에 치사하더라.

사씨, 돌아옴으로부터 인아를 생각하고 소식을 듣보되 마침내 종적이 망연한지라. 이러구러 십 년을 당하매, 부인이 시랑을 대하야 가로되,

"첩이 전일 사람을 그릇 천거하야 가사 탁란(濁亂)하니 통분한 바라. 그러나 지금은 전일과 다르고 첩의 나이 사십에 이르고 생산치 못한 지 십 년이라. 내 다시 상공을 위하야 숙녀를 천거코자 하나이다."

시랑이 가로되,

"부인 말씀이 그럴 듯하나, 전일 교녀로 말미암아 인아의 생사를 알지 못하니 원통한 한이 골수에 박힌지라. 다시 잡인을 들이지 않고자 하나이다."

부인이 눈물을 흘려 가로되,

"첩인들 어찌 짐작 못 하리잇가마는 아직 인아의 생사를 모르고, 장차 사속(嗣續)[262]이 없으면 지하에 돌아가 무슨 면목으로 구고를 뵈오리오."

시랑이 가로되,

"비록 그러하나, 부인의 연기가 아직 단산할 때가 아니니 그런 불길한 말씀은 마옵소서."

부인이 인하야 생각하매, 묘혜의 질녀가 현숙하고 또 귀자

---

261) 예폐(禮幣)를 적은 목록. 예폐는 경의를 표하기 위하여 보내는 물건임.

262) 집안이나 아버지의 대(代)를 이음.

를 둘 팔자라 하였으니, 그 연치(年齒)²⁶³⁾를 헤아리건대 아마
벌써 성인이 되었으리라"

하고, 몹시 그리워하더라. 부인이 다시 시랑에게 노 창두가
죽은 말과 황릉묘를 수축하기를 원하니, 시랑이 즉시 가동을
명하야 황릉묘를 중수하고 창두의 시체를 찾아서 관곽을 갖
추어 다시 장사하고 묘혜와 임씨에게 금백(金帛)²⁶⁴⁾을 후히
보내니, 묘혜 즉시 수월암을 중수하고 군산 동구에 탑을 세
워 이름을 부인탑이라 하니라. 차환 등이 황릉묘로 가려다
화룡현 임가에 이르니 그의 계모 변씨 죽고 여자 홀로 있더
니, 시비를 보고 가로되,

"어디서 왔느뇨?"

차환이 가로되,

"낭자 어찌 몰라보시나잇가? 나는 이전에 사 부인을 모시
고 장사로 갔던 시비 차환이로소이다."

그 여자 그제야 깨달아 가로되,

"이제야 알리로다"

하며, 사 부인의 안부를 묻고 누명을 신설하야 구가로 돌아
감을 듣고 크게 기뻐하고 치하함을 마지아니하니, 차환이 이
에 보낸 바 채단(采緞)²⁶⁵⁾과 서간을 드리매, 임씨 감격하야
받고 글을 떼어보니 사의 관곡(款曲)²⁶⁶⁾한지라. 임씨 다시 한
번 만나뵈옴을 원하더라.

차설, 설매가 인아를 차마 물에 떠우지 못하고 가만히 강

---

263) 나이의 높임말. 연세(年歲),
264) 금과 비단.

가 수풀에 놓고 가니 인아 잠을 깨어 크게 울더니 마침 남경에 장사하러 가던 뱃사람이 지나다가 인아를 보매 용모 비범한지라. 배에 싣고 가다가 풍파를 만나 화룡현에 이르러 아희를 육지에 내려놓고 가니라. 이때 임가 여자, 변씨와 더불어 함께 자다가 강가에 기이한 기운이 뻗치었거늘 놀라 깨니 꿈이라. 괴이히 여겨 급히 나와보니 한 아희 누웠으되 용모 쇄락(灑落)²⁶⁷⁾하야 귀여운지라. 이에 거두어 안고 들어오니 변씨 크게 기뻐하야 고이 기르더니, 변씨 죽으매 장례를 마치니 동리 사람들이 그 현철함을 칭찬하야 혼인을 구하나 임씨 아직 출가치 않음을 듣고 시랑에게 청하야 가로되,

"첩이 장사로 갈 때에 연화촌(蓮花村)에 들어가 임가 여자를 보니 극히 아름답고 양순한지라. 이 여자를 데려다가 가사를 맡기고자 하나이다."

시랑이 마지못하야 허락하니, 사 부인이 이에 시비와 교부를 보내어,

"임씨를 데려오라"

하니, 차환이 연화촌에 이르러 임씨를 보고 이 말을 전하니, 임씨 기뻐하야 여간 가사를 거두고 아희를 데리고 이르러 사 부인을 보고 반김을 마지아니하더라. 부인이 종족을 모아 잔치하고 임씨를 성례시키니 그 용모 아름다운지라. 시랑이 심중에 기뻐하며 부인을 향하야 가로되,

---

265) 비단을 통틀어 이르는 말.

266) 정답고 친절함.

267) 마음이 상쾌하여 시원함.

"임씨 얼굴이 아름답고 덕성이 현저하니 어찌 다행한 일이 아니리오마는, 내가 부인께 정이 감할까 두려워하노라."

부인이 웃고 대답치 않더라. 하루는 인아의 유모가 임씨의 방에 들어가 눈물을 흘려 가로되,

"전일에 시비의 전하는 말을 들으매, 낭자의 남동생이 우리 공자와 같다 하오니 한 번 보고자 하나이다."

임씨 이 말을 듣고 의심이 나서 물어 가로되,

"공자를 어느 곳에서 잃었느뇨?"

유모 가로되,

"순천부에서 잃었나이다."

임씨 생각하되,

'순천부가 상거(相距)²⁶⁸⁾ 천리인즉, 어찌 남경으로 왔으리오.'

가장 의심 나서 시비를 불러 인아를 데려오매, 유모 눈을 들어보니 공자와 같은지라. 유모 크게 반겨 눈물이 비 오듯 하니, 임씨 가로되,

"이 아희 과연 모친의 소생이 아니라, 모년 모월 모일에 버린 아희를 얻으니 용모 기이하기로 거두어 남매 되었으니, 만일 얼굴이 공자와 같을진대 무슨 연고가 있는가 하노라."

인아, 유모를 보고 울어 가로되,

"유모는 나를 알지 못하느냐?"

유모 이 말을 듣고 슬허하야 가로되,

"이는 반드시 우리 공자로다. 그렇지 아니하면 어찌 이 말

---

268) 서로 떨어진 거리.

을 하리오."

임씨 가로되,

"이 아희 비록 성은 기억치 못하나 전일 귀히 길러졌던 말과 남경 장사가 버리고 간 일절을 말하더라"

하니, 유모 크게 기뻐하야 급히 부인께 전하니 부인이 이 말을 듣고 엎어질락 자빠질락하야 임씨 방에 와 공자를 보고 가로되,

"네 나를 알소냐?"

인아, 자세히 보다가 부인의 가슴에 안기며 울어 가로되,

"어머니는 소자를 몰라보시나잇가? 소자, 어머니께서 집안을 떠나신 후로 매양 생각하옵더니, 서모 나를 버리고 멀리 가옵다가 소자가 잠든 사이에 강가 수풀에 버리고 가온지라. 소자 깨어 크게 우매 어떤 사람이 배를 타고 가옵다가 나를 보고 데려가더니, 또 남의 집 울밑에 놓고 가오매, 저 은모 나를 거두어 기르매 전일보다 일신이 편안하옵더니, 의외에 이에 이르러 어머니를 뵈오니 이제 죽사와도 한이 없도소이다."

부인이 이 말을 듣고 여광여취(如狂如醉)[269]하야 인아를 안고 대성통곡하야 가로되,

"이것이 생시냐, 꿈이냐? 내 너를 다시 보지 못할까 하였더니, 오늘날 보게 되니 이 어찌 하늘의 도우심이 아니리오!"

하고, 곧 시랑에게 인아 찾음을 고하니, 시랑이 급히 들어와

---

269) 몹시 기뻐서 미친 듯, 취한 듯함. 여취여광(如醉如狂).

그 자초지종을 다 듣고 함께 기뻐하며 임씨를 향하야 칭사가로되,

"오늘날 부자 상봉하고 즐김은 다 그대의 공이라, 어찌 은혜 적다 하리오. 이 뒤로부터 나의 설움이 없으리로다."

임씨, 경하하야 가로되,

"금일 부자 상봉하심은 존문 은덕이시니, 어찌 첩의 공이리잇고? 사 부인의 성덕현심(成德賢心)을 신명이 감동하심이로소이다."

시랑이 또한 그 말을 옳다 하더라. 가중이 인아를 보니 장부의 체격이 발원하야 그 떠날 때보다 준수함을 더욱 칭찬하고, 종족이 모두 이르러 치하하고 상하 비복이 기뻐 날뛰며 임씨의 소중함을 사 부인 버금으로 하더라. 사 부인이 또한 임씨를 동기같이 사랑하니, 임씨 또한 사 부인 섬김을 극진히 하매, 가중이 임씨의 현숙함을 보고 새로이 교녀를 절치(切齒)[270]하며 그 종적을 듣보더라.

차설, 교녀는 동청이 죽은 후로 냉진과 살더니, 냉진이 도적을 사귀다가 괴수(魁首)로 잡혀 죽으니, 교녀 도망하야 낙양(洛陽)에 이르러 청루(靑樓)[271]에 들어가 창기가 되어 이름을 칠랑(七娘)이라 하고 낙양부 사람들의 재물을 낚으며, 제 이르되,

"나는 장경 한림학사의 부인이라."

낙양 사람이 교녀를 모를 이 없더니, 사부 차환이 마침 낙

---

270) 분을 못 이겨 이를 감.
271) 창기(唱妓)의 집. 기루(妓樓). 창루(唱樓).

양에 왔다가 칠랑의 유명함을 듣고 청루에 이르러 자세히 보니 과연 교녀라. 즉시 사부에 돌아와 시랑께 고하니, 시랑이 크게 분하야 부인을 청하고 가로되,

"내 교녀를 잡지 못할까 절통하더니, 이제 낙양 청루에서 창기 노릇을 한다 하니 내 이년을 곧 잡아 설치(雪恥)코자 하노라."

부인이 또한 통분하야 설한(雪恨)함을 이르더라. 부인이 인아를 만난 후 다시 시름이 없고 시랑이 또한 만사에 시름이 없어 치민(治民)을 부지런히 하니, 인민이 농업에 힘쓰고 학업을 부지런히 하야 일읍이 무사한지라. 천자 들으시고 예부상서로 부르시니 유 상서 이에 가족을 거느리고 올라갈새, 행하야 서주에 이르러 가동을 부려 교녀를 듣보니 과연 의심없는지라. 그곳 매파가 불러 먼저 상을 주고 창녀 교칠랑을 불러 여차여차하라 하니, 매파가 교녀를 보고 가로되,

"이제 예부상서로 올라가는 상공이 낭자의 향명(香名)을 듣고 노신을 불러 분부하시니, 상서는 거룩한 재상이요 또 시비의 전하는 말을 들으매 '부인은 신병으로 치가(置家)[272] 치 못한다' 하니 낭자 들어가면 어찌 부인과 다르리오."

교녀 생각하되,

'내 비록 의식의 부족함이 없으나 나이 점점 많아지니 어찌 종신 의탁할 곳을 생각지 아니리오'

하고, 쾌히 허락하니 매파 가로되,

"상공과 부인 보시는 데서 성례하리니, 낭자를 곧 데려가

---

272) 첩치가(妾置家)의 준말. 첩을 얻어 딴살림을 벌임.

리라."

교녀 가로되,

"그러면 더욱 좋다"

하거늘, 매파 이대로 고하니 하인을 갖추어 교녀를 가마에 태우고.

"뒤를 따라오라"

하니라. 유 상서 급히 서울에 이르러 천자에게 사은숙배(謝恩肅拜)[273]하고 집에 돌아와 친척을 모으고 경하(慶賀)할새, 사씨가 임씨를 불러 두 부인께 뵈오라 하고 가로되,

"이 사람은 교녀와 같지 않사오니 숙모는 그릇 보지 마소서."

두 부인이 가로되,

"비록 어질지라도 불관(不關)하다"

하더라. 상서, 부인께 말하되,

"노상에서 명창을 얻어 왔사오니 한번 구경하소서"

하고, 좌우를 명하야 교칠랑을 부르라 하니, 이때 교녀가 사처를 정하고 기다리더니 오라는 명령을 듣고 부중에 이를새, 교녀 크게 놀라 가로되,

"이 집이 유 한림댁이거늘 어찌 이리 오느뇨?"

시비 가로되,

"유 한림이 귀양 가시고 우리 상공이 들어 계시니이다."

교녀, 놀람을 진정하야 가로되,

"내 이 집이 인연이 있도다. 이번에 마땅히 백자당에 거처

---

273) 임금의 은혜에 감사하며 공손히 절함.

하리라"

하더니 시비, 교녀를 이끌어,

"상공과 부인께 뵈오라"

하니, 교녀 눈을 들어보매 좌우에 가득한 사람이 다 유씨 종족이라. 한 번 보매 낙담상혼(落膽喪魂)[274] 하야 청천벽락이 머리에 닿은 듯한지라. 연하야 땅에 엎디어 슬피 울며 목숨을 살려달라 애걸하거늘, 상서 크게 꾸짖어 가로되,

"음부(淫婦), 네 죄를 아는가?"

교녀, 머리를 숙이고 애걸하야 가로되,

"어찌 모르리잇가마는 죄를 사하소서."

상서 가로되,

"네 죄가 한둘이 아니니 음부는 들어보아라. 처음에 부인이 너를 경계하야 음란한 풍류를 말라 함이 또한 좋은 뜻이거늘, 너 도로혀[275] 참소하야 나를 미혹케 하니 죄 하나요, 십랑과 더불어 요괴한 방법으로 장부를 속였으니 죄 둘이요, 음흉한 종과 더불어 당을 지었으니 죄 셋이요, 스스로 방자하고 부인께 미루니 죄 넷이요, 동청과 사통하야 문호를 더럽히니 죄 다섯이요, 옥지환을 도적하야 냉진을 주어 부인을 모해하니 죄 여섯이요, 네 손으로 자식을 죽이고 대악을 부인께 미루니 죄 일곱이요, 간부와 동무하야 가부를 사지에 귀향 보내니 죄 여덟이요, 인아를 물에 넣어 죽게 하니 죄 아홉이요, 겨우 부지하야 살아오는 나를 죽이려 하니 죄 열이

---

274) 몹시 낙담하여 넋을 잃음.

275) 도리어.

라. 음부, 천지간에 큰 죄를 짓고 오히려 살고자 하느냐?"

교녀, 머리를 두드리고 울어 가로되,

"이 모두 첩의 죄오나 장주를 해함은 설매의 일이요, 도적을 보냄과 엄숭에게 참소함은 동청의 일이로소이다"

하고, 사씨를 향하야 울어 가로되,

"첩이 실로 부인을 저버렸거니와, 오직 부인은 대자 대비하신 덕으로 천첩의 잔명을 보존케 하옵소서."

부인이 눈물을 흘리고 가로되,

"네 나를 해하려 함은 죽을 죄 아니나 상공에게 득죄함을 내 어찌 구하리오."

상서 더욱 노하야 이에 시종을 명령하야 교녀의 가슴을 헤치고 심통을 빼라 하니, 사 부인이 가로되,

"비록 죄 중하오나 상공을 모신 지 오래니 죽여도 시체를 완전히 하소서."

상서, 감동하야 동쪽 저자에 잡아내려다가 만인의 보는 앞에 죄를 들어 광포(廣布)[276]하고 타살하니라. 부인이 춘방의 원억참사(冤抑慘死)함을 애석히 여겨 상서께 말하야 그 뼈를 찾아다 묻어주고 십랑을 치죄코자 하야 찾으니, 연전에 벌써 죄를 입어 옥중에서 죽었다 하더라.

임씨, 유부에 들어온 지 십 년 동안에 세 아들을 연해 낳으매 다 옥골선풍(玉骨仙風)[277]이라. 장자의 이름은 웅(熊)이요, 차자의 이름은 준(駿)이요, 삼자의 이름은 난(鸞)이니, 부형을 닮아서 모두 출중하더라. 임금이 유 상서의 벼슬을

---

276) 널리 펴서 알림.

돈우어 좌승상으로 하시고 황후 또한 사 부인의 청덕을 들으시고 자주 보시니 유문의 영광이 비길 데 없고, 또 사 추관이 높은 벼슬에 이르니 그 복록(福祿)의 거룩함이 한 세상에 으뜸이더라. 승상 부부, 팔십여 세를 안향(安享)[278]하고 그후 대공자는 병부상서에 이르고, 유응은 이부시랑을 하고, 유란은 태상경을 하야 조정에 벌였으니, 임씨도 무궁한 복록을 누려 자부 제손을 데리고 사 부인을 모셔 안락하고, 사 부인이 내훈(內訓)[279] 십 편과 열녀전 세 권을 지어 세상에 전하고 자부 등을 가르쳐 착한 도에 나아가게 하니, 착한 사람은 복을 받고 악한 사람은 앙화(殃禍)[280]를 받는 법이로다.

---

277) 살빛이 희고 고결하여 신선과 같은 풍채.

278) 편안하게 삶을 즐김. 편안하게 복을 누림.

279) 역대 왕비의 말과 행실의 귀감이 될 만한 것을 7편으로 모아 한 글로 해석을 한 책. 덕종(德宗)의 비 한씨(韓氏)가 지음.

280) 죄 지은 대가로 받는 온갖 재앙(災殃).

서포만필(西浦漫筆)

서(序)

　한창려(韓昌黎)[1]는 스스로 이르기를 예악(禮樂)의 명수(名數), 음양(陰陽)·토지(土地)·성진(星辰)·방약(方藥)에 관한 책을 일찍이 그 문호(門戶)에 들어가 배우지 않으면 안 된다고 하였는데 저는 창려가 이것을 모두 학습하여 통달했는지 알 수 없습니다. 하지만 유원보(劉原父)[2]가 구양공(歐陽公)[3]은 독서를 하지 않았다고 한탄한 것을 보게 되자 이것을 경탄하지 않을 수 없었습니다.

---

1) 한유(韓愈). 창려는 그가 살던 지명. 자(字)는 퇴지(退之). 당 덕종(德宗) 때의 문인. 당송(唐宋) 팔대가(八大家)의 한 사람. 시문집으로는《창려 선생집》등이 있음.
2) 유창(劉敞). 원보는 그의 자. 북송(北宋)의 유학자. 저서에《춘추권형(春秋權衡)》등이 있음.
3) 구양수(歐陽修). 호는 취옹(醉翁) 또는 육일 거사(六一居士). 송나라의 문인·정치가. 당송 팔대가의 한 사람.《구양 문충공집(歐陽文忠公集)》등이 있음.

선생(金萬重)의 글이 고아(高雅)하고 수결(秀潔)한 것은 천부적인 자질에서 나온 것입니다. 또한 그 변화유전하는 태도가 여릉(廬陵)과 미산(眉山)⁴⁾과 가까웠음은 그 운치로운 말씨가 옛사람의 경지를 좇고 현세를 초월하였을 뿐만 아니라 그 학문이 깊고 큰 까닭입니다.

《만필(漫筆)》한 책을 살펴본다 해도 성현(聖賢)의 경전에 분명찮게 실려 있는 것도 또렷이 언급되고 있습니다. 그 내용을 보자면 천인(天人)의 성명(性命)과 예악 명물(禮樂名物), 역대의 흥망성쇠, 인사(人事)의 득실, 시비(是非)의 귀결, 그리고 성력(星曆)·산수(算數)·산천·토지·제자학(諸子學)·외국의 일이 포괄되고 이를 꿰뚫고 있으며, 심지어 논문(論文)·설시(說詩)·해담(諧談)·패설(稗說)에 이르기까지 갖추고 있는데 이 대부분 선인이 언급하지 않은 것을 발표하였습니다.

그 문장은 매끄럽고 말이 치달리는 듯해서, 혹은 괴이하고 묘연하기도 하여, 어리석은 사람이 읽는 경우, 아마 멍청해져 깨닫지 못하고 괴이함에 놀라 도망하기 십상이지만, 어떤 사람이 그 내용에서 법칙을 엿본다면 망한(忘閒)의 맛을 충분히 느낄 것입니다. 선생은 이와 같이 수준 높은 문장과 아울러 박학다식하시니 옛사람보다 뛰어났다 하더라도 틀린 말은 아닐 듯합니다.

어느 사람이 저를 비난하여 말하기를,

---

4) 여릉과 미산은 중국 지명으로 각각 그 곳에 살던 구양수와 소식(蘇軾)을 가리킴.

"《만필》은 참으로 훌륭합니다만, 다만 의심스러운 것은 그 강론이 선유(先儒)와 이동(異同)이 있고 또 석씨설(釋氏說)⁵⁾이 범람한 듯함은 무슨 까닭이오?"

하였습니다.

제가 대답하기를,

"옳은 것은 옳고, 그른 것은 그르다 합니다. 정자(程子)⁶⁾나 주자(朱子)⁷⁾의 경전 해석도 서로 같지 않았고 주자는 연평(延平)⁸⁾에게 친히 배웠어도 서로 논란하여 해결하지 못한 것이 있었으며 주자는 또한 초기와 만년의 차이가 있습니다.

만약 옛날 순황(荀況)⁹⁾이나 명(明)의 왕수인(王守仁)¹⁰⁾, 요즈음의 윤휴(尹鑴)¹¹⁾와 같이 사리에 위배되고 터무니없이 개

---

5) 이는 석가설(釋迦說), 즉 불교를 말함.

6) 이천(伊川) 정이(程頤)와 명도(明道) 정호(程顥) 형제의 존칭. 송의 유학자. 불교와 도교를 흡수하여 성리학(性理學)을 확립.

7) 주희(朱熹)의 존칭. 자는 원회(元晦)·중회(仲晦), 호는 회암(晦庵)·회옹(晦翁) 등. 무원인(婺源人). 성리학을 대성시킨 남송(南宋)의 대유학자. 저서에는 《사서집주(四書集註)》·《근사록(近思錄)》·《소학(小學)》 등이 있음.

8) 이동(李侗). 호는 연평, 자는 원중(原中). 송나라의 유학자. 주자에게 이정(二程)의 학(學)을 전함.

9) 순자(荀子)의 이름. 중국 전국(戰國)시대의 유학자. 성악설(性惡說)을 제창.

10) 자는 백안(伯安), 호는 양명(陽明). 여요인(餘姚人). 명의 유학자·정치가. 양명학 제창. 저서에 《전습록(傳習錄)》 등이 있음.

11) 조선 효종·현종 때의 유학자. 자는 희중(希仲), 호는 백호(白湖). 독자적인 경전 해석으로 유명하고 이황(李滉)·이이(李珥)의 이기설(理氣說)도 비판.

인적으로 마음대로 하여 논쟁에 이기려고만 힘쓴다면 진실로 죄 받아 마땅하지만, 그렇지 않고 혹시 이동(異同)이 있다는 것은 선유(先儒)도 피할 수 없었거늘 선생에게 또 무엇을 의심하겠습니까?

요새 사람들은 말을 배울 무렵부터 석씨를 물리쳐 이른바 노사숙유(老師宿儒)라 할지라도 꼭 석씨가 무엇인지 알 수 없을 것입니다. 이것은 이른바 주자가 이르듯이 멸하고 숙청한 공(功)을 앉아서 거두어들이지 않고 또는 전에 버려둔 이 것을 곧 사로잡아 오히려 우리가 꾸짖어야 할 것입니다.

선생의 뜻은 아마 이를 병으로 여겨 그 근원을 연구하고 유파(流派)를 분별하려는 것입니다. 그런데 내용 중에 혹 칭찬한 듯한 것은 '그 입심(立心)의 견고함과 용력(用力)의 전정(專精)함은 보통 사람을 크게 뛰어넘으므로 결국 하고자 하는 바대로 그 실상을 볼 수 있었다'라는 주자의 말로 대변될 수 있습니다. 이로 본다면 선생의 글에서 석씨설이 범람했다고 함은 어찌 천견(淺見)이 아니겠습니까?"
하였습니다.

꾸짖던 사람의 의문은 비로소 풀렸지만, 그것이 풀리고 안 풀린다는 것 역시 선생께 손실과 이익이 될 것은 없는 일입니다.

종손(從孫) 춘택(春澤)[12]이 삼가 서를 씀.

---

12) 조선 숙종 때의 문인. 자는 백우(伯雨), 호는 북헌(北軒). 김만중의 종손으로 《구운몽》과 《사씨남정기》를 한역. 저서로 《북헌집》 등이 있음.

◎ 한나라 선비들은, 서백(西伯)¹⁾이 하늘의 명을 받고 왕이라 칭하고 개원한 지 9년 만에 서거하고 무왕(武王)²⁾이 옹립된 지 2년에 관병(觀兵)³⁾하고, 4년 만에 은(殷)을 멸망시키고, 위로 문왕(文王) 9년을 거슬러 올려서 13년이라 칭했다고 했다. 태사공(太史公)⁴⁾ 등 여러 사람들의 말이 다 이와 같다.

송(宋)의 구양씨(歐陽氏)⁵⁾에 이르러 비로소 문왕은 스스로 왕이라 칭하지 않았다고 했고, 무왕은 연대를 거스르지 않았다고 밝혔다. 채구봉(蔡九峰)⁶⁾은 《서전(書傳)》에서 이를 더욱 자세히 밝혔다. 그러나 주자는 그들의 설에 대해서 "문왕

---

1) 즉위 전, 주(周) 문왕(文王)의 칭호.
2) 문왕의 아들. 은을 멸하고 주를 건국.
3) 군대의 위세를 드러내 보임.
4) 사마천(司馬遷)의 별칭.
5) 문장가 · 역사가였던 구양수(歐陽修)를 말함.
6) 채침(蔡沈). 송나라의 역사가, 《서경(書經)》을 집전(集傳)함.

이 왕이라 칭하지 않았다 함은 분명 맞지만, 책 속에 9년 대통(大統)을 완성하지 못했다는 구절과 맞지 않으니, 9년이란 어느 때부터 계산한 것인지 알 수 있겠는가? 양혜왕(梁惠王)은 37년에 왕이라 칭하고 후에 원년(元年)이라 하였는데, 생각건대 문왕의 일도 이와 비슷한 것"이라 하였다.

태서(泰誓)와 무성(武成)편[7] 가운데 제왕(諸王)이란 글자도《채전(蔡傳)》[8]에는 다 스스로의 말이라 하였지만, 주자는 자기 태조(太祖)가 왕위에 오르기에 앞서 오로지 합칭(合稱)하여 점검하였으니, 어찌 천제(天帝)라 칭할 수 있었겠는가 하였다. 예를 들면 경문(經文) 중에 "왕이 하삭(河朔)에 행차하셨다"란 말[9]은 사신(史臣)의 말이니 추가해도 무방하겠지만, "오직 도(道)를 지닌 증손(曾孫) 주왕(周王) 발(發)"이라 한 것은 당시 신(神)에게 고한 글이니 어찌 추가할 수 있다 하겠는가?《채전》은 여기에서 통하지 않는다.

무릇 앞선 역사의 내력을 돌이켜보건대, 오직 양 혜왕만이 왕이라 칭하고 연호를 고쳤고, 진시황(秦始皇)이나 한 고조(漢高祖)도 천하를 통일하고 천제라 칭했으나 모두 연호를 바꾸지 않았다. 왕위를 물려받고서도 연호를 바꾸지 않은 예는 오대(五代)[10]의 임금 대부분이 그대로 선조(先朝)의 연호를 썼는데, 이는 더욱 난세(亂世)이니 참고할 것도 없는 전례(典例)다.

---

7)《서경》주서(周書)의 편명.

8) 채심의 서경 집전.

9)《서경》태서에서 인용.

태서에 이미 13년이라고 일컬었으니 무왕이 즉위한 이후 13년이 아주 분명하며 이를 순리로 여긴다. 모든 선비들은 어째서 곧고 큰 길을 버리고 굽고 좁은 길을 가려는가? 한나라는 주나라와 멀지 않으니, 혹은 근거할 바가 있었는지, 혹은 옛날부터 이와 같이 전해 내려오는 것이 있었는지 고증할 수는 없지만, 구양씨와 채구봉은 천년 뒤에 태어나서 어찌 감히 이를 개정하였는가? 문왕의 칭왕(稱王)에 대한 것은 주자의 설이 옳다고 여긴다.

◎ 탕왕(湯王)과 무왕이 조벌(弔伐)[11]하고 이윤(伊尹)과 곽광(霍光)이 폐위(廢位)시킨 일은 일찍이 도리에 어긋남이 없는데도 백이(伯夷)·숙제(叔齊)와 엄연년(嚴延年), 혜강(嵇康), 소식(蘇軾)은 이를 잘못이라고 주장했다. 걸왕(桀王)과 주왕(紂王)도 정벌해서는 안 된다면, 원흉(元凶) 소(劭)나 주우규(朱友珪)[12] 등 흉악한 반역자일지라도 정벌해서는 안 된다. 또한 창읍(昌邑)[13]도 폐위시킴이 불가하다면, 무조(武曌)나 위후(韋后)[14]의 음란함도 폐출(廢黜)시켜서는 부당하

---

10) 당(唐)과 송 사이 53년간 흥망한 다섯 왕조인 후당(後唐)·후양(後梁)·후주(後周)·후진(後晉)·후한(後漢).

11) 무왕이 포악한 왕인 하(夏)의 걸왕(桀王)을, 탕왕이 은(殷)의 주왕을 각각 토벌한 것을 말함.

12) 각각 송 문제(文帝), 후양(後梁) 태조의 아들이었는데, 자신을 후계자로 삼지 않는다는 이유로 아버지를 죽이고 왕위에 오름.

13) 한나라 재상 곽광이 창읍왕 하(賀)를 황제로 삼았으나, 패악 무도하여 그를 다시 폐위시킴.

다. 이렇게 되면 결국 반드시 사람의 도리가 허물어지고 하늘의 이치가 무너지기에 이를 것이다. 하늘이 백성들을 위해 임금을 마련해두는 뜻은 결코 이같지는 않은 것이다. 성왕(成王)과 탕왕은 다를 바가 없다. 하지만 오로지 무왕이 황금 도끼와 흰 깃발을 들고 침입함에 있어서 주자가 말한 바와 같이 추악하고 난폭했다 하나, 사마천(司馬遷)의 《사기(史記)》의 내용이 반드시 사실을 기록한 것이라고 하기는 두렵다.

어찌했건 내가 대단히 의심하는 것은 은(殷)에 미자(微子)를 봉하지 않고, 왜 무경(武庚)을 봉했는가[15] 하는 점이다. 주왕이 포학했음에도 그 가족이 몰살되는 것을 면할 수 있었음도 다행인데, 폭군의 후손이 상공(上公)으로 우대받아 삼격(三恪)의 예의를 갖춰 존경받았다는 것은 분명히 부당하다. 소식은, 무왕이 무경을 봉한 것은 은의 유민(遺民)을 위로하려고 했기 때문이라고 하였으나, 이는 전혀 타당치 않다. 옛날 우왕(禹王)이 붕어(崩御)했을 때, 익(益)이 제왕의 자리를 피해 양성(陽城)으로 갔는데, 천하를 노래하는 사람들은 익을 따라 가지 않고, 계(啓)에게 가서 "우리 임금의 아들이다"라고 하였다. 오(吳)나라[16]가 영(郢) 땅을 침입하여 초나라 소왕(昭王)이 운(鄖) 땅으로 도망하자, 운인(鄖人)들

---

14) 각각 당 고종과 중종의 왕후로 정권을 잡고 음학을 일삼았던 여인들.

15) 미자는 주왕의 형이고, 무경은 주왕의 아들인데, 주왕을 토벌하는 데 협력한 미자를 은나라 지역에 봉하지 않고, 무경을 봉했음.

16) 주대(周代) 말기 초(楚)와 더불어 춘추오패(春秋五霸)의 하나.

이 "평왕(平王)이 우리 아버지를 죽였으니, 우리가 그 아들을 죽이는 것이 옳지 않겠는가?" 하였다. 주왕이 백성들에게 행한 일은 평왕보다 심했으니, 백성들이 우(禹)에게 보답하고자 함으로써 그에게 보답한다면, 이런 이치는 있을 수 없다.

무릇 미자는 어진 삶과 대대로 적통(嫡統)을 이어왔기 때문에, 은나라 사람들이 그에게 마음을 둔 지가 오래되었다. 만일 주가 미처 폭정을 행하기 전에 죽었다면, 진실로 은나라의 부형(父兄)이나 세신(世臣)은 미자를 옹립했을 것이다. 비간(比干)[17]이 죽고 기자(箕子)[18]가 갇혔을 때, 홀로 제기(祭器)를 안고 흰 말을 타고 주나라로 향한 것도 어찌 종사(宗祀)를 이어받는 일을 자기 책임으로 여긴 것이 아니겠는가? 미자가 임금이 되고 기자가 보필했으면, 성왕 · 탕왕의 삼종(三宗)의 정치를 수행하여 동북방의 제후를 무마했을 것인데, 천하의 일 중 알 수 없는 것은 미자가 옹립될 수 없었던 까닭과 무경이 봉해져 은인(殷人)에게 설득되었다는 까닭이다.

아! 백성을 속일 수 없음은 오래 전부터 전해오는 것이다. 주나라가 왕을 뽑지 않았을 때, 은나라 사람들은 고개를 들고 서쪽을 바라보기를 마치 큰 가뭄에 구름을 바라보듯 하였고, 관병(觀兵)함에 음식을 갖고 와서 왕사(王師)를 맞이하

---

17) 은 주왕 때의 충신. 주의 폭정을 그만두게 하다 살해당함.

18) 학정에 못 이겨 은을 떠난 뒤, 무왕이 이를 정벌하자 다시 돌아와 《홍범(洪範)》을 저술하고 조선에 봉해졌다 함.

기를 마치 어린아이가 어머니에게 달려가듯 하였다. 그런데 회조(會朝)하여 말끔하게 밝혀지고, 천하가 주나라를 따르게 된 뒤에, 도리어 슬피 울부짖으며 하늘에 호소하여 그 적통을 찾으려 했으니, 이것이 무슨 이유에서였겠는가?

제나라 환공(桓公)이 오랑캐를 물리치고 주나라를 존중함에 그 공이 크나, 교만하고 잘난 체하다가 구국(九國)을 잃었다. 하물며 이런 조치의 실책이 단지 겉으로 나타나는 기색과 말씨뿐이었겠는가? 만약 미자가 은에 봉해졌다면, 그는 정말 어진 사람이니, 어찌 천명(天命)의 소재를 몰랐겠는가? 오직 기토(冀土)[19]를 다스리고 주 왕실에 복종했을 뿐이니, 어찌 다른 생각을 가졌겠는가? 단지 최초의 계책이 잘못되었기 때문에, 말류(末流)의 재앙이 이루 말할 수 없게 된것이다. 뱁새가 새매로 되고, 친척이 원수로 변하고, 이 빠진도끼가 성한 도끼를 망쳐서 안정을 얻게 됨이니, 아! 안타깝구나!

어떤 이가, "그러면 성왕이 미자를 송(宋)에다 봉한 이유는 유독 그의 유능함을 미워하지 않았기 때문입니까?"하고말했다. 대답하기를, "이것은 바로 무왕의 실책을 보충하기위함입니다. 천하가 주나라에 귀의한 지가 이미 오래되어 은의 여당(餘黨)도 없어졌고, 민심의 방향도 염려할 게 없었습니다. 그런데도 오히려 그를 은에 봉하지 않고 송에 봉했고, 패(邶)·용(鄘)·위(衛) 세 나라를 합쳐 강숙(康叔)[20]에게

---

19) 주나라의 원래 영토.
20) 무왕의 동생.

크게 계도(啓導)케 한 뜻을 알 수 있을 것입니다."

◎ 봉건설(封建說)은 유자후(柳子厚)²¹⁾와 소씨(蘇氏)²²⁾, 범씨(范氏)²³⁾가 간곡하게 설명하였다. 하지만 나는, 일찍이 봉건은 단지 희주(姬周)²⁴⁾의 한 왕조 제도인 것이지, 요·순·우·탕(堯舜禹湯)²⁵⁾시대의 것이라고는 생각하지 않는다. 만국(萬國)이란 것은 생민(生民) 이래 저절로 있었던 것이지, 천자가 분봉(分封)하여 된 것이 아니다. 우(禹)가 왕이 된 후 만국이 도산(塗山)에 모였는데 나중에 도착했기 때문에 처벌된 자는 방풍(防風)²⁶⁾뿐이었고, 탕(湯)이 왕이 되어 멸망한 나라도 오직 갈(葛)·곤오(昆吾)·위고(韋顧)²⁷⁾ 몇 나라뿐이었으며 그 토지 역시 대부분 왕기(王畿)에 편입되었던 것이다. 우·탕이 어찌 비어 있는 땅을 자제나 공신에게 봉했겠는가?

---

21) 유종원(柳宗元). 자후는 그의 자. 하동인(河東人). 당나라의 문인. 고문(古文) 부흥운동을 한유와 더불어 제창. 저서에는《유하동집(柳河東集)》등이 있음.

22) 소식(蘇軾). 호는 동파(東坡), 자는 자첨(子瞻), 미산인(眉山人). 북송의 문인. 당송 팔대가의 한 사람. 저서에《적벽부(赤壁賦)》·《동파전집(東坡全集)》이 있음.

23) 범중엄(范仲淹). 자는 희문(希文), 오현인(吳縣人). 북송 때의 정치가. 저서에《범문정공집(范文正公集)》이 있음.

24) 주나라. 희(姬)는 그 왕족의 성씨.

25) 중국 상고시대의 전설적인 제왕들.

26) 하대(夏代) 제후의 하나.

27) 갈·곤오·위고는 모두 하대의 제후국 이름.

경전(經傳)에 이른바 "들판을 갈라 제후를 세웠다"라고 한 것은 여러 나라의 대소에 따라 이를 제도화한 것에 불과한 것으로, 마치 후세의 호령(湖嶺)간에 토관(土官)과 같을 뿐이다. 오직 주 무왕(周武王)이 6주(六州)의 무리로써 주(紂)[28]를 정벌하였으므로 목야(牧野)의 전장(戰場)[29]에서 군대를 받아들임이 오히려 숲과 같았다.

하지만 관채(管蔡)의 난(亂)[30]에 사방의 나라가 들끓었다가 전후하여 오랑캐가 멸망했던 것은 100국에 이르렀다. 그러므로 무왕과 주공(周公)[31]은 그 토지를 얻게 되어 크게 열후(列侯)를 봉하여 왕실을 울타리처럼 지키게 하고 천하의 형세를 보았다. 융성했던 고대로부터 살펴본다면 이때부터 말세(末世)의 일이 시작된 것이니, 비록 이를 덕박(德薄)했다 해도 좋다.

◎ 양구산(楊龜山)[32]이 장자방(張子房)[33]을 논한 내용은 새롭고 기이하여 볼 만하므로, 주문공(朱文公)[34]도 이를 취했다.

---

28) 은(殷) 나라의 마지막 임금. 이름은 제신(帝辛). 달기라는 여자에 빠져 주색을 일삼고 포학한 정치를 한 폭군. 주(周)의 무왕(武王)에게 멸망당함.

29) 목야는 은 도읍지의 근교에서 30리 떨어진 지역. 은과 주의 최후 결전장.

30) 주무왕의 동생인 선(鮮)과 도(度)가 각각 관(管)과 채(蔡)에 봉해졌는데 이들이 무왕 사후 반란을 일으켰으나 주공에게 정벌되어 추방됨.

31) 중국 현인(賢人)의 한 사람으로 조카인 성왕(成王)을 잘 보필하여 주나라를 부강케 함.

그러나 《사기(史記)》나 《한서(漢書)》의 장량전(張良傳)을 자세히 그 본말을 따져 살펴보면, 사실은 그렇지 않다.

진승(陳勝)과 오광(吳廣)이 군사를 일으키자, 자방도 한(韓)의 젊은이들을 이끌고서 일어나 옛나라를 되찾고자 초왕(楚王) 경구(景駒)를 만나려고 동쪽으로 향했다. 도중에서 패공(沛公)[35]을 만나서 서로 대화하다 의기가 투합하여, 그의 기장(厩將)[36]이 되었다. 이때 경구는 항량(項梁)[37]에게 패망하였으므로, 자방은 항량을 설득하여 횡양군(橫陽君)을 한왕(韓王)으로 삼게 하고, 자방은 한사도(韓司徒)[38]가 되었다. 패공이 진(秦)을 정벌하려고 영천(潁川)을 지날 때, 자방은 한지(韓地)를 대략 안정시켰으므로, 드디어 패공과 함께 서쪽으로 갔다. 아마 자방이 처음 패공을 따른 것은 잠시 머물러서 같이 일을 하려던 것이지, 몸을 바쳐 신하가 된 것이라고 할 수는 없다. 이때에는 한(韓)에 임금이 없었으나, 횡

---

32) 양시(楊時). 송대의 학자. 자는 구산. 장락(將樂) 출생. 정호와 정이에게 경학(經學)을 배움. 저서로 《이정 수언(二程粹言)》·《구산집》 등이 있음.

33) 장량(張良). 한(漢)의 건국 공신. 자는 자방. 원래 한(韓)의 세족(世族). 통일 후 유후(留侯)에 책봉.

34) 주자(朱子)의 시호.

35) 유방(劉邦). 한의 고조(高祖). 자는 계(季). 패(沛)의 풍읍(豊邑) 출신.

36) 병마(兵馬)를 관할하는 관리.

37) 항우(項羽)의 백부(伯父). 항우를 도와 초나라 건국에 힘씀.

38) 사도란, 관직명으로 중국의 순(舜) 임금 때 교육을 맡아보았고, 주대(周代)에는 호구, 토지, 재화, 교육을 담당했음.

양이 왕이 되자 자방은 그의 재상이 되었다.

옛날 패국(覇國)이 정벌할 때, 각국의 임금이 병차(兵車)의 모임을 가졌는데, 왕이 직접 참석할 수 없으면, 그 재상을 대신 보냈다. 자방이 패공을 따라 진에 들어간 것은 실은 횡양이 명한 것이므로 항우(項羽)가 이 일에 화나 횡양을 살해했던 것이다. 또한 이때 패공은 초의 읍장(邑長)에 지나지 않았고, 한은 비록 소국이지만 자방은 이웃 나라의 대부(大夫)였으므로, 정녕 서로가 상하의 의리로 맺어질 수 없었다. 공신표(功臣表)에 장량이 한사도로서 패공을 따라 입관(入關)했다고 한 것으로도 자연 아주 분명하다. 그가 파수(灞水)에서 항백(項伯)[39]에게 "신은 한왕(韓王)을 위해 패공을 전송하니, 도망가는 일은 불의(不義)입니다"라고 하였는데, 단지 자방의 말만이 아니라, 역시 당시 제후들이 다 알고 있는 바였다.

진실로 자방이 패공에게 목숨을 바치는 신하로서 소하(蕭荷)나 조무상(曹無傷), 번쾌(樊噲), 역이기(酈食其)같은 사람이었다면, 항백도 어찌 자방을 포기하게끔 하는 대답을 했겠는가? 어찌 이뿐이랴? 유방과 항우의 다툼이 이미 끝나서 제후들이 각각 분할지를 소유했을 때, 자방의 일도 끝났다. 패공을 봉지(封地)로 전송하고, 자신은 본국으로 돌아왔다. 이 역시 신하가 명을 받드는 일상적인 일이었으니, 어찌 구산(龜山)이 말한 것처럼, 처음에는 몸을 바쳐 패공을 섬기고

---

39) 항우의 계부(季父). '홍문(鴻門)의 연회'때 위기에 처한 유방을 도와 살려냄. 후에 열후(列侯)로 봉해짐.

일을 다 끝낸 뒤에, 또 한(漢)을 떠나 한(韓)으로 복귀한 사람이라 하겠는가?

《사기》에 보면 자방이 태공 병법(太公兵法)[40]을 패공에게 설명하자, 패공은 언제나 그 방책을 썼으나, 여느 사람은 깨닫지 못했다. 자방은 "패공은 아마 하늘이 내리신 사람이리라"고 하면서 드디어 떠나지 않았다고 하였다. 이때 바야흐로 항우가 강성해서 제후들은 대부분 그를 따랐는데, 자방은 유독 패공을 따랐고, 후에는 또 그를 따라 진관(秦關)으로 들어갔기 때문에 사신(史臣)이 결국 이 사실을 언급했을 뿐이며, 이 시점에서 패공의 신하가 되어 다시 한(韓)으로 돌아간 것을 말한 것은 아니다. 아마도 구산이 이를 잘못 본 듯하다.

얼마 후, 횡양이 초나라에서 죽자, 자방은 되돌아갈 나라가 없었고 섬길 만한 군주가 없었지만, 군주의 원수를 갚아야 했기 때문에 어쩔 수 없이 한(漢)에 가서 호소하여 비로소 한나라의 신하가 되었다. 그럼에도 한고조는 본래 거만했지만, 일생토록 자방을 빈사(賓師)로 대우하여 감히 이름을 부르지 않았다. 이는 아마 자방이 한(漢)을 섬기는 것이 오로지 옛군주를 위해 복수하기 위함에서 나온 것이지, 풍패(豊沛)[41]의 여러 공들처럼 조금 고상한 인물은 죽백(竹帛)[42]에 명성을 남기려 했고, 저급한 인물은 부귀를 위해 계책을

---

40) 주 문왕의 스승인 강태공(姜太公)이 만들었다고 전해지는 병법.

41) 유방의 출생지를 가리킴.

42) 서적, 특히 역사서를 말함.

사용한 사실과 같지 않음을 잘 알고 있었기 때문이다.

고조가 자방을 잘 알고 있었을 뿐만 아니라, 자방도 일찍이 이 사실을 다른 사람에게 숨기지 않았다. 스스로 말하기를, "집안 대대로 한(韓)의 재상이었으니, 한이 망해 한나라의 원수를 갚으려고, 이제 세 치의 짧은 혀로써 한제(漢帝)의 빈사가 되었다" 하였다. 자방의 출처본말(出處本末)이 푸른 하늘의 밝은 해처럼 분명하여 사람들이 능히 이를 이해할 수 있다. 그런데 구산이 말한 것처럼 천 년 뒤에야 자방의 지조 없는 변덕스런 행동에 속았다고 하겠는가?

어떤 사람은 아마 "그렇다면 구산이 말했듯이 한(韓)나라를 보필하고 중원(中原)을 치달려 전투에 참가했던 것도 자방의 뜻이 아닌가?"라고 질문할 것이다. 신하가 그 임금을 존영(尊榮)케 하려는 것도 각각 임금의 역량이나 덕망에 달려 있을 뿐이다. 영항(嬴項)[43]의 난은 치우(蚩尤)[44]보다 심했으므로, 실로 총명하고 신무(神武)하여 천명(天命)을 받은 사람이 아니라면 그를 토벌할 수 없었으니 결코 횡양이 낄 수 있는 바는 아니었다. 패공의 풍모와 기량(氣量)은 보통 사람보다는 월등히 뛰어났으니, 범증(范增)[45]이나 항백 무리들도 그가 결국 천하를 차지할 것을 알았다. 그런데 어찌 자방의 신명하고 기민한 분별력으로 이를 몰랐겠는가? '하늘

---

43) 영은 진(秦)나라, 항은 항우를 가리킴.

44) 중국 상고시대 신농씨(神農氏) 때 난리를 일으켜 황제(黃帝)와 탁록(涿鹿)의 들에서 싸우다가 패전하여 죽음.

45) 항우의 모사(謀士). 처음에는 항우를 도와 천하 통일을 하다가 항우와 사이가 틀어져 팽성(彭城)에서 죽음.

이 내리신 분'이란 한 마디 말로 보아 이미 잘 알고 있었을 것이다.

한(韓)은 원래 제후국(諸侯國)이었지만, 천자의 명에 의한 것은 아니었다. 패공으로 하여금 천하를 평정시켜 천자가 되게 하고, 횡양이 다시 한(韓)에 봉해져 종사(宗祀)에 제사를 올릴 수 있게 되면, 신하가 되어 임금에게 충성하려는 사람의 마음도 충분히 흡족할 것이다.

진영(陳嬰)[46]의 어머니가 현명하고 슬기롭다고 전해지는 이유는, 그의 분별력이 밝았기 때문인데, 일찍이 자방의 현명함이 한 부인에게도 미치지 못하지는 않았을 것이다.

어떤 사람이 "그러면, 구산이 말했듯이, 잔도(棧道)[47]를 불태워 끊어버림은 한왕(漢王)이 동녘으로 나오려고 하지 않았음이라 한 것도 틀렸는가?" 하고 물었다. 이에 대해서는 바로 그 점이 구산의 틀린 점이라 하겠다. 아마 구산이 동남 지방에서 자라서 양한(梁韓) 지방의 지형을 몰랐기 때문에 잔도가 끊겨버리면 정말 되돌아가고자 하는 군사들을 막을 수 있다고 생각한 듯싶다. 정말 이와 같았다면, 한왕이 좁은 지역을 답답히 여겨 동쪽으로 돌아갈 심산이었는데 어찌 이 계책을 따랐겠는가?

또한 《사기》에 "항우에게 동쪽에 뜻이 없음을 보이려 했다" 함은, 구산의 말처럼 항우에게 한이 잔도를 끊음으로써

---

46) 원래 동양(東陽) 지역의 영리(令吏)였는데, 항량에게 그 지역 청년 대장의 자리를 넘김.
47) 절벽과 절벽 사이에 걸쳐놓은 다리.

밖으로 나갈 길이 없다는 소문을 사실로 여기게 하려 함이
아니었다. 항우는 자신이 약속을 어겼음을 잘 알고 있었으
니, 한나라 군사가 동쪽으로 출병할 것을 두려워하였다. 그
래서 그는 삼진(三秦)[48]에 경계 태세를 갖추게 하여 한로(漢
路)를 차단하고자 함을 하루도 잊은 적이 없었다. 그래서 자
방은 다리를 끊음으로써 한왕이 허약함을 드러내서 마치 의
중이 단지 파촉(巴蜀) 지방 보유하는 데만 있고, 타인의 침
범을 두려워하는 듯이 하여 적국의 마음을 교만하게 하고,
그들의 방비를 느슨하게 하려는 것이었다.

고제(高齊)와 우문주(宇文周)[49] 두 나라는 황하(黃河)를
경계로 하였는데, 처음에는 주나라 사람이 얼음을 깨고 제나
라의 침입을 대비하더니, 제나라가 쇠퇴하자 제나라 사람이
도리어 얼음을 깨고 주나라의 침공을 대비했다. 진(晉)나라
왕돈(王敦)[50]이 반란을 일으키자, 건강(建康)[51]이 걱정하였
고, 온교(溫嶠)[52]가 주작항(朱雀桁)을 불태워 끊어버리자, 진
(晋)나라 명제(明帝)가 몸소 정벌하려다가 그 소식을 듣고
크게 노했다. 이극용(李克用)[53]은 변인(汴人)이 침입한다고

---

48) 옛 관중(關中) 땅으로, 한과 초의 접경 지역.
49) 고씨가 세운 남북조의 북제(北齊)와 우문태가 세운 북주(北周)
   를 말함.
50) 진(晋) 무제(武帝)의 부마. 그 세력이 강해지자 반란을 일으켰으
   나 명제(明帝)에게 토벌당함.
51) 진 남양왕(南陽王)의 연호.
52) 진 명제 때의 명신(名臣). 왕돈의 반란을 미리 알고, 이에 대비,
   직접 출정하여 그를 토벌함.

하여 성벽과 참호를 대대적으로 만들었으나, 유연업(劉延業)은 이를 부당하다고 여기고 나라의 위신을 손상시켜 외적의 마음을 북돋는 일이라 생각했다.

자방이 잔도를 끊은 계책은 바로 위의 옛기록과 비슷하다. 삼진(三秦)의 왕들은 이 소식을 듣고 한왕을 겁쟁이라고 비웃었고, 곧바로 군사들이 순식간에 나오자 지탱할 수 없었던 것이니, 이것이 정병법(正兵法)이다. 처음에 아가씨처럼 아무것도 모르는 듯하다가 마침내 토끼가 빠져나오는 듯했던 것이다. 또한 자방을 평생 등용케 한 요인의 하나는, 그가 지은 포상계(包桑戒)다.

구산에 의하면 자방이 삼진을 평정하는 계책에 대해 전혀 언급한 바가 없었다고 하지만, 이것은 환온(桓溫)[54]이나 삼진의 호걸들이 이르러 온 자가 없었다는 것과 진정 짝이 될 수 있겠다. 구산은 또 정자(程子)의 말을 인용하여, "고조가 자방을 잘 이용할 수 있었던 것이 아니라, 실은 자방이 고조를 잘 이용할 수 있었다"라고 하였다. 이 말도 약간 치우친 느낌이 있는 듯하다. 고조는 자방을 써서 천하를 차지했고, 자방은 고조를 써서 군주의 원수를 갚았으니, 서로 이용한 것이리라. 또 한 고조는 자방의 술책을 모두 쓸 수 없었다고 했지만, 이 술책이 무엇을 말하는지 모르겠다. 설령 자방이 한 고조의 재상(宰相)이 되었다 하더라도, 내 생각에는 그가

---

53) 오대 후당(後唐)의 태조. 원래 돌궐 사람인데 '황소(黃巢)의 난'을 평정한 공으로 장수에 올라 세력을 얻었으나 주전충(朱全忠)과 싸워 사망.

54) 진 원제(元帝)의 부마. 후에 왕위 찬탈을 꾀하다 실패함.

반드시 주(周)나라 관리가 되지 않았을 것이고 정전제(井田制)도 시행하지 않았을 것이다.

◎ 무양후(舞陽侯)[55]는 군도(群盜) 가운데서 일어나 수백 차례 싸워서 제후로 봉해졌으니, 어찌 일찍이 박사 선생과 더불어 의리(義理)를 강론했겠는가? 하지만 그가 환군(還軍)하여 궁중의 문을 밀치고 들어가 한 고조에게 두 번 간언(諫言)한 것을 볼 때, 견식이 특히 뛰어나고 사려가 심원하여, 소하(蕭荷)[56]나 장량을 제외하고는 비견할 만한 사람이 없다. 혜제(惠帝)·문제(文帝) 때 그에게 대신(大臣)의 책임을 맡겼다면, 그 업적은 분명히 진평(陳平)[57]과 주발(周勃)[58]보다 높았을 것이다. 고조가 그를 돌보지 못한 것은 당시 마침 참소(讒訴)받아 처벌 당했기 때문이다. 소명윤(蘇明允)[59]이 자신의 웅변에 의거해 논설함에 강솔하여, 번쾌(樊噲)를 개잡아 팔던 사람이라고 과소평가한 것은, 그의 인물됨을 잘못

---

55) 한(漢)의 건국시 공을 세운 장수인 번쾌를 말함.

56) 한 고조 때 건국 공신이며 명 재상. 진나라의 법률을 버리고《율구장(律九章)》을 만듦.

57) 건국 공신. 항우의 신하였다가 유방에게 귀의하여 통일사업에 이바지. 여후(呂侯) 사후, 여씨(呂氏)의 난이 일어나자 주발과 함께 이를 평정.

58) 한의 건국 공신. 혜제와 문제 때 승상(丞相)에 오름.

59) 소순(蘇洵). 송대의 문호. 자는 명윤, 호는 노천(老泉), 미산(眉山) 출신. '태상인혁례(太常因革禮)' 편찬에 참가. 학문에 밝고, 논문에 뛰어남. 아들 소식(蘇軾)·소철(蘇轍)과 함께 당송 팔대가에 듦.

인식한 것이다.

고조가 죽자마자 여후(呂后)[60]는 이를 비밀에 부쳐 발표하지 않고 여러 대신을 살해하려 했다. 역상(酈商)[61]이 심이기(審食其)[62]에게 말하기를, "지금 진평과 관영(灌嬰)은 형양(滎陽)을 지키고 번쾌와 주발은 연대(燕代)를 평정하고 있는데, 그들이 이 소식을 들으면 반드시 병사들을 연합하여 궁내로 향할 것이니, 천하가 위태로울 것이다" 하였다. 이로써 본다면, 번쾌가 여씨(呂氏)를 따르지 않았다는 것을 알 수 있다.

하지만 당시 일에는 아직도 말하기 어려운 것이 있다. 《강목(綱目)》[63]에는 대왕(代王)[64]이 즉위했다는 내용 아래 한사(漢史)의 옛글에 따라 기록하기를, "여후(呂后)를 주살(誅殺)했다는 곳에 효혜제(孝惠帝)의 아들 홍(弘)[65]의 이름도 같이 기록하였다. 이것은 아들 홍(弘)도 유씨(劉氏)가 아니

---

60) 한고조의 황후. 이름은 치(稚). 재략이 뛰어나 고조를 도와 대업을 이루고, 고조가 죽은 뒤에 권력을 독차지하였고, 자신의 인척을 제왕(諸王)에 봉함.

61) 역이기의 동생. 유방을 도와 항우를 토벌. 그 공으로 우승상에 오르고 곡주후(曲周侯)에 봉해짐.

62) 유방을 뒷바라지한 사람으로, 여후가 정권을 잡았을 때 그의 신임을 받음.

63) 주희가 《자치통감(資治通鑑)》을 강(綱)과 목(目)으로 나눈 범례에 의거하여 그의 문인 조사연(趙師淵)이 59권으로 작성한 책.

64) 문제(文帝)를 말함. 고조와 박희(薄姬) 소생이었는데, 여씨의 난이 평정된 후 제위에 오름.

65) 혜제와 후궁 소생의 왕자로, 소제(少帝)를 대신하여 황제가 됨.

라고 본 것이다."《강목》은 비록 눌재(訥齋) 조씨(趙氏)에게서 나온 것이지만, 이러한 예절에 대한 항목은 필시 주 문공(朱文公)의 지도를 받았을 것이다. 하지만《주자어류(朱子語類)》[66]에는 소제가 장황후(張皇后)의 소생이 아닐 뿐이며 아마 후궁(後宮)의 소생일 것이라 했고,《사기》에는 대신들이 소제를 혜제의 아들이 아니라고 소문을 냈다고 하였는데 그 뜻도 알 만하다. 또 말하기를, 소제는 결국 여씨당(呂氏黨)이니 주살되지 않을 수 없었다고 하였다.

진(晉)나라 해제(奚齊)와 도자(悼子)[67]는 모두 옹립될 수 없는 사람인데도《춘추(春秋)》[68]에는 이극(異克)[69]에게 오히려 시해(弑害)하였다고 적혀 있다. 하물며 혜제(惠帝)의 아들은 바로 고조의 손자이니, 어찌 옹립될 수 없는 자라 하겠는가? 주살되지 않을 수 없었다 함은 그 형세로 볼 때 그런 것이다. 만약 의리로써 논한다면, 아마 이렇지 않을 것이다. 만약 무양후가 죽지 않고 혜제의 아들 홍을 옹립하여 보좌하고, 여산(呂産)이나 여록(呂祿)[70]을 몰아내고, 안으로는 진

---

66) 송 도종(度宗) 6년(1270)에 여정덕(黎靖德)이 주자와 그 문인들과의 문답을 집대성한 책. 총 140권.

67) 진 헌공(獻公)과 후처의 소생으로, 원래 신생(申生)이 태자로 책봉되었으나, 이를 번복하고 위 두 아들을 왕위에 앉힘.

68) 오경(五經)의 하나. 노(魯)나라의 은공(隱公)에서 애공(哀公)까지의 사적(事蹟)을 편년체(編年體)로 기록한 것을 공자가 비판·수정을 가한 것.

69) 진 헌공 때의 명신. 신생을 왕위에 앉히도록 충간(忠諫)했으나, 이것이 받아들여지지 않고 오히려 모함을 받자, 목을 매어 자살함.

평과 주발을 저지하고, 밖으로는 제(齊)와 양(襄)을 막았더라면, 반역과 순종의 분별이 과연 어떠했을는지 알 수 없다.

◎ 조조(曹操)가 형양(滎陽)의 싸움에서 패했을 때, 조홍(曹洪)[71]의 구원이 없었더라도 어찌 한 조정의 충신이라 하지 않겠는가? 천자를 허하(許下)로 천거(遷居)케 한 것은 공허함을 버리고 완실(完實)함을 취한 일로 국책(國策)으로 당연하였다.

이 시기에 이원(二袁)[72]이 바야흐로 강성하고, 조조의 세력은 커지지 않았으나, 조조가 제(齊)나라 환공(桓公)과 진(晉)나라 문공(文公)[73]이 대순(大順)에 의탁하여 사해(四海)를 복종시킨 자취를 모방하려 했으나 어찌 갑자기 찬탈(簒奪)을 모의했겠는가?

조조가 천자를 보위함에 처음에는 예(禮)에 어긋남이 없어 동탁(董卓)[74]이 공경(公卿)을 참살하고 주상(主上)을 겁탈한 것과 달랐다. 그러나 천자가 갑자기 동승(董承)[75]과 모

---

70) 둘다 여후(呂后)의 친척으로 봉토를 받아 왕 노릇을 했음. 그러나 여씨의 난을 일으켜 정권을 탈취하려 했으나 진평과 주발에게 주살됨.

71) 조조의 동생.

72) 원술(袁術)과 원소(袁紹)를 가리킴.

73) 춘추전국시대에 오패에 든 제후국으로 약화된 주 황실을 잘 섬김.

74) 황건적의 난과 세력 다툼에 편승하여 조정의 권력을 잡음. 수도를 장안으로 옮기고 폭정을 행하다가 왕윤의 계략에 빠져 심복 여포에게 살해당함.

의하여 그를 처치하려던 것은 너무 경망한 짓이었다. 이때부터 군사간의 세력이 모두 온전할 수 없었다. 조조는 황급히 왕망(王莽)과 동탁의 전철을 밟게 되니, 세상 사람들이 모두 그가 한적(漢賊)이 될 것을 알아챘고, 지사(志士)나 어진 사람들도 그를 따르는 자가 없게 되었다. 물론 공문거(孔文擧)[76]는 자부심이 대단하여 평생 군대 장막에서 다투었지만, 순문약(筍文若)[77] 같은 사람도 명분과 의리를 두렵게 여겨 달가운 마음으로 독약을 마셨다.

천하가 세 토막으로 갈라져 조조가 늙어 죽을 때까지 안정될 수 없었다. 동승의 계책이 실로 한실(漢室)의 패망을 재촉하기에 충분했지만, 조조가 천하를 통일할 수 없었던 것도 전적으로 이에 유래한 것이지, 적벽(赤壁)에서의 패배를 기다려서 결정된 것은 아니다.

유현덕(劉玄德)은 재기(才氣) 면에서 손책(孫策)보다 못하고, 전투 능력 면에서 여포(呂布)보다 못하며, 강대함에 있어서 이원(二袁)보다 못한데도, 조조가 그를 두려워한 것은 어찌된 까닭인가?

동승이 용렬한 사람이니, 어찌 감히 이러한 계책을 냈겠는

---

75) 한 황실의 충신. 천자에게 밀조(密詔)를 받고 조조의 암살을 기도했으나 실패하고 죽음.

76) 공융(孔融). 자는 문거. 한 헌제 때 북해상(北海相)이 되어 학교를 세움. 한 황실의 혼란을 바로잡으려고 했으나 실패하고 은거함. 조조가 그를 두려워하여 죽임.

77) 조조를 섬긴 모사(謀士)였으나, 조조가 제위(帝位)를 찬탈하자 그와 멀어져 사약을 받음.

가? 이것은 모두 현덕의 종용에 의한 것이다. 당시 허하(許下) 사람들은 오직 동승만이 구신(舊臣)이라 여겼기 때문에 자연히 그에게 천자를 보호하는 공계(功計)를 의지했고, 반드시 지방으로 흩어지게 되는 것을 원망하였다. 이런 이유에서 현덕이 그들을 격동시킨 것일 뿐이다.

또한 현덕은, 동승이 그 일을 성사시킬 수 있다고 여긴 것이 아니며, 단지 이를 이용하여 군신(君臣)을 이간하여 조조에게 천하에 악명을 지도록 하여, 자신은 홀로 초연히 서패(徐沛)에 있으면서 그 허물에 관계치 않았다. 이로써 조조가 그를 두려워한 것도 당연치 않은가?

기록에는 동승이 헌제(獻帝)에게 의대(衣帶)를 받았는데, 그 속에 비밀 조서(詔書)가 있었다고 하였다. 그 조서 역시 반드시 헌제에게서 나온 것은 아닌 것 같다.

◎ 세상에서는 대부분 조비(曹丕)[78]가 한을 빼앗았지만, 소열(昭烈)[79]이 군부(君父)의 원수는 갚지 않고, 먼저 오(吳)를 공격하게 한 것은 옳지 못했다고 했다.

이는 단지 제귀(秭歸)[80]에서의 패배만을 고려하여 잘못 판단한 것뿐이다. "손권(孫權)은 동맹국으로서의 의리를 배반하고 적(賊)에게 붙어 나의 대장을 죽이고, 나의 형주(荊州)

---

78) 조조의 맏아들로, 위(魏)나라 황제. 220년에 한의 헌제를 폐위하고 낙양에 도읍.

79) 유비의 시호.

80) 촉(蜀)과 오(吳)의 격전지.

를 빼앗고 병사들은 파협(巴峽)의 입구에서 교전하고 있으니, 이것은 바로 코 앞에 있는 적이다. 만약 먼저 그들을 처리하지 않는다면, 어찌 대대적으로 북출(北出)할 수 있겠는가?" 오나라를 쳐부수고 위(魏)나라를 토벌하는 일은 원래 별개의 일이 아니나, 굳이 완급과 선후를 비교하면 그렇게 된다.

공명(孔明)은 영안(永安)[81]에서 한의 황실을 다시 일으켜 달라는 부탁을 받았으니, 어찌 서주(徐州)를 비우려고 했겠는가? 그가 말하기를, "북쪽을 정복하고자 하면 먼저 남쪽으로 쳐들어가야 한다"라고 했으니, 어찌 선주(先主)[82]의 동벌(東伐)이 이와 다를까? 그러나 오나라는 쳐들어갈 틈이 없어 자룡(子龍) 등 여러 사람이 모두 출전하지 않으려 했지만, 공명이 아뢰지 못한 것은 출전의 명분과 의리가 아주 정대하여 간할 수 없었고 유비와 관우(關羽)의 군신관계로도 용납할 수 없었을 것이다.

손권이 화친(和親)을 구걸했을 때 허락했어야 했는데 그러지 않은 것이 애석하다. 실로 공명과 자룡이 생각한 대로 선주가 오에서 뜻을 이루지 못하고 모든 군사가 완전히 패배하여 분통이 터져 붕어했지만, 이것 역시 어찌 그릇된 시각에서 볼 수 있겠는가? 아! 어찌 천명이 아니리오!

◎ 《통감(通鑑)》[83]은 역대 역사를 산정(刪定)하여 한 책으로

---

81) 유비가 죽으면서 유언을 남긴 곳.
82) 유비를 말함.

집성한 것이나, 전대의 집필자가 상략·아속(詳略雅俗)함이 각각 절로 같지 않았다. 사마천(司馬遷)[84]이나 반고(班固)[85]의 사서(史書)는 큰 단락으로 간결하기 때문에 《통감》에도 약간의 절목(節目)만 산삭(刪削)을 가하여 이따금 너무 간결하고 남북조(南北朝)나 당말(唐末)의 기록은 가장 번잡하므로 심하게 산삭을 가하려 했으나 약간 번잡함을 피할 수 없었다. 이제 전후의 사적(事蹟)에 서로 비슷한 것들을 비교해 본다면 항상 앞의 사적은 간략한데 뒤의 사적은 자상함을 볼 수 있다.

《강목(綱目)》[86]은 《통감》의 이룬 공으로 조금 정돈했을 뿐인데도 자못 공을 이루기 쉬웠으나 눌재(訥齋)[87]의 사재(史才)가 본래 범·유(范劉) 여러 사람[88]에게 미치지 못하고 한 사람의 정력으로는 또한 미치지 못하는 바가 있으므로, 잘라

---

83) 사마광(司馬光)의 《자치통감(資治通鑑)》을 말함. 주(周)나라 위열왕(威烈王)으로부터 후주(後周) 세종(世宗)에 이르는 사실(史實)을 편년체(編年體)로 기술한 역사책. 후세 편년사의 모범이 됨.

84) 전한(前漢)의 역사학자. 자는 자장(子長). 태초력(太初曆)을 제정하였고 뛰어난 역사책 《사기(史記)》를 지음.

85) 자는 맹견(孟堅), 함양인(咸陽人). 후한(後漢) 초기의 역사가·문학가. 《한서(漢書)》를 펴냈고, 《백호통(白虎通)》 등의 저서가 있음.

86) 《통감강목(通鑑綱目)》의 준말. 주희가 《자치통감》을 강(綱)과 목(目)으로 나눈 범례에 의거하여 그의 문인 조사연(趙師淵) 등이 전편(全篇)을 작성한 것.

87) 조사연을 말함.

내고 가다듬고 전개하고 축약한 곳에 유감스러운 바가 많다. 그렇지만 그 주된 뜻은 사실을 구비하는 데 있고 문장이 간결하므로 그 필세(筆勢)가 그렇지 않을 수 없었을 것이다.

◎ 한고조(漢高祖)의 〈대풍가(大風歌)〉는 비단 문사(文辭)가 위려(偉麗)할 뿐 아니라, 시를 말하는 사람은 여기에서 한(漢)의 정치에 패도(覇道)가 섞일 것이라 함을 알 만하다 하겠으니, 보통 여염 골목의 풍요(風謠)와 견줄 것이 아니다. 이는 채록할 만한데 〈통감(通鑑)〉에는 삭제하였다.

전류(錢鏐)⁸⁹⁾의 〈환향가(還鄕歌)〉는 아마 〈대풍가〉의 영향을 받고 모방하여 쓴 것으로, 그 의미는 부귀(富貴)를 자랑하는 데 지나지 않아 볼 만한 것이 없는데도 《통감》에서는 이를 취했다.

이것은 마치 과거 시험을 평가할 때, 시험관이 기세가 거만하고 안목이 드높았을 때에는 재사(才士)의 걸작을 보고서도 단번에 말살해버리고는, 방에 갇혀 십여 일이 지나게 되면 정신이 피로하고 눈이 침침해진 뒤에는 우수한 작품을 뽑았다는 것이 가끔 쫓겨났던 인물의 찌꺼기를 주워모은 것과 같다. 사마온공(司馬溫公)⁸⁸⁾은 여기서 물의가 분분함을 피하기 어렵다.

---

88) 사마광을 도와 《자치통감》의 집필에 참여했던 범조우(范祖禹), 유서(劉恕), 유반(劉攽)을 말함.
89) 중국 오대(五代) 오월(吳越)의 초대 왕. 자는 구미(具美), 임안인(臨安人). 원래 무뢰한이었는데 혼란기를 틈타 왕이 됨.

◎ 방사(方士)⁹¹⁾의 도사(禱祀)와 황백(黃白)⁹²⁾, 불도(佛徒)의 탑묘(塔廟)와 제계(齊戒) 유자(儒者)의 정삭(正朔)⁹³⁾, 복색(服色), 명당(明堂)⁹⁴⁾, 벽옹(辟雍)⁹⁵⁾, 봉건(封建), 정전(井田), 주관(周官)⁹⁶⁾, 육형(肉刑)⁹⁷⁾ 등은 모두가 그들의 근본적인 특색이다.

진시황(秦始皇), 한 무제(漢武帝), 왕망(王莽)⁹⁸⁾, 왕안석(王安石)⁹⁹⁾이 일찍이 이를 사용하였지만 궁색하게 된 뒤에, 황백이 수련(修鍊)으로 변하고¹⁰⁰⁾, 재계는 선정(禪定)¹⁰¹⁾으로 변하였으며, 주례(周禮)는 격물(格物)·치지(致知)·성의(誠

---

90) 사마광(司馬光)의 통칭. 이는 사후에 추증된 태사 온국공(太師溫國公)에서 유래. 자는 군실(君實), 호는 우부(迂夫) 또는 우수(迂叟). 산서성 출생. 송의 학자·정치가. 《자치통감》편찬.

91) 산속에 파묻혀 사는 도인(道人).

92) 도가(道家)에서 만들어내는 선약(仙藥)을 말함.

93) 제왕이 역서(曆書)를 다시 만듦.

94) 제왕이 조회(朝會)를 하던 제도.

95) 국가의 교육을 관장하던 부서.

96) 주나라의 관리 제도.

97) 죄인을 처벌하던 제도.

98) 전한 말기의 폭군. 책모로 한나라를 빼앗아 '신(新)'을 세워 개혁을 단행했으나 실패하여 살해당함.

99) 송대의 정치가·학자. 신종(神宗) 때 신법(新法)을 행해 부국강병을 도모했으나 실패. 시문에도 능해 당송 팔대가의 한 사람으로 꼽힘. 저서에 《주관신의(周官新義)》·《임천집(臨川集)》 등이 있음.

100) 선약(仙藥)을 제조하던 방법에서 심신의 수련방법으로 변화됨.

意)·정심(正心)으로 변하였다.[102] 그 입설(立說)함이 심원하고 교묘하여 이를 이해하여 설파할 수는 없지만 사실 모두가 저것에 궁색하니까 이것에 따른 것일 뿐이다. 《한서(漢書)》[103]에 말하기를, 왕망은 제도를 정비하면 천하가 저절로 태평할 것이라 여기고 예악(禮樂)·육경(六經)의 학설에 마음을 집중하느라고 급박한 국사(國事)를 처리할 겨를이 없었으므로 패망하기에 이르렀으니 이는 천고(千古)의 웃음거리라 할 만하다. 그러나 한(漢) 이래로 유자의 설이 모두 이러하다. 비록 이천(伊川)[104]까지도 덕망이 우·탕(禹湯)이 아니라 하더라도 삼대(三代)의 정치를 이룩할 수 있다는 설이 있었으니 그 나머지야 알 만하다. 호치당(胡致堂)은 말하기를, 양무제(梁武帝)의 패망은 아마도 하늘이 이로써 경계하였던 것이라 하겠는데[105] 뒤에 사람들은 아직도 그 잘못을 모르고, 또한 이를 좇아 입설(立說)하여 자기 해결책을 삼으려 했으

---

101) 불가의 형식적인 공양방법이 참선(參禪)과 정혜(定慧)의 추구로 변함.

102) 주례의 외형적인 예악문물이 점차 내면적인 수양의 자세로 변함.

103) 한 고조(高祖)에서 왕망까지 229년간의 역사를 기록한 책. 이것의 편찬은 반표(班彪)·반고(班固)·반소(班昭)에 의해 이루어짐. 기전체로 12제기(帝紀), 8표(表), 10지(志), 70열전(列傳)으로 되어 있음.

104) 정이(程頤). 북송의 학자. 처음으로 이기(理氣)의 철학을 제창하여 유교 도덕에 철학적 기초 부여. 저서에는 《역전(易傳)》·《어록(語錄)》 등이 있음.

105) 양무제는 불교를 과신하다가 패망함.

니 또한 그 종말이 어떠했던가? 왕망과 같은 사람도 하늘이 경계한 사람이며 송(宋) 신종(神宗)이나 왕안석도 주례(周禮)로써 나라를 그르쳤는데, 후에 유자들은 또 그것을 따라 입설하였으니 역시 탄식할 만한 일이라 하였다.

나는 일찍이 농담으로 이런 말을 한 적이 있다. 《주역(周易)》은 복희씨(伏羲氏)[106]에 의해 창작되었지만 문왕(文王), 주공(周公), 공자(孔子) 세 성인의 손을 거치면서 그 도리가 더욱 높게 되었는 데 비해, 《주례》는 주공에 의해 창시되었지만 왕망, 우문태(宇文泰)[107], 왕안석 세 권신(權臣)의 손을 거치면서 그 피해가 더욱 깊어졌다. 어찌 두 책의 선악(善惡)과의 관계가 같지 않았기 때문이 아닌가?

◎ 이씨(二氏)의 학설은 득실(得失)을 동일하게 보고 생사(生死)를 한가지로 여겼는데, 구양수(歐陽修)는 석씨(釋氏)가 죽음을 두려워하였고 노씨(老氏)는 삶을 탐(貪)했다고 하였다.

이 말은 그들의 병폐를 지적함에는 맞지 않는 듯하지만, 만약 이가(二家)의 서적을 자세히 관찰한다면 구양수의 설이 허망한 말이 아님을 알 수 있다.

그러나 이씨로부터 우리 유가(儒家)를 살펴본다면, 명분(名分)을 좋아한다고 하지 않겠는가?

---

106) 중국 고대 전설상의 제왕. 팔괘(八卦)와 서계(書契)를 만들고 백성에게 농경·어획·목축을 가르쳤다고 함.

107) 서위(西魏)의 재상. 효 무제(孝武帝)를 죽이고 양나라를 쳐서 북주(北周)의 기초를 닦음.

◎ 주자(朱子)는 〈관저(關雎)〉[108] 2, 3장도 다 궁중에서 쓴 것이라 하였다. 시를 쓴 사람이나 그 대상인 사물에 '자나깨나 거문고와 비파(寤寐琴瑟)'라는 말은 자못 어울리지 않는 듯하다. 또 벗한다는 것은 형제처럼 우애한다는 뜻인데, 이것으로 본다면 상대방과 맞먹는 일이며 더욱이 비첩(婢妾)이 감히 임금의 부인과 비슷하다고 한 것은 아니다. 이 시의 수장(首章)은 분명히 궁중인의 말이지만 2, 3장은 군자의 뜻을 대신 서술한 것이라 해도 무방할 것이다.

'들판에 죽은 고라니 있다(野有死麕)'[109]의 수장 역시 '어떤 여인이 봄을 그리워한다(有女懷春)'라고 하였으니 결코 여자가 스스로 쓴 것이 아니지만, 말장(末章)에는 바로 여자가 이를 거절한다는 말이 있으니, 시에는 본디 이같은 예가 있는 것이다.

공자는 "〈관저〉편이 즐거우나 음란하지 않고, 슬프나 상심하지 않는다"고 하였다. 대개 남녀의 감정이 즐거우면 쉽게 음란하게 되고 슬프면 쉽게 상심하게 되는데 〈관저〉편은 그렇지 않다. 이것은 특히 성정(性情)의 올바름을 얻어 다른 국풍(國風)이 미칠 수 없는 바다. 만약 비첩들이 임금 부인을 받드는 것이라면, 즐거움이 어찌 갑자기 음란한 데에 이르며, 슬픔이 어찌 갑자기 상심한 데에 이르겠는가? 이것은 결코 일컬을 것도 못 된다.

---

108) 《시경(詩經)》 국풍(國風)의 주남(周南) 제1편 이름.
109) 《시경》 국풍 소남(召南)의 편명.

◎《주자어류(朱子語類)》에 보면, 주자의 제자가 묻기를, "음분(淫奔)의 시를 동래(東萊)¹¹⁰⁾는 시인이 풍자한 것이라 하였는데 선생님은 직접 음분한 사람들의 말이라 하시니, 그 설을 이해하지 못하겠습니다" 하였다. 주자는 "만약 이것이 시인이 지은 것이고, 무주(婺州) 사람 중에 음분한 사람이 있었다면, 동래는 왜 시라도 지어서 그들을 풍자하지 않았는가? 이것은 경박한 사람이 쓴 것이며 시인은 온후(溫厚)하므로 반드시 이같지는 않을 것이다" 하였다.

여기서 주자는 변명을 좋아한다고 하겠다. 남녀가 밀회하는 내용의 〈대거(大車)〉¹¹¹⁾, 〈장중자(將仲子)〉¹¹²⁾와 같은 시는 어찌 일찍이 다른 사람이 알까 두려워하지 않았겠는가? 설령 개인적으로 서로 창화(唱和)한 시가 있다 하더라도 결코 거리에서 크게 노래 부르고, 큰 글씨로 벽에다 써 붙일 리는 없으리니, 노래를 채취하는 사람이 어디서 이를 얻을 수 있겠는가? 또한 〈신대(新臺)〉¹¹³⁾와 〈순분(鶉奔)〉¹¹⁴⁾ 같은 것은 모두 궁중의 음란함을 풍자한 것인데 그것에 온유함이 있는가? 이 또한 어찌 위선공(衛宣公)이나 선강(宣姜)이 지은 것이랴?

---

110) 여조겸(呂祖謙). 남송시대의 학자. 자는 백공(伯恭), 절강인(浙江人). 학식과 사문(詞文)에 뛰어나 장식(張栻), 주희와 더불어 동남(東南)의 삼현(三賢)이라 불림.

111) 《시경》 왕풍(王風)의 편명(篇名).

112) 정풍(鄭風)의 편명.

113) 용풍(鄘風)의 책명.

114) 패풍(邶風)의 편명.

주자는 《시경집전(詩經集傳)》에서 여러 유자의 견강부회(牽强附會)한 내용은 삭제해버리고 직접 본래의 모습을 회복하였으니 이른바 만고(萬古)의 쇄신을 가져왔다 할 만하다. 그러나 그것은 구설을 배격하고 분개 질투함이 너무 지나쳤다. 추ㆍ노(鄒魯) 때부터 시를 논한 것 중 예를 들면 불현경지(不顯敬止)[115]는 자의(字意)에 있어서, 융적시응(戎狄是膺)ㆍ형서시징(荊舒是懲)[116]은 본지(本旨)에 있어서 원래 일정한 설이 없었다. 사람이 그 말단(末端)을 따르면 나는 그 근본을 찾고, 사람들이 편벽함을 얻으면 나는 그 완전함을 거둔다면, 또한 어찌 두 가지를 보존시킨다 하여 손상이 되겠는가?

불교 서적에 이르기를,

"오백 나한(羅漢)들이 각자 자기들의 뜻을 부처님의 말씀을 해석하고 부처님께 묻기를, '누가 부처님의 뜻을 잘 터득하였습니까?' 하니, 부처님은 '모두가 내 뜻은 아니다' 하셨다. '그렇다면 부처님께 잘못을 저지른 것이 아닙니까?' 하니, 부처님은 '비록 내 뜻은 아니지만, 논한 바가 모두 선하여 세상의 교훈으로 삼을 만하니 공은 있고 죄는 없다' 하셨다."

이 말은 오히려 통함이 있다.

◎《효경(孝經)》은 공자의 유서(遺書)인데, 한나라 때부터

---

115) 주송(周頌) 경지(敬之)편.
116) 노송(魯頌) 민궁(閟宮)편.

《논어(論語)》와 더불어 경(經)으로 존중되었으며 부인과 아이들, 하급 관리들도 이를 외우고 익히지 않는 사람이 없었으니 그 담은 뜻이 몹시 훌륭했기 때문이다. 주자는 이를 위서(僞書)라고 지목하고, 또 '주공을 제왕과 맞먹는다(周公配帝)'는 한 마디를 가리켜 인신(人臣)이 참란(僭亂)[117]의 마음을 불러일으키게 하는 것이라 하여, 그 책을 드디어 제쳐놓고《대학(大學)》으로 대신하였다.

무릇 주자가《효경》에 대해 의아하게 여긴 것은 다만 전문(傳文)[118]에 있었다. 만약 전문을 논한다면, 대학의 전문 역시 증자(曾子)[119] 자신의 저작은 아니니 어찌 유독 병폐가 없겠는가? 치국평천하(治國平天下) 장(章)은 거의 한 편(篇)의 반을 차지하고, 치재(治財)의 도리를 논함이 또 한 장의 반을 차지하고 있지만 끝내 예악에 대한 언급은 한 마디도 없다. 수사(洙泗)[120]가 나라를 다스리는 도리는 아마 이와 같지 않을 것이다. 정심(正心) 장의 노기(怒氣)와, 수신(修身) 장의 오만·나태는 바로 사람의 악덕함이니 결코 근심함과 즐거워함, 사랑함과 미워함이 같이 편벽된 뒤에야 병이 되는 것과 견주어 동일시해서는 안 된다. 그런데도 주자는 여기서 이것을 몹시 완강히 지킴으로써 사람들로 하여금 입을 열지

---

117) 분수에 넘치는 일을 하여 질서를 어지럽힘.

118) 경전의 본문을 해설한 글.

119) 증삼(曾參)의 존칭. 자는 자여(子輿). 공자의 제자로 공자의 사상을 조술(祖述)함. 저서로는《증자》·《효경》이 있음.

120) 수와 사는 노(魯)나라의 강이름으로, 주공·공자의 학문을 통칭하여 수사학이라 함.

못하게 하였다. 대체로 순(舜) 임금이 사흉(四凶)[121]을 처벌하고 문왕과 무왕이 천하를 안전케 한 것은 결코 노기에서 나온 것이라 할 수 없으니, 노기와 분개는 진실로 차이가 있는 것이다. 그리고 공자가 유비(孺悲)를 만나지 않는 것과 맹자가 왕환(王驩)과 말하지 않은 것까지도 오만·나태라고 여긴다면, 어찌 또한 타당하다고 여기겠는가?

내 생각 같아서는 《효경》은 인륜을 위주로 하여 순 임금으로부터 수사(洙泗)에 이르도록 교인(敎人)의 방법이 되었고, 《대학》은 격치(格致)를 위주로 하여 바로 낙민학(洛閩學)[122]의 종지(宗旨)가 되었으니 이는 그 계기에 고금의 차이가 있기 때문이다.

◎ 격물(格物) 두 글자에서는 실제로 그것이 이치를 궁구(窮究)한다는 뜻이 있음을 발견할 수 없었으므로, 평소에 스스로 우둔하고 침체함을 한탄하였는데, 《택당집(澤堂集)》[123]에 계곡(溪谷)[124]의 말이 기록된 것을 보고서야 전대의 현인들도 이런 병이 있었음을 알게 되었다. 또한 주자가 강덕공(江德

---

121) 요순(堯舜) 시대의 4대 흉인(凶人)인 공공(共工), 환두(驩兜), 곤(鯀), 삼묘(三苗).

122) 정주학(程朱學)을 이름. 이정(二程)은 낙양(洛陽) 사람이고, 주자는 건양, 즉 민지(閩地)에서 강론한 데에서 유래.

123) 이식(李植)의 문집. 이식은 조선 인조 때의 명신. 자는 여고(汝固), 호는 택당(澤堂). 주요 관직을 역임했고, 당대 일류의 문장가로서 《선조실록(宣祖實錄)》 수정을 전관(專管). 시호는 문정(文靖).

功)에게 답하는 편지에도 말하기를,

"격물의 학설은 정자(程子)가 이를 상세히 논했습니다. 나의 변변치 않은 학설은 실은 이 뜻에 근거한 것입니다. 나는 15, 6세 때에 비로소 이 책을 읽고 격물의 뜻을 이해하지 못해 마음속에 오락가락한 지가 30년이 넘었는데, 요즘 사실에 즉(卽)하여 써서 이바지할 곳을 추구해본 연후에 바로 이 학설의 적당함을 알게 되었습니다."

대체로 격물의 뜻은 정자가 이미 상세히 언급했는데도 성인(聖人)에 가까운 인물인 주자가 30여 년이나 지난 뒤에 실지(實地)에서 노력을 해봄으로써 겨우 이를 터득할 수 있었다. 그런데 이제 나는 혼미하고 침체된 소견으로 처음 보고 오랜 세월의 노력도 없이 자의(字義)와 문세(文勢)로써 이를 찾아 알려고 하였으니 지극히 우둔하다 하겠다. 하지만 지금 사람들은 격물 두 글자를 전혀 이상하다고 여기지 않고, 수신(修身) · 정심(正心) 두 글자와 똑같은 한 가지 예로 지나쳐버리는 것은 대단히 무사안일한 것 같다.

아마도 정주(程朱)의 학문은 《대학》이란 책을 따라 들어가는 것이 아니라, 다만 《대학》이란 책으로 이것을 증명할 뿐이다.

◎ 불서(佛書)가 비록 번잡하지만 그 요점은 '진공묘유(眞空

---

124) 장유(張維)의 호. 조선 인조 때의 상신(相臣). 자는 지국(持國). 김장생(金長生)의 문인. 인조반정(仁祖反正)의 공신이며, 특히 문장에 뛰어났음. 시호는 문충(文忠).

妙有) 네 글자에서 벗어나지 않는 것이다. 규봉(圭峰) 종밀(宗密)[125]이 이르기를 "진공은 차 있는 것이 비어 있다는 말과 다름이 없고, 묘유는 비어 있는 것이 차 있다는 것과 다름 없다" 했다. 이 말은 주렴계(周濂溪)[126]의 '무극이태극(無極而太極)'이란 말과 아주 비슷하다. 주자가 〈정성서(定性書)〉의 성(性)자는 사용함에 차이가 있다 함은, 아마 성은 정(定)해서 말할 수 없다 함이다.

선가(禪家)에서는 작용을 성이라 하기 때문에 그들 책에는 정성비구(定性比丘), 정성보살(定性菩薩)이라는 말이 있는데, 의심컨대 정자(程子)·장재(張載)[127]의 학문이 선가에서부터 변화되었기 때문에 인습적으로 쓰면서 고치지 않았던 것이리라.

와륜 선사(臥輪禪師)의 게송(偈頌)에 "와륜은 기술이 있으니 모든 생각을 단절할 수 있다. 사물을 대하고도 마음 일어나지 않으니 보리수 날마다 자라네" 하였고, 육조(六祖) 혜능(惠能)[128]이 이를 고쳐 "혜능은 기술이 없으니 모든 생각

---

125) 중국 당나라 때의 선승(禪僧)으로, 화엄종(華嚴宗)의 제5조(第五祖). 저서에는 《원각경소(圓覺經疏)》·《규봉 선사(圭峰禪師)》 등이 있음.

126) 주돈이(周敦頤). 북송의 유학자. 자는 무숙(茂叔), 호남인(湖南人), 염계는 그의 호. 송학(宋學)의 시초로 일컬어짐. 저서에는 《태극도설(太極圖說)》·《통서(通書)》 등이 있음.

127) 북송 중기의 학자. 자는 자후(子厚), 호는 횡거(橫渠). 최초 기일원론(氣一元論)을 전개. 《주역(周易)》과 《중용(中庸)》에 의해 송 유학의 기초를 세움. 저서에는 《경학이굴(經學理窟)》·《정몽(正蒙)》 등이 있음.

단절하지 못한다. 사물을 대하면 마음이 문득 일어나니 보리수가 어떻게 자라랴"하였다. 이것이 바로 정자·장재의 정성(定性)의 뜻이다.

주자는 나종례(羅宗禮)에게 회답하는 편지에서 말하기를, "원래 이 일은 선학(禪學)[129]과 아주 비슷하다. 다투는 바는 터럭끝 같은 것일 뿐이다. 그러나 이 터럭끝 같은 것이 오히려 대단히 중요한 자리를 차지한다. 지금 학승(學僧)은 선(禪)을 모르고, 선승(禪僧)들은 또 학(學)을 몰라서 서로 배척하여 도무지 아픈 곳을 도려낼 줄 모르니 역시 가소로울 뿐이라."

◎ 전에 일찍이 관저(關雎) 2, 3장은 마땅히 군자의 뜻을 대술(代述)하여 지은 것이라고 기록한 바 있다. 다시 이를 생각해보니 만약 군자의 의도로 지었다면 말이 판에 박은 듯하고 뜻이 천박하여 마치 오늘날 정식시(程式詩)[130]와 아주 같다. 궁중인의 뜻으로 지은 것이 그 시체(詩體)를 얻었다 함과 같지 못하다.

우(友)자는 형우제공(兄友弟恭)이란 말로 본다면 이는 아랫사람에게 하는 말이지만, 왕계지우(王季之友)란 말 같은

---

128) 당나라 선종의 제6조. 신주(新州) 사람. 고승 홍인(弘人)의 수제자. 돈오(頓悟)를 주장하여 남선종(南禪宗)을 형성. 그 언행을 기록한 《육조단경(六祖壇經)》이 있음.

129) 선(禪)은 선종(禪宗), 학(學)은 교종(敎宗)을 가리킴.

130) 과거시(科擧詩)와 같이 일정한 주제와 형식에 맞추어 짓는 시를 말함.

것은 존자(尊者)에게도 사용되었다. 하물며 이 장의 뜻은 친애(親愛)에 중심을 두고 있으니 하등 이상할 리 없을 것이다. 〈계명(鷄鳴)〉[131]의 잡패지증(雜佩之贈)이나 〈석인(碩人)[132]의 대부지퇴(大夫之退)도 어찌 친닐(親昵)[133]하여 장엄함이 부족하지 않은가? 바로 국풍(國風) 시인의 뜻은 다른 문자와 서로 같지 않기 때문이다.

◎ 이씨의 설[二氏之說][134]이 행해지자 우리 유자(儒者)들은 이들을 같이 받아들여 성(性)을 말하고 심(心)을 말하여 섞여져서 하나가 되었다. 그 중에 뒤섞이지 않은 사람은 안자(顔子)[135], 맹자, 정자, 주자 외에는 오직 동강도(董江都)[136]와 제갈무후(諸葛武侯)[137], 사마온공(司馬溫公) 몇 사람이 있을 뿐이다. 이들은 안자에게 비교한다면 동중서(董仲舒)와 사마광(司馬光)은 천박하고 제갈량(諸葛亮)은 조약(粗弱)하지

---

131) 《시경》 국풍의 정시(鄭詩).
132) 국풍의 위시(衛詩).
133) 남녀의 관계가 너무 긴밀함.
134) 불교와 도교를 말함.
135) 안회(顔回)의 존칭. 자는 자연(子淵). 공자의 제자 가운데 학식이 가장 높아 스승의 총애를 받음.
136) 동중서. 전한(前漢)의 유학자. 광천(廣川) 출신, 호는 계암자(桂巖子). 춘추공양학(春秋公羊學)을 수학하였고 한무제에게 유교를 국교로 삼을 것을 건의. 저서에는 《춘추 번로(春秋繁露)》등이 있음. 위 호칭은 한때 맡았던 강도상(江都相)이란 직책에서 유래.
137) 제갈량의 시호. 자는 공명(孔明). 와룡(臥龍) 선생이라고도 함.

만 그밖에 여러 사람들은 이 세 사람과 같이 순수함이 보이지 않는다.

오유청(吳幼淸)[138]은 선학(禪學)의 찌꺼기를 주워 모아 우뚝 잘나 보인 체하면서 학습이 철저하지 못하고 행동이 명찰(明察)하지 못하다 하여 제갈량과 사마광은 성학(聖學)에 소득이 없다고 비방하였다. 대체로 학문의 길이란 다름이 아니라 의리(義理)를 분명히 밝혀 행할 것은 행하고 버릴 것은 버리는 것뿐이다. 공명(孔明)은 와룡산(臥龍山)에 숨어서 한나라 말기에 제후에게 알려지거나 영달(榮達)을 구하지 않았다. 그런데 영웅인 황손(皇孫) 유비(劉備)가 세 번이나 찾아오자 농기구를 놓고 세상에 나와 한나라 부흥의 책임을 맡았다. 만약 그로 하여금 송나라 말기에 태어나게 했다면, 그가 머리를 풀고 좌임(左衽)하면서[139] 달가운 마음으로 몽고인의 벼슬을 가지려 하였겠는가?

◎ 사람이 죽으면 골육(骨肉)은 썩어 문드러지고 신기(神氣)는 사라져서 살아 있는 자와는 날마다 멀어지고 잊혀진다. 제사례(祭祀禮)를 마련하여 이미 굴곡(屈曲)된 것을 때로 펴주고 자손이 정성을 다하여 제사를 받드는 일은 선왕의 가르침이요, 명당(明堂)에 모셔서 마른 뼈로 하여금 기운을 타게 하여 자손들이 음덕(陰德)을 입어 크게 창성하는 복을 받게

---

138) 오징(吳澄). 원나라의 학자. 자는 유청, 호는 초려(草廬). 오경 (五經)을 교정함.
139) 머리를 풀고 옷깃을 왼쪽으로 한다는 뜻으로 몽고의 풍속을 가리킴.

하는 것이 풍수술(風水術)이다. 이 세 가지는 자못 정자(程子)가 말한 바, 작성(作聖), 기천(祈天), 연수(延壽) 세 가지 일과 비슷하다. 처음 것은 의론할 여지가 없는 것이지만, 다음 두 가지는 다 허망하여 따질 것도 못 되는 것에 속하지만, 지금 사람들은 처음 것은 문서로 구비하였고, 중간 것은 크게 비웃으며, 마지막 것은 죽기를 무릅쓴다. 그렇게 된 까닭을 점검 연구해보면 역시 슬프다 하겠다.

◎ 불서에 석가의 말을 기록하기를, "내가 죽은 뒤에 정법(正法)이 1천 년이요, 상법(象法)이 1천 년이요, 말법(末法)이 1만 년이라" 하였다. 이제 석가가 주(周) 목왕(穆王) 임신(壬申)년에 죽었다는 설에 의거하여 추측해보면 그후 1천 년은 한(漢) 광무제(光武帝)에 해당되고, 또 1천 년은 송(宋) 인종(仁宗)에 해당된다.

정법이란 서천(西天)의 여러 조사(祖師)들이 서로 불법(佛法)을 전한 것을 가리켜 말하고, 상법이란 불교가 동쪽 중국으로 전해진 뒤에 육조(六祖) 오종(五宗)[140]이 모두 이 시기에 있다. 송 이후 불법은 비로소 쇠퇴하기 시작하여 선(禪)이 변하여 유(儒)가 되니, 유광평(游廣平)[141], 사상채(謝上蔡)[142], 장구성(張九成), 육상산(陸象山)[143]이하는 대체로 말법이라 하겠다. 금계(金谿)와 여요(餘姚)[144]의 학문은 아마 천

---

140) 선종의 6조. 즉 달마(達磨), 혜가(慧可), 승찬(僧璨), 도신(道信), 홍인(弘人), 혜능(慧能)을 말하고, 5종이란 선가의 5대 종파로서 위앙종(潙仰宗), 임제종(臨濟宗), 조동종(曹洞宗), 운문종(雲門宗), 법안종(法眼宗)을 말함.

지와 더불어 시종(始終)할 것이다. 이와 같이 구분한다면 자못 부합한 듯하니, 부처 또한 신령하고 진기하다 할 것이다!

◎《원각경(圓覺經)》[145] 소(疏)에 '바라밀다(波羅密多)'는 중국어로는 '도피안(度彼岸)'이라 하는데 '바라'는 '피안'이라 번역되고 '밀다'는 '도'라 번역하는데, '도피안'이라 한 것이 아니라 '피안도'라 한 것이다. 서축어(西竺語)의 말씨는 먼저 체언을 쓰고 뒤에 용언을 쓰는 까닭에, 예를 들면 독경타종(讀經打鍾)이라는 것도 경독종타(經讀鍾打)라고 한다 하였다. 이를 살펴보면 마치 우리나라 말투와 서로 비슷하다.

또한, 외국의 인명이나 물명(物名)은 가운자(歌韻字)로 끝을 맺고 있다. 예를 들면, 불경 중에 싯달다(悉達多), 라후라

---

141) 유아(游雅). 후위(後魏)의 학자·관리. 광평임인(廣平任人), 자는 백도(伯度).

142) 이름은 양좌(良佐), 자는 현도(顯道), 호는 상채. 송대의 유학자. 정이천에게 수학하고 저서에는《상채어록(上蔡語錄)》등이 있음.

143) 육구연(陸九淵). 남송의 유학자. 자는 자정(子靜), 호는 상산(象山). 심즉리(心卽理)의 주관적 유심론(唯心論)으로 주자에 대항. 그의 학설은 왕양명에 계승됨. 저서에는《육상산 전집》이 있음.

144) 두 지명은 각각 육구연과 왕양명이 살던 곳.

145) 대승경전(大乘經典)의 하나로 일승원돈(一乘圓頓)의 교의와 관법(觀法)의 실천을 기록하고 석가의 원만한 각성을 밝힌 책.

(羅睺羅), 아수라(阿修羅), 구반다(鳩盤茶)와 같은 것이나 오
랑캐 나라 이름으로 달단(達靼), 말갈(靺鞨), 직랍(直臘)과
같은 것도 종성(終聲)을 쓰지 않고 서양의 만국도(萬國圖)에
서도 구라파, 아세아와 같은 것 등 이루 다 기록할 수 없다.
지금 우리나라에서 인명을 부를 때에도 반드시 '아', '하'로
끝맺는 말로 하니 생각건대 사방의 여러 나라들도 그렇지 않
음이 없는 것 같다.

　서역의 범어(梵語) 문자는 초성·중성·종성으로 합해져
서 글자를 이루니 그 생성이 무궁하다. 원의 세조때 서역승
파사파(八斯巴)가 그 문체를 변화시켜 몽고 글자를 만들었
고 우리나라도 이로 말미암아 언문(諺文)을 만들었고, 청나
라 역시 이른바 청서(淸書)라는 것은 비록 그 문체가 다르지
만, 그 방법은 이와 같다. 여기서 동·서양의 이치가 서로 통
함을 볼 수 있다. 오직 중국만이 어세(語勢)와 자체(自體)가
스스로 일가(一家)를 이루고 있어 아주 다르다. 이것이 만국
(萬國)에서 독존하는 까닭이지만 그러나 불법은 사바세계에
행해졌는데도 주공·공자의 책은 동으로는 삼한(三韓)을 넘
지 못했고 남쪽으로는 교지(校趾)를 넘지 못했다. 아마도 언
어·문자의 이치가 상통하지 않아서 그럴 것이다.

◎ 우리나라는 비록 은태사(殷太師)[146]가 봉해졌던 나라라고
일컬어지지만, 진한(秦漢)에 이르러서 그 유풍(遺風)이 없어
지고 나라의 풍속이 어리석고 사납기가 선비(鮮卑), 말갈보

---

146) 기자(箕子)를 말함을 가리킴.

다 조금도 다름없었다.

　동진(東晉) 말기에 이르러서 승려 아도(阿道) 등이 우리나라에 와서 비로소 문자 교육이 있었음을 알았고, 신라가 강성하자 설총(薛聰)이 석문(釋門)의 나후(羅睺)[147]로서 먼저 문풍(文風)을 천명하였고, 최치원(崔致遠)이 장실(丈室)[148]의 유마(維摩)[149]로서 중국에서 문명(文名)을 크게 떨쳤다.

　고려 말기에 이르러서 포은(圃隱)[150]과 목은(牧隱)[151] 등 이 이것 때문에 공맹(孔孟)의 가르침으로 되돌아가게 했으나 그 어리석음을 깨우치고 올바른 길로 들어가게 한 공을 따진다면, 불씨(佛氏)의 공이 적잖다. 아마도 언어의 기미(氣味)가 서로 관통함이 있어서 그럴 것이다. 지금 우리나라 사람들이 교사를 스승(師僧)이라고 부르는데, 불교가 들어오기 전에는 원래 이러한 일이 있음을 몰랐었다.

---

147) 라후라(羅睺羅). 석가의 맏아들. 15세에 출가하여 석존(釋尊) 10대 제자의 한 사람이 됨. 여기서는 뛰어난 사람을 비유하기 위해 사용.

148) 주지 스님의 거실. 여기서는 불교를 비유.

149) 인도 고승으로 석가와 동시대인. 대승불교의 경전인 《유마경》의 주인공.

150) 정몽주(鄭夢周)의 호. 고려 말의 충신·유학자. 공민왕 때에 유학을 크게 진흥하여 조선 성리학의 기초를 닦음. 문집에 《포은집》이 있음.

151) 이색(李穡)의 호. 고려 말의 문신·학자. 문하에 권근(權近)·김종직(金宗直)·변계량(卞季良) 등을 배출.

152) 신라 말기의 중. 일찍이 왕건의 탄생과 그의 건국을 예언. 또한 풍수지리(風水地理)에 밝아 많은 절터를 정함.

◎ 세상에 전해지기로는 도선(導詵)¹⁵²⁾이 일행(一行)¹⁵³⁾에게 불법(佛法)을 전수받았다고 하나, 일행은 당(唐) 개원(開元)¹⁵⁴⁾ 시대에 《대연력(大衍曆)》을 만든 사람이고 도선은 고려 태조의 아버지와 동시대 인물이니, 아마 중국으로 치면 오대(五代) 사람이므로 그 차이가 거의 200년이나 된다. 일행이 재주가 많아 해외까지 유명했기 때문에 간승(奸僧)이 이를 빙자하여 세인을 속였을 뿐이다.

도선이 불법을 전수받았다는 사적은 비석에 새겨져 후세에 전한다. 이제 승 휴정(休靜)¹⁵⁵⁾의 문집을 보니 그 안에 일행이 역산(曆算)을 전해받을 때에 문 앞에서 개울물이 서쪽으로 흘렀다 한다. 도선이 요망하고 졸렬함은 이와 같은 데도 지금 사대부들은 그를 존경하기를 주공(周公)¹⁵⁶⁾, 공자보다 더하니 슬프다.

안변(安邊)에 석왕사(釋王寺)가 있는데 그 이름을 취한 뜻은 법왕(法王)이나 공왕(空王)¹⁵⁷⁾과 같이 범석(梵釋)의 천왕(天王)¹⁵⁸⁾을 가리키는 것이다. 그런데도 지금 승려들은 무학

---

153) 당나라 밀교(密敎)의 대승. 천태종과의 일치를 주장하여 밀교의 기초를 세우고, 천문역수(天文曆數)에 통달하여 《대연력》 저술. 대혜(大慧) 선사라고도 함.

154) 당나라 현종(玄宗) 때의 연호. 713∼741년.

155) 자는 현응(玄應), 호는 서산(西山). 선조 때의 고승. 임진왜란 때 승병을 이끌고 공을 세움. 교종을 선종으로 포섭하였고, 저서에는 《선가귀감(禪家龜鑑)》 등이 있음.

156) 주(周) 문왕의 아들. 어린 조카 성왕(成王)을 도와 주의 기초를 튼튼히 하였고 《주례(周禮)》를 지어 예악제도를 확립. 유교에서 성인(聖人)으로 일컬어짐.

대사(無學大師)¹⁵⁹⁾가 해몽(解夢)했다는 설을 조작했다. 그 설이 비루하고 황당한데도 역시 기만당했다고 여기는 사람이 드무니 가소롭다.

◎ 평양성 밖에는 동명왕(東明王)¹⁶⁰⁾의 궁정(宮井)과 조천석(朝天石), 기린굴 등 고적이 있는데 옛날부터 이렇게 전해지고 있으나 세상에서는 그것이 틀렸음을 알지 못한다.

한 무제가 우거(右渠)¹⁶¹⁾를 멸망시키고 사군(四郡)을 설치하였는데, 지금의 평양은 낙랑군(樂浪郡)이 통치한 곳이다. 동명왕이 일어남은 서한(西漢)의 원성(元城) 연간에 해당되는데 이때 한나라는 전성기여서 낙랑, 현도(玄菟) 등을 설치한 영토가 반고의 《한서》에 기재된 것으로도 상고할 수 있다. 고구려는 이때 비록 왕호(王號)는 갖고 있었지만 그 소유 토지는 생각건대 모두 산 계곡의 깊이 막혀진 곳이어서 마치 중국의 영호남(嶺湖南) 사이의 토관(土官)¹⁶²⁾과 같았을 것이다.

평양·안주·정주 일대는 용만(龍灣)에 속하고 지세가 평탄하여 생각건대 모두가 한나라의 성지(城池)였을 것이다.

---

157) 법왕이나 공왕은 부처의 다른 이름.

158) 욕계(慾界)와 색계(色界)의 천주(天主).

159) 고려 말 조선 초의 고승. 이성계의 스승으로, 한양의 도읍은 그에 의한 것이라 전함. 저서에는 《인공음(印空吟)》이 있음.

160) 고구려의 시조인 고주몽(高朱蒙)을 말함.

161) 위만조선(衛滿朝鮮)의 마지막 왕.

162) 스스로 권력을 잡고 지방을 통치하던 인물.

그러나 압록강 · 청천강 · 대동강의 여러 상류에는 모두 큰 산과 계곡이어서 새나 짐승의 소굴이었으니 아직 개척되기 전에는 중국의 오계려(五溪黎)[163]와 전혀 다르지 않았을 것이다.

고주몽(高朱蒙)이 험난하고 막힌 곳에 의지하여 나라를 세울 수 있었으나 역시 중국과의 약속을 다른 여러 속국(屬國)처럼 준수하지 않을 수 없었는데 어떻게 낙랑태수가 살고 있는 성읍(城邑)에 이궁(離宮)과 별장을 짓고 마음대로 진탕 놀았겠는가? 만약 지금의 성천(成川)을 졸본(卒本)이라 한다면, 비록 명확한 증거는 없지만 아마 비슷할 것이다. 우리나라 사람들은 다만 동사(東史)만 볼 줄 알고, 양한(兩漢) · 위진(魏晉) 제 사서(史書)와 같이 볼 줄 몰랐기 때문에 이러한 잘못이 있었던 것이다.

일찍이 제사(諸史)로써 상고해보니 관서 일대는 위진(魏晉) 시대에는 고구려와 공손씨(公孫氏)[164]와 모용씨(慕容氏)[165]가 나누어 점거하였고, 척발씨(拓跋氏)[166]가 모용씨를 멸한 후 요수(遼水) 이동은 평성(坪城)과는 너무 멀기 때문에 모두 고구려의 소유가 되었고, 위 효문제(孝文帝) 때에는 고구려가 강성하여 위나라에서는 강좌(江左)[167]의 다음으로

---

163) 무릉(武陵) 지방의 오계(五溪). 지금의 호남(湖南) · 귀주(貴州)의 접경 지대.

164) 공손연(公孫淵). 위나라의 무장. 요동 태수가 되어 스스로 연왕(燕王)이라 칭함.

165) 진(晉) 때 후연왕(後燕王)인 모용수(慕容垂).

166) 후위(後魏)의 도무제(道武帝)인 척발규(拓跋珪).

194

예우하였으며 장수왕(長壽王)이 죽자, 효문제는 그를 위해 조문하고 애도를 표시하였다. 이때부터 천개소문(泉蓋蘇文)[168]에 이르러서 병력은 항상 중국과 겨루게 되었으니, 장수왕이 실제로 비로소 평양에 도읍을 정한 것이다. 동사(東史)에는 그가 79년간 나라를 다스렸다 하였고, 위사(魏史)에는 그의 나이가 100여 세라 하였으니, 생각건대 평양에 전해지는 유적은 모두 장수왕의 유적일 것이다. 이는 마치 남월왕(南越王) 조타(趙佗)가 장수하여 뒷사람이 그를 득도불사(得道不死)하였다고 하는 것과 같다. 주몽은 겨우 19년 동안 나라를 다스렸고, 산림을 개척하기에 겨를이 없었는데, 어찌 진시황이나 한무제처럼 토목공사를 일으키고 신선을 찾는 일을 할 수 있었겠는가?

어떤 사람은 "이른바 동명왕이라 함은 반드시 주몽이 아니다. 이는 역시 염제(炎帝)[169]의 자손을 통칭 염제라고 하는 것과 같다"하였다. 이 말은 역시 통한다.

◎ 고려 말에 우리나라 여자로 명(明)의 홍무(洪武)[170] 궁인(宮人)이 된 사람이 있었다. 명 태조는 그녀를 통해 우리나라의 사정을 아주 잘 파악하였고, 국가의 왕비나 후궁에 대한 보고서가 올바른지에 대해서는 대체로 그 여자의 검증에

---

167) 위나라 때 제(齊)를 말함.

168) 고구려의 연개소문(淵蓋蘇文).

169) 중국 고대 전설상의 제왕인 신농씨(神農氏)를 일컬음.

170) 명나라 태조의 연호. 1368~1398년.

따라 처리되었다. 슬프다! 그 누가 천자가 총명하여 만 리
밖을 살핀다고 하였는가? 뒤에 조정의 억울함을 깨끗하게
해결한 것도 한 여자의 힘에 의해 이루어졌다.

　우리나라 역관 홍순언(洪純彦)이 기관(妓館)에서 놀다가,
양가 규수가 몰락하여 몸을 망쳤음을 보고, 가엾게 여겨 백
금(百金)을 주었는데 뒤에 그 여자가 재상의 아내가 되어 총
애를 받자, 그의 주선을 많이 받았다. 여자의 덕을 입은 것
역시 어찌 착한 일을 하여 상을 받고, 악한 일을 하여 처벌받
음이 아니겠는가? 그 사건이 대단히 기이하므로 여기 전하
지 않을 수 없다.

　홍순언은 명종(明宗) · 선조(宣祖) 때의 역관이었다. 이 사
람은 재물을 가볍게 여기고 기개(氣槪)를 숭상하였으며 특
히 중국어를 잘하여 전후(前後)의 사신들에게 신임을 받게
되었다. 이때는 나라가 태평하여 국경에 대한 근심이 없었고
군신(君臣)들은 오직 종계(宗系)의 억울한 누명[171]을 지극한
고통으로 여겼다. 벼슬아치들은 요하(遼河)의 갈석(碣石) 사
이만 바라보았으니, 홍순언도 일찍이 그 일로 중국에 가는
사신을 따라가지 않은 적이 없었다.

　하루는 순언이 옥하관(玉河館)에서 그의 동료들에게 이르
길,

　"나는 성인이 된 뒤부터 중국을 돌아다녀 중국의 산천이

---

171) 명나라 《태조실록(太祖實錄)》과 《대명회전(大明會典)》에 이성
　　계의 조상이 고려 권신(權臣) 이인임(李仁任)의 아들로 되어 있
　　었던 것을 말함.

나 성궐(城闕)·의관(衣冠)·예악(禮樂)의 성려(盛麗)함, 촉(蜀)의 비단·오(吳)의 능라(綾羅)·남방의 금옥(金玉)이나 북방의 진주가 찬란함을 이미 실컷 보았다. 그런데 볼 수 없었던 것은 단지 연(燕)·조(趙)의 절세 미인이다. 내 나이 오십이 되었으니 앞으로 얼마나 더 살지 알 수 없다. 이제 백금(百金)을 써서 청루(靑樓)에서 하룻밤을 보내려는 내 평생 소원을 풀고자 한다. 이것이 어찌 남자의 일이 아니겠느냐?"라고 하였다. 여러 역관들이 크게 웃으면서,

"공이 젊었을 때는 본래 늙어서 이름을 내겠다더니, 어찌하여 머리가 빠져 짧아지면서 여자에 대한 흥미가 길어가는가? 아마 낭패할 운명이 장차 다가오는 것이 아닐까?" 하였다.

순언도 웃으면서, "그대들과 함께 일을 계획할 수 없다" 하면서 밖으로 나와 소개꾼을 불러 이 일을 상의하였다. 연도(燕都)[172]에는 옛부터 미인이 많았지만 이제까지 하룻밤 자는 데 백금까지 이르는 사람은 없었으므로 모두 크게 놀라서 감히 끌어들이지 못했다. 맨 나중에 한 사람이 "아가씨가 새로 남국에서 왔는데 가격을 아주 높게 부르므로 서울의 귀공자들도 감히 달려드는 사람이 없었는데 만약 절색(絶色)을 보고자 하는 사람이라면 이 여자뿐일 것입니다" 하였다. 순언은 기꺼이 먼저 백금을 보내고, 깨끗한 옷을 입고 몸단장을 하고 나서 저녁에 찾아갔다.

여인의 광채와 미색이 과연 사람을 감동시켜, 바라보니 하

---

172) 연경(燕京). 곧 당시의 수도 북경(北京)을 말함.

늘의 선녀와 같았다. 잠자리에 들려고 하는데 여인은 뜻밖에 슬픈 기색을 띠고 흐느꼈다. 순언은 이를 이상히 여겨 그 내력을 묻자 여인이 대답하기를,

"저는 본래 남방의 관족(官族)으로 양친이 객지에서 연이어 돌아가셨으나, 저에게는 형제도 없고 집안도 가난하여 고향으로 돌아가 장례를 치를 수도 없습니다. 여기 사람들이 제가 별로 추악하지 않음을 보고는 저에게 청루에서 몸을 팔아 돈을 마련하여 장례를 치르라고 권했습니다. 여자의 몸으로 혼자며 연약하니 어찌할 도리가 없어서 이 지경에까지 타락하지 않을 수 없었습니다. 비록 그렇지만 여기서 오래 머무는 것은 제 마음에 내키지 않습니다. 정식으로 혼인할 몸이란 생각도 않고 망령되게 엄청난 가격으로 몸을 허락하고자 하는 것은 하룻밤에 큰일을 치를 만한 자본을 얻고 아울러 불초(不肖)의 몸을 속죄하고자 기대했던 것뿐입니다.

이제 다행히 철인(哲人)이 오셨으니, 이는 정말 저의 영광입니다만, 흰 실이 물들게 됨이 오늘부터 시작이라고 생각하니 저 자신도 모르는 사이에 서글픈 마음이 안색에 나타나서, 귀객(貴客)께 의아스럽게 했사오니, 부끄럽고 송구함을 어찌할 수 없나이다."

말이 끝나기도 전에, 순언은 숙연히 태도를 바꾸고 점잖게 물러나며 말하기를,

"나 같은 사람이 어찌 감히, 어찌 감히……"
하면서 걸어나왔다. 여인은 깜짝 놀라서 순언이 보냈던 돈을 손에 들고 문 밖까지 쫓아나와 말하기를,

"어르신께서 굳이 가신다면, 제가 어찌 이 돈을 받겠습니

까?"

하였다. 그러자 순언은,

"방금 아가씨 말을 들으니 천지(天地)도 울음을 삼키겠거
늘, 순언이 어찌 목석 같은 사람이리오! 이 돈은 그런 대로
장례비에 보태 쓰시오. 절대로 가져가지 않겠소!"

하였다. 여인이 여러 번 사양했으나 순언은 끝내 받지 않았
다. 여인은 이에 눈물을 흘리며 감사하다고 인사하면서,

"공은 정말 천하의 의사(義士)이십니다. 제가 남자가 아니
며, 게다가 거리가 멀리 떨어져 은혜를 갚을 길이 없음이 한
스럽습니다. 단지 신불(神佛)께 공이 만수무강하시고 자손
이 창성하옵기를 기도드리겠습니다"

하고, 다시 순언의 이름을 되새기면서 안으로 들어갔다.

순언이 밤에 객관(客館)에 도착하니, 여러 역관들이 야유
하기를, "그 꼴을 보니 못생겼다고 퇴박당한 것이 아니냐?"
하였다. 순언이 사실대로 말하자, 어떤 이는 탄복하고 어떤
이는 비웃었다.

사신이 조정으로 돌아왔으나 조정에서는 중국에서《대명
회전(大明會典)》에 종계무사(宗系誣事)의 일이 해명되어 반
포되기를 아직도 기다리고 있었다.

다음해 또 주청사(奏請使)의 행차가 있어 순언이 따라갔
다. 행차 일행이 유관(逾關)에 이르자, 관인(關人)이 일행 중
에 홍순언이 있느냐고 물어서 있다고 대답했다. 이때부터 서
쪽으로 가면서 아까와 같은 질문을 묻는 사람이 계속되었다.
객관에 도착하니 어떤 하인이 안장을 갖춘 좋은 말의 고삐를
잡고 문에 다가와 말하기를,

"예부(禮部)의 아무개 시랑(侍郎)─혹은 상서(尙書)라고
도 함─이 삼가 홍순언 공을 초청하나이다"
하였다. 순언이 이 사실을 사신에게 알리자, 다들 짐작할 수
없었으므로, 다만 "높은 분의 명이시니 어찌 가지 않을 수
있겠소? 더욱이 이번 일의 성공 여부가 예부에 달려 있는데,
다행히 이 일이 언급된다면 말이나 잘 하시오."
라고 하였다.

순언이 말을 타고 큰 저택의 붉은 대문에 도착하여 내리
자, 벌써 '들어오시오'라는 소리가 들렸다. 순언이 걸어들어
가자 시랑이 마당으로 내려와서 먼저 오르기를 청하고 빈주
(賓主)의 예를 차릴 때에는, 순언은 입으로 황공하다는 말만
하고 감히 자리에 앉지 못했다.

시랑이 말하기를,

"공의 높은 의리(義理)를 듣고 찾아가 뵙고 싶었지만 그럴
수 없었는데, 이제 다행히 은혜스럽게도 찾아주시니 크게 소
망했던 것이 이루어짐을 감사하게 여기는데 의사(義士)께서
는 겸양이 너무 지나치십니다"
하였다. 이윽고 어느 여자 하인이 안에서 나와 시랑에게 "부
인께서 존객(尊客)을 배알코자 하십니다"하니, 시랑이 고개
를 끄덕였다. 이미 환패성(環珮聲)이 들리고 여러 시녀들이
부인을 받들어 모시고 나왔다. 순언이 놀라서 급히 대청으로
내려와 엎드리자, 시랑이 이끌어 올리며 웃으면서 말했다.

"의사께서는 의심하지 마십시오. 지금 제 아내가 경의를
표하고자 합니다."

두 여자가 순언을 양옆에서 부축하여 의자에 앉게 하고 부

인이 네 번 절을 끝내고 말하기를,

"저는 지난해에 의사께 백금의 은혜를 입은 사람입니다. 의사께서는 어찌 이 일을 잊으셨습니까?"

하였지만, 순언은 단지 땅에 머리를 조아리고 있을 뿐이었다. 부인이 말하길,

"저는 공의 은혜를 입어 고향에 돌아와 양친을 장례 지내고 여전히 깨끗한 몸으로 군자를 받들어 결혼하게 되었습니다. 저를 낳아준 분은 부모지만, 다시 태어나게 해준 분은 의사십니다. 비록 이 몸이 가루가 된다 하더라도 어찌 만분의 일이나마 보답할 수 있겠습니까?"

하였다. 시랑이 말하기를,

"공의 높은 의리는 비단 현세에 없는 바일 뿐 아니라 예로부터의 현인들 역시 어찌 의사보다 뛰어난 사람이 있으리오!" 하였다. 연회가 벌어지고 선물도 지극히 풍성하였다. 시랑이 이어 묻기를,

"공이 해마다 먼 길을 행차하시는데 이번엔 무슨 일로 오셨습니까?"

하여, 순언이 드디어 종계패오(宗系詿誤)의 자초지종을 상세히 설명하였다. 시랑이 이르기를,

"이 일은 다만 폐부(弊部)에서 상주하기에 달려 있습니다. 제가 비록 힘은 약하지만, 그 일을 담당하기에는 충분하니, 돌아가서 사신에게 과히 걱정할 것 없다고 하십시오"

하였다. 순언은 자리에서 내려와 머리를 조아리며 사례하고 나왔다.

객관에 돌아오니 그가 오래 지체한 것을 의아해하며 다투

어 물었다. 순언의 말을 듣고서, 사신은 손을 이마에 대며, "종묘의 신령이 실로 그대의 마음을 이끌었소. 그렇지 않다면 어찌 이렇게 되겠소?" 하였다.

얼마 후 천자(天子)께서는 예부에서 주청한 바를 인준하시고, 더욱이 《대명회전》 한 통(通)을 반포하셨다. 순언은 광국이등훈(光國二等勳)에 책정되어 당성군(唐城君)에 봉해졌고 나이 팔십에 이르러 세상을 떠났다. 두 아들이 무과(武科)에 급제하여 정금남(鄭錦南)[173]을 따라 안현(鞍峴)의 싸움에서[174] 공을 세워 진무훈(振武勳)에 들었으니, 역관의 영예스러움이 조선에서 한 사람뿐이리라.

◎ 만력(萬曆) 연간에 중국에서 동정(東征)한 일은 의리로 속국(屬國)을 구하고 위세를 멀리 오랑캐에 떨친 것이니, 실책(失策)이라 할 수 없지만, 명나라의 석성(石星)과 형개(邢玠)가 적병을 짐작한 것은 대단히 엉성했다. 풍신수길(豊臣秀吉)이 어찌 갑자기 요동(遼東)을 침범할 계책을 갖기에 이르렀는가? 가령 왜국(倭國)의 정세가 진실로 오늘날 전해지는 것과 같았다면 당초에 주문(奏聞)의 의론에서 우리나라 대신들이 의리 혹은 이익으로 하든 어찌 차이가 있을 수 있겠나? 그런데도 의리로써 해야 한다는 신하가 유독 잘한 계책이라 하겠는가? 이는 자명한 일인데도 사람들이 대부분

---

173) 정충신(鄭忠信). 인조 때의 공신. 이괄(李适)의 난을 평정하여 금남군에 봉함.
174) 이괄과 싸움을 벌였던 곳.

살피지 못한 것뿐이다.

사람들이 말하기를, 왜병(倭兵)이 세 갈래로 나누어 들어와, 행장(行長)은 용만(龍灣)으로부터 압록강으로 건너고, 청정(淸正)은 북관(北關)에서 호지(胡地)를 공략 평정하고, 의홍(義弘)은 수군(水軍)으로써 우리나라 서해를 돌아서, 모두가 요동에서 모인다고 했다.

풍신수길은 교활한 놈으로 군사에 능숙하니, 어찌 요동의 평야가 광막하여 보병에 불리함을 몰랐겠으며, 또 어찌 수군으로써 강절(江浙)과 등래(登萊)를 침범하면 그 길이 아주 순조로움을 몰랐겠는가? 진실로 그 병력이 천하와 다툴 수 있었다면, 직접 천진(天津)을 공격하면 자기의 뜻을 이룰 수 있음을 어찌 몰랐겠는가? 이른바 동로(東路)라는 것은 여진(女眞)의 여러 부락을 거쳐 꾸불꾸불 돌아 길이 멀고 군량(軍糧)의 운반이 이어질 수 없으니, 비록 어린아이라도 불가능함을 알겠거늘, 수길이 병신이란 말인가?

그는 서울이 방어되지 않으면 임금의 수레가 머무를 곳은 평안도가 아니면 함경도일 것임을 알았으므로 동서로 길을 나눈 것이니, 그 계책은 임금을 반드시 잡고자 함이었고, 수군이 서해를 통해 서울로 침입하려 했던 것일 뿐이다. 또한, 행장이 진실로 요동을 공격하려 했다면, 명나라 군사들은 진실로 그들이 대적하려던 바인데 어찌하여 이 제독(李提督)[175]의 군사가 도착했다는 소식을 듣고는 경계를 긋고 진군하지 않음으로써 약속을 지켰던가?

---

175) 명나라 장군 이여송(李如松)을 말함.

아마도 명나라는 가정(嘉靖)[176] 연간에 절동(浙東)에서 왜병의 재난을 당한 뒤부터 왜병을 두려워하기를 호랑이를 두려워하듯 한다는 비난의 말이 있었으니, 길을 빈다는 말이 자연히 쉽게 먹혀들어갔다. 그런데 이상하게 여길 것도 없지만, 이상하다 할 것은 우리나라 사람들이 스스로 말을 만들어 말하길, "왜놈들은 중국을 공격하는 놈들인데, 우리나라가 불행히도 그 길목에 있게 되었다. 무릇 우리 임금이 파천(播遷)하고 전쟁의 참화를 받은 것은 모두 명나라를 위하여 의리를 지킴이니, 천하 후세에 할 말이 있고 난을 일으킬 만한 일이 있었던 것이 아니다"하였다. 격유문(檄諭文)이나 애통조(哀痛詔)에도 이런 내용이 있었다.

이 당시에는 현명한 임금이 위에 계셨지만 조정에 권신(權臣)이 없었다. 옛날 쇠망하는 나라에 비교하면, 사정이 전혀 달랐는데도, 태평하고 안일하여 병사(兵事)를 기피하고, 조정 의론이 분열되고, 민심이 동요하니, 교활한 왜놈들이 침을 흘린 지 이미 오래되었으나, 우리는 막연하게나마 깨닫지 못하고, 게다가 사신으로 갔었던 신하들이[177] 어리석고 오만 괴팍하여 왜놈의 충동을 도발하고 조정을 기만하였으니, 어찌 난을 일으킬 만한 일이 없었다고 하겠는가?

◎ 이 문성공(李文成公)[178]이 양병(養兵) 10만을 주청(奏請)

---

176) 명 세종 때의 연호. 1522～66년.

177) 황윤길(黃允吉)과 김성일(金誠一)을 말함.

178) 이이(李珥). 시호가 문성공.

했을 때, 풍원군(豊源君) 유성룡(柳成龍)은 불가능하다 생각했으나, 임진란을 당하여 율곡을 추모하고 그 일을 생각했다. 유성룡이 당시에 쓸 만한 군사가 없고 먹을 만한 양식도 없어 옛일을 생각한 것은 정말 당연하지만 이미 과거에 그렇게 계책을 세웠어도, 어찌 다 그렇게 되었겠는가?

송 태조가 유주(幽州)를 차지하려고 조한왕(趙韓王)에게 상의하자, 조한왕은 "누가 장수가 될 만합니까?"라고 물었다. 대답하기를, "조한(曹翰)이 장수가 될 수 있다" 하니, 또 묻기를 "누가 수비할 만합니까?" 하니, "조한이 역시 수비할 수 있다" 하였다. 조한왕은 "조한이 죽으면 계승할 만한 사람이 있습니까?" 하니, 임금은 아무 말이 없다가, "경은 앞날을 생각한다고 할 만하다" 하고는 드디어 그 계획을 취소했다.

율곡의 선견지명은 정말 분명하고 계획한 바도 참으로 훌륭하며, 율곡의 재간 또한 이 일을 처리하는 데 있어 넉넉하였다. 그러나 한 해를 넘기지 못하고 죽었으니, 율곡이 죽은 뒤에 그를 계승할 사람이 어찌 모든 일에 율곡과 같을 수 있었겠는가? 당(唐)은 전성기에 변방의 병력이 40여 만이나 되어 백성의 힘이 다해 천보(天寶)의 난[179]이 발발했고 송(宋)도 궁중의 병사들 때문에 자연 병이 들었다. 작은 나라에서 10만을 양병하면, 그 화근이 백성에게 미치지 않을 수 없다.

임진왜란 때 나라가 망하지 않은 것은 오로지 국가에서 각박한 정치가 없었으므로 민심이 이씨에게 떠나지 않았기 때

---

179) 당 현종 때 일어난 안록산(安祿山)의 난.

문이다. 율곡은 갑신년(1584)에 죽었으니 임진년(1592)으로부터 10년이 채 못 된다. 우리나라에서 10년간 군사를 징집하고 훈련시켰다 해도, 반드시 풍신수길의 쇠칼이나 화승총을 당해낼 수 없었을 것이나, 민심이 한 번 이탈된 뒤에는 양호(楊鎬)와 이여송(李如松)의 원병(援兵)을 어떻게 먹이며, 호남과 영남의 의병들을 어떻게 규합했겠는가? 양병의 효과를 거두기도 전에, 먼저 양병의 피해를 받을 것은 필연적이었다. 지금 세속에서 장기놀이를 하는 사람이 말하기를, "단지 세 수만 보고, 궁과 포를 건드리지 말라"고 하는데, 이 말은 큰일에도 비유될 수 있다.

◎ 인조반정(仁祖反正) 수일 앞서 말 부리는 어떤 종놈이 저녁을 이용하여 복자(卜者)[180] 김우정(金禹鼎)의 대문에 가서 "아무개 생원 댁에서 일을 판단하기 위해 점을 치고자 합니다" 하였다. 김우정은 말을 타고 한 저택으로 인도되어 들어갔다. 김은 본래 그 집이 누구 집인지도 모르고, 앉아 있는 사람이 꽤 많다는 것을 느꼈다. 여러 사람에게 묻고자 하는 일이 무엇이냐고 물으니, 한 사람이 "무슨 일인가는 질문할 필요가 없고 단지 우리가 하려는 일의 성공 여부만 보아 달라" 하였다. 김은 점괘를 짚어보더니 일어나서 축하하며 "이는 건(乾)의 5효(五爻)이며, 이 효의 뜻은 '나는 용이 하늘에 있으니, 이로움이 대인(大人)에 나타난다' 하였으니, 이것이야말로 아주 커다란 길조(吉兆)입니다. 다만 두려운 것은 도

---

180) 점쟁이.

모하는 사람들이 적다면 이 일을 감당하기가 부족하지 않을 까 하는 것뿐입니다" 하였다. 여러 사람들이 몹시 기뻐하면 서 그 일로 하여 김을 그 집에 감금시키고 수일이 지난 뒤에 내보냈다. 그제서야 점을 친 사람들은 바로 정사(靖社) 제공[181]이었고, 인조(仁祖)가 실제로 왕위에 올랐음을 알았다고 한다.

옛날부터 제왕(帝王)이 일어남에는 실제로 천명(天命)이 있어, 복서(卜筮)가 분명하게 따른다 함은 이치로 보아 이상할 것도 없다. 만약 사람의 일로 말한다면, 계해(癸亥) 3월[182]은 바로 장공근(張公謹)[183]이 척구(擲龜)하던 때다. 복서가 만약 따를 수 없다면, 그것을 중단해야 하겠는가? 아마도 모인 사람 중에 시일이 임박하여 두려워하는 사람이 있었기 때문에 점쟁이와 짜고서, 신도(神道)를 빌어 인심을 안정시켰던 것이다.

◎ 계해년(癸亥年) 여러 사람들이 일을 꾀할 때, 최명길(崔鳴吉), 장유(張維)와 분서도위(汾西都尉) 박미(朴瀰)[184]는 서로 친밀하였으나 박미가 말을 경솔히 하여 일찍이 알리지 않았다. 일이 거의 이루어질 때가 되어 "어찌 끝까지 금양군(錦

---

181) 인조반정을 주도했던 공신들.
182) 계해년, 즉 명종 18년(1563) 윤원형(尹元衡)이 외척 이량(李樑)을 귀양보낸 시기.
183) 윤원형이 신임하던 점쟁이.
184) 자는 중연(中淵). 호는 분서. 선조의 딸과 결혼하여 금양위(錦陽尉)에 봉해짐. 이항복에게서 수학하고, 시문에도 능함.

陽郡)에게 이 일을 알리지 않을 수 있겠는가?"하고 결국 얘기하자, 말이 끝나기도 전에 박미는 큰소리로 "추대할 인물은 의창(義昌)[185]이 아니면 안 된다"하였다. 처음부터 천명과 인심이 이미 돌아간 곳이 있음을 몰랐던 것이다. 여러 사람들은 그 말을 꺼낸 것을 후회하고 또다시 이를 비밀에 부쳤다.

의거(義擧) 병력이 성 안으로 들어올 때, 박미가 양쪽 대궐에서 크게 봉기하는 사실을 보게 되고서야 비로소 전에 한 말이 망발이었음을 깨달았다. 그래서 박씨 자손들은, 금계군(錦溪君)[186]이 유배된 것이 비단 그가 조치를 잘못했기 때문만이 아니라, 박미의 망발이 큰 비중을 차지한다고 하였다. 무릇 금계 부자(錦溪父子)의 죄는 단지 우연하게 실언(失言)한 것뿐이니 무슨 증오할 만한 것이 있겠는가? 그러나 전사(前史)로써 고찰하건대 신하가 이러한 잘못을 범했을 때, 생명을 온전히 보존할 수 있는 자는 드물었다. 여기서 인조의 성덕(盛德)을 볼 수 있다. 비록 그 자손이라 하더라도 결코 천지(天地)와 같은 큰 은혜에 유감을 두어서는 안 될 것이다.

---

185) 이광(李珖). 선조의 여덟째 아들이며 인조의 삼촌.

186) 박동량(朴東亮). 박미의 아버지. 자는 자룡(子龍). 호는 격창(格窓). 인조 반정 후 계축(癸丑) 옥사(獄死) 사건을 잘못 처리한 죄목으로 유배됨.

187) 한성부(漢城府)의 최고 벼슬. 정2품.

188) 인조·현종 때의 무관. 자는 중경(重卿). 숙종 6년(1680)에 한성부 판윤에 오름.

판윤(判尹)[187] 구일(具鎰)[188]은 능천부원군(綾川府院君)[189]의 조카인데 나는 일찍이 그에게서 다음과 같은 말을 들었다.

"반정(反正)하던 날, 인조께서 인정전(仁政殿)의 월대(月臺)에 가시어 의자에 앉아 계시다가 급히 능천(綾川)을 불러, '자네가 말을 타고 사저(私邸)에 가서 문안을 드리고 오게' 하였다. 그때 인헌성모(仁獻聖母)[190]는 색문동(塞門洞) 집에 계셨다. 능천이 명을 받고 가보니, 성모께서는 방안에 앉아 계셨는데, 인열왕후(仁烈王后)[191]가 곁에 모시고 있었고, 인평대군(麟坪大君)[192]은 바로 품안에서 젖을 먹고 있었다. 능천이 들어가서 말씀을 드린 뒤에, 고개를 들어 쳐다본즉, 두부인이 울면서 목숨을 애걸하고 있었는데 한 사람은 금양옹주(錦陽翁主)였고, 또 한 사람은 의창(義倉)의 부인이었다. 또한 계단 아래에는 두 남자가 있었는데 의창과 금양이었다."

구일의 말은 이와 같았으나 그것을 믿어야 할지 알 수 없었다.

일찍이 듣기로는, 능창군(綾昌君)[193]이 죽은 뒤에 궁중에서

---

189) 구인후(具仁后). 효종 때의 무관. 자는 중재(仲載). 인조반정 때 2등훈에 올랐고, 뒤에 심기원(沈器遠)의 난을 평정하고 능천부원군에 봉해짐. 인조의 외종형(外從兄).

190) 인조의 생모.

191) 인조의 왕비.

192) 인조의 셋째아들.

193) 인헌왕후의 아들이며 인조의 동생. 역모의 죄목으로 광해군에게 사형당함.

연회가 있어 종실 부인이 다 참석하는데, 인헌왕후도 가지 않을 수 없어, 가서 의창 부인과 서로 이어 앉아 있게 되었다. 이때 의창 부인이 일어나면서 "신하로서 어찌 역적의 어미와 동석할 수 있겠는가?" 하니, 인헌왕후는 황망히 일어나 맨발로 뛰쳐나왔다고 한다. 이로써 본다면, 부인이 목숨을 애걸했다고 말한 것은 아마 사실에 기까울 것이다.

◎ 두보(杜甫)[194]가 지은 〈한간의(韓諫議)에게 부치는 시〉의 구주(舊註)에는 한(韓)이 신선을 좋아하여 쓴 시라고 하였다. 이것은 다만 그 시의 말뜻에 따라 억지로 끌어다 붙인 것이지 근거한 바가 있는 것은 아니다. 전목재(錢牧齋)[195]는 이 시 한 편이 다 이업후(李鄴侯)[196]를 위해 쓴 것이지만 단지 말구(末句)는 한(韓)에게 부탁한 것으로 한이 언관(言官)이기 때문에 그의 말을 천자에 전하고자 한 것이라고 하였다. 그 말은 명백하고 통쾌하여 참으로 고인의 마음을 천재(千載) 뒤에 이해한 것으로 족히 후세의 자운(子雲)[197]이라 일컬을 만하다.

---

194) 당나라 때 시인. 자는 자미(子美), 호는 소릉(少陵). 이백(李白) 등과 더불어 당대의 대문인으로 꼽힘. 대표작으로는 《북정(北征)》·《병거행(兵車行)》 등이 있음.
195) 전겸익(錢謙益). 청대(淸代)의 학자·문인. 자는 수지(受之). 호는 목재. 《두시전주(杜詩錢注)》를 펴냄.
196) 이필(李泌). 당나라의 충신. 자는 장원(長源). 숙종·대종 때의 공신.
197) 전한의 유학자. 양웅(楊雄)을 가리킴.

주자는 《시경(詩經)》 소서(小序)를 논하여 "만약 제목이 없는 시를 습득하였는데 내용 중에 이 꽃은 희고 향기로우며 한겨울에 핀다고 했다면 반드시 매화시일 것이다" 하였다.

숙종(肅宗)·대종(代宗) 시대를 당하여 군문(軍門)에 있던 신하로 장안(長安)을 평정한 공이 있는데도, 국가의 성패에 관여치 않고 동정호(洞定湖)와 소상강 사이에서 단풍 향기를 맡으며 신선을 배우기를 장량(張良)[198]이 적송자(赤松子)[199]를 따르듯 하는 사람은 업후가 아니면 또 누가 있겠는가? 언제나,

미인의 아름다운 모습 가을 물 저편에 있어
동정호에 발 씻으며 사방을 바라보네
美人娟娟隔秋水　濯足洞庭望八荒

라는 시구를 읊으면 업후의 고상한 기풍이 황홀하게 눈에 닿는다. 저 한간의란 자가 어찌 이에 해당될 수 있겠는가?

◎ 역상가(曆象家)들의 개천설(蓋天說)[200]과 혼천설(渾天

---

198) 전한의 건국 공신. 자는 자방(子房). 지략가로서 유방(劉邦)을 도와 항우(項羽)를 무찌름.

199) 신선의 이름. 신농씨 때의 양사(兩師)를 가리킨다고도 함.

200) 고대 중국의 우주관의 하나. 하늘은 삿갓 모양으로 되어 있어 지상 80만 리의 위에서 덮고 있으며 북극 부분이 갓의 중심이 된다고 하는 설. 태양이나 그 밖의 천체는 북극을 중심으로 원 위를 움직인다고 생각함.

說)[201]두 설이 같이 널리 퍼져 서로 통할 수 없었다. 한(漢)의 양자운(楊子雲)[202], 장평자(張平子)[203]에서부터 송(宋)의 여러 대유(大儒)에 이르기까지 대부분 혼천설을 주장하였으나 《당서(唐書)》 천문지(天文志)에는 "만약 개천설을 따른다면 남방의 도수(度數)가 점점 좁아지고, 혼천설을 따른다면 북방의 끝이 점점 높아진다" 하였다. 단지 이 한 가지 곤란함은 혼천설이나 개천설 양자가 해결할 수 없는 것이었다.

명나라 만력(萬曆)[204] 연간에 서양의 지구설(地球設)이 나타나서 혼천설과 개천설이 비로소 하나로 통일되었는데, 역시 흔쾌한 일의 하나다. 무릇 고금의 천문을 말한 사람들은 코끼리를 만지는데 각각 한 부분만 만진 격이라면, 서양 역법은 비로소 그 전체를 만졌다 하겠다[전에 청성(淸城) 김재상[205]이 일찍이 《당서》 천문지에 개천과 혼천에 대한 두 가

---

201) 천지를 계란에 비유하여, 하늘은 밖에서 노른자에 해당하는 땅을 싸고 있으면서 일주(日周) 운동을 하고, 계란 껍질의 표면에는 끝이라고 할 만한 것이 없다는 설.

202) 양웅(楊雄). 전한 말의 학자. 문인. 자는 자운. 성제(成帝) 때 궁정 문인의 한 사람. 시부로는 《감천부(甘泉賦)》 등을 지었고, 《역경》에 기본을 둔 철학서 《태현경(太玄經)》, 수상록 《법언(法言)》 등을 남겼음.

203) 장형(張衡). 후한의 문인 · 과학자. 자는 평자. 일종의 천구의(天球儀)인 '혼천의(渾天儀)'와 지진계 비슷한 '후풍지동계(候風地動計)'를 만듦. 시부에도 뛰어나 《이경부(二京賦)》 등의 작품이 있음.

204) 신종(神宗)의 연호. 1573~1619년.

205) 김석주(金錫冑). 숙종 때의 상신(相臣). 자는 사백(斯白), 호는 식암(息庵). 우의정을 지냄.

지 말을 외면서, 구양수(歐陽修)가 역학(易學)에 몰두하였으나 지금은 이 말을 이해하는 사람이 없다고 그를 매우 칭찬하였다. 그러나 당시 천문지는 유의수(劉義叟)의 손에서 나온 것으로 구양수는 단지 이것을 윤색했을 뿐이다].

◎ 추연(鄒衍)[206]의 구주설(九洲設)과 석씨(釋氏)의 사천하론(四天下論)[207]은 그 뜻이 어린아이들의 관점을 넓혀주려는 데 있었다. 진경(眞境)을 밝혀내려면 산경(山徑)이나 지지(地誌)에서 이를 찾지 않으면 안 된다. 오직 서양의 지구설은 땅을 하늘에 기준을 두어, 지역을 360도로 구획하였다. 경도(經度)는 남·북극의 고하를 살피고, 위도(緯度)는 이를 일·월식(日月蝕)에 증험하고 그 이치가 확실하고 그 기술이 정확하다. 이를 믿지 않아도 안 될 뿐 아니라 믿지 않을 수도 없다.

오늘날의 학사 대부들은 혹시 지구가 둥글다면 생물들은 둥근 고리에 붙어사는 것이라고 의심하지만, 이것은 우물 안 개구리나 여름 벌레와 같은 견해다. 주자가 말하길, "지금 여기에 앉아서 단지 땅이 움직이지 않는다고 한다면 어찌 하늘이 밖에서 운행함을 알겠으며, 땅이 이를 좇아서 돌아가지 않는다 하겠는가?" 하였다. 위대한 지식과 통달한 지혜가 어찌 이같은 시절이 있었는가? 〔땅이 만약 하늘을 따라서 바퀴

206) 전국시대 제(齊)나라 사람으로 천하를 구주로 나누고, 여러 가지 음양에 관련된 저술을 많이 남겼다 함.
207) 불교의 우주관. 천하를 방위(方位)대로 동·서·남·북으로 나누고 각각을 사천왕이 지킨다는 설인 듯함.

가 구르듯이 돈다면, 사람들이 거꾸로 매달림을 의심할 것이나, 이는 바로 지구가 둥글다는 이치와 같다].

◎ 옛사람들은, 아내에게 죄가 있으면 그를 버렸지만, 같이 삼년상(三年喪)을 지냈거나, 그가 돌아갈 곳이 없는 사람이라면 비록 죄가 있더라도 버리지 않았다. 버리는 것도 의(義)요, 버리지 않는 것도 의였다. 그렇지만 옛사람이라도 음란하거나 나쁜 질병이 있는 사람과는 같은 방에서 지냈겠는가? 생각건대, 이 또한 그에게 의복이나 음식을 주어 은의(恩義)로써 위무(慰撫)했을 뿐이다.

우리나라 사족(士族) 부녀자들이 개가(改嫁)하지 않음은, 돌아갈 곳이 없는 자가 아님이 없지만, 포로가 되었던 부녀자들이 비록 절개를 잃어 천시받을 만해도, 음란한 것에 비한다면, 그 정상은 차이가 있다. 속환(贖還)한 뒤에 별도의 거처를 마련하여 살게 하고, 종묘(宗廟)의 일을 함께 하지 않고, 그 자식은 그를 어머니로 대우하고, 죽으면 그 어머니 복을 입게 하고 곡(哭)을 하게 한다면, 아마 고도(古道)에 어그러지지는 않을 것이다. 사대부 가문으로서 국가의 병자·정묘호란을 맞은 사람들은 의리를 생각지 않고 순전히 자신의 입장만 생각하니, 이것은 사욕(私慾)이 두드러진 것이지 사론(士論)은 아니다. 여러 사람들이 시끄럽게 떠들어대니, 비록 현명한 사람이라 하더라도 여기에 휩쓸림을 면할 수 없으니 개탄할 따름이다.

◎ 손권(孫權)이 황제라 칭하자, 촉한(蜀漢)의 군신들은 의

리(義理)를 분명히 하고자 그와 단절하려 했으나 제갈공명은 유독 그래서는 안 된다고 여기고 사신을 파견하여 축하하고 우호를 더욱 돈독히 하였다. 만약 제갈공명이 우리나라의 병자(丙子)·정축(丁丑)년[208]에 척화(斥和)를 맞이했다면, 완전히 청의론자(淸議論者)[209]와 같은 입장에 섰으리라고 할 수 있겠는가? 정축년에 남한산성에서 내려와 항복한 것은 조송(趙宋)이 부모를 잊고 원수를 섬긴 것[210]과 같지 않으며, 다만 만력(萬曆) 연간[211]에 구원해준 은혜를 차마 저버리지 못해, 죽음을 무릅쓰고 싸웠으나 힘이 다한 뒤에 어쩔 수 없이 백성을 위해 항복하였으니, 비록 성인이라도 이 시기를 당했다 하더라도 이보다 지나치지는 않았을 것이다.

어떤 사람은 칠묘(七廟)가 없어지고 구족(九族)이 멸망한다 하더라도 명나라를 위해 사절(死節)을 다해야 한다고 하지만, 이는 아마도 지나친 말이다. 주(周)는 나라를 세운 곳이 서융(西戎)과 가까웠으므로, 주자는 오히려 은(殷)의 순수한 신하가 아니라고 여겼는데, 하물며 우리나라는 구복(九

---

208) 인조 14~15년. 서기로 1636~1637년.

209) 병자호란 때 청나라와 항전할 것을 주장한 김상헌(金尙憲) 등의 척화파를 이름.

210) 금(金)나라가 송을 침공하여 휘종(徽宗)과 흠종(欽宗)을 잡아가 북송의 명맥은 끊겼다. 그후 흠종의 동생 고종(高宗)이 임안(臨安)에서 도읍하여 남송을 세웠으나 국력이 미약하여 원수국인 금나라를 섬겼음.

211) 명 신종(神宗)의 연호, 이 기간 중(1592~1598)에 임진왜란과 정유재란이 일어났음.

服)[212]의 밖에 있음이랴?

내 생각 같아서는 정축년 다음부터는 병자년 때와 같지 않았다. 성이 함락된 뒤에 임금의 위태로움과 욕됨은 호랑이 입안을 벗어나지 못했으니, 비록 평소에 초야(草野)에 있던 사람이라 하더라도, 모두 마땅히 달려가서 위문하고 합심 협력하여 나라가 망하지 않도록 도모해야 하거늘, 어찌 차마 조정이 더럽다 하여 장차 자기도 더럽혀질 것처럼 행동해야 하겠는가? 저 두 노인[213]의 행동은 정녕 사람마다 배울 수 있는 것도 아니지만, 또한 사람마다 배워야 할 것도 아니다. 요컨대 각각 그 마음이 편안한 바에 따라 스스로 신하의 직분을 다할 따름이다.

공자는 백이·숙제가 그 뜻을 굽히지 않아 그 마음을 욕되게 하지 않았다 하였고, 유하혜(柳下惠)와 소련(少連)은 그 뜻을 굽히고 몸을 욕되게 했다 하였으니, 군자의 도(道)가 어찌 똑같을 수 있겠는가? 작은 조정에서 처하지 않겠다고 한 것은 역시 송의 고종이 추(醜)하다 할 만한 행동 때문이었을 뿐이다. 대왕(大王)과 구천(句踐)의 일은 물론이려니와, 정(鄭)나라의 자산(子産)과 같은 사람이 어찌 그 임금이 진(晉)을 섬기느냐, 초(楚)를 섬기느냐 하는 일로 거취를 삼았겠는가? 진(晉)의 혜공(惠公)은 은혜를 배반하고 화를 도발하고, 간언(諫言)을 싫어하고 군사를 상실함은 말할 것도

---

212) 구기(九畿). 주대에 기내를 천리 사방으로 하고, 그 밖을 500리마다 구획하여 아홉 지역으로 정한 것.
213) 척화론자인 김상헌과 정온(鄭蘊)을 말함.

없지만, 그런데도 진의 대부(大夫)들은 머리를 풀어 헤치고 집에서 뛰쳐나와 그를 쫓아갔으니, 군신의 정분(情分)이 어찌 이와 같은 것이 아니겠는가?

최명길(崔鳴吉)은 끝내 주화론(主和論)을 펴서 정녕 시비가 많았지만, 역시 어찌 스스로 그 직분을 다하여 마음에 부끄러움이 없는 자가 아니겠는가? 이식(李植)은 마음속으로 척화(斥和)의 잘못을 알고 있었으나, 부형의 견제를 받아 이의(異議)를 내세울 수 없었고, 남한산성의 치욕을 보게 되자 평생토록 애통해하면서 거적을 깔고 자기 집에서 지내다가, 죽으면 박장(薄葬)하도록 유언하고 죄인으로 자처했으니, 역시 공거심(孔距心)과 같은 사람이 아니겠는가?

장유(張維)는 조정의 논의가 척화론으로 되자, 술을 마시며 사람들에게 나라가 망한다고 탄식했다. 그러나 최명길처럼 힘써 화의론(和議論)에 가담할 수 없었던 것은, 아마도 말해야 전혀 소용이 없음을 알았기 때문이다. 이것은 군자가 말할 때 말하고 침묵할 때 침묵하는 절도에 맞는 것도 같지만, 종신(宗臣)으로서 국가의 흥망에 대한 의리로 생각한다면, 부족함이 없다고 할 수는 없는 것이다. 이것이, 장유가 삼전도비문(三田渡碑文)을 지은 까닭이다. 세상에서는 대부분 계곡(溪谷)이 이 비문을 지은 것은 붓을 잡은 사람들이 비유를 잘못하여 의리를 잃어 국가의 치욕이 될 것을 염려했던 탓으로, 그 문장은 초(楚) 장왕(莊王)이 왕이라 참칭(僭稱)하고 중국을 침범한 것으로 모두(冒頭)를 삼았다. 하지만, 어찌 그렇겠는가? 그것이 어찌 그렇겠는가? 계곡의 입장은, 임금이 이같이 욕을 당하는데, 의리로써 홀로 깨끗할 수 없으니, 달가운 마음으로 서시(西施)가 더러운 물건을 뒤집어쓰듯 하여, 훗날에 종(種)과 려(蠡)의 책임이 이로써 조짐이 되게 하였다. 그 지극한 정성과 깊은 통한은 비록 세대를 격했다 하더라도 알 만한 것이다.

아마도 택당(澤堂)이 스스로 죄인으로 여긴 것이나, 계곡이 스스로 오욕(汚辱)을 감수한 것은 바로 두 분이 스스로 자신의 몸을 바친 것이지만, 일찍이 다른 사람에게는 말한 적이 없기 때문에 삼전도비문은 계곡의 문집 중에 기록되지 않았다. 어찌 문인(門人) 제자들이 모두 이에 대해 흐리멍덩해서였을까? 아니면, 이를 알고서도 감히 싣지 못했던 것일까?

◎ 선교(禪敎)나 불교가 이단이 되는 것은 똑같다. 그런데 주자의 〈재거감우시(齋居感遇詩)〉에는 '책을 불태우겠다', '처자를 헌신짝 버리듯 한다'는 두 말은, 하나는 매우 위엄 있고 하나는 완곡하여 양자가 큰 차이가 있어 당시에도 이미 의심하는 사람이 있었다[악가(岳珂)의 《괴담록(愧郯錄)》에 보임]. 일찍이 세상에 전해지는 《참동계(參同契)》[214]의 주자주(朱子註)를 살펴보니, 역시 별로 밝혀낸 것도 없는데도 그 서문에는 성명을 가탁하여 아주 장중하지 못하니,[215] 아마도 거짓 날조하여 주자의 중명(重名)을 빌었던 것으로 뒷사람이 잘못하여 주자의 문집에 실었던 것 같다.

---

214) 한의 위백양(魏伯陽)이 《주역》의 64괘에 의거 신선이 되는 방법을 해석한 것.
215) 주자가 그 주석을 달고 서문 끝에 추희(鄒訢)라 했는데 이는 주희(朱熹)를 은어화한 것.

약천(藥泉) 남구만(南九萬)[216] 형이 관찰사가 되었을 때 일찍이 이것을 인쇄하여 나에게 보내주어, 나는 5언시를 희작(戱作)하여 붙였다. 약천은 "그대는 감히 주자를 당 무후(唐武后)나 송 휘종(宋徽宗)에 비유하였는가?"하였다. 나는 결국 그 초고를 불태우고 다시 다른 사람에게는 보이지 않았다. 이제 그 시를 추록(追錄)하는 것은 감히 내 자신이 옳다는 것이 아니요, 그저 내 잘못을 기록하는 것일 뿐이다.

한 명제(漢明帝)가 요망스런 꿈에 감화되어,
모든 중국이 서호승(西胡僧)에 물들었네.
부정한 풍조 위량(魏梁)을 거쳐 파고들고,
민강(岷江)의 물결은 오초(吳楚) 지방 삼켰다네.
당(唐) 회창(會昌)과 송(宋) 선화(宣和)시대에는,
큰 노여움으로 천벌이 시행되었지만,
풀만 제거하고 뿌리까지는 미치지 못하여,
들판 불이 탔지만 이내 봄이면 무성했네.
천진(天眞)으로 돌아간다며 조망(躁妄)만 양성하고,
본래의 심령으로 한다며 탄무(誕誣)만 일삼네.[217]
같은 냇물에서 알몸 목욕 비방하니,
계책 마련해도 역시 우활(迂闊)했네.
세상에 훌륭한 임금 없으시니,

---

216) 숙종 때 소론(少論)의 거두. 자는 설로(雪路), 호는 약천. 3정승을 역임.

217) '천진으로 돌아간다(歸眞)'과 '본래의 심령(靈素)'은 각각 도가와 불가를 가리킴.

부월(鈇鉞)이 대유(大儒)에게 돌아가네.

아, 훌륭하신 자양(慈養)의 노인[218]이여 !

그들을 물리치기 분명하게 하였으니,

그 공은 높아 우왕이 치수(治水)함과 같고,

그 힘은 맹자가 양주(楊朱)를 물리침과 같네.

남긴 문장은 해와 별처럼 드러나서,

어리석은 선비도 가려잡을 줄 아는데,

단경(丹經)에 추연(鄒衍)이라 서(序)한 것은,

이 일이 정말 있었을까, 없었을까?

만약에 문자가 오래됨으로 따진다면,

불경 번역도 이미 동한(東漢) 때 시작되었네.

漢明感妖夢　諸夏染西胡

浸淫歷魏梁　岷派呑荊吳

會昌與宣和　赫怒行天誅

芟草不及根　野燒俄春蕪

歸眞釀躁妄　靈素恣誕諛

同川譏裸浴　爲計亦已迂

世無哲王作　鈇鉞歸大儒

矯矯紫陽翁　闢之乃廓如

功高禹抑水　力倍鄒攘朱

遺文揭日星　蒙士知捨取

丹經序鄒衍　此事誠有無

若論文字古　具譯亦東都

---

218) 주자를 말함.

◎ 약천(藥泉) 남구만(南九萬)은 말하기를, "달 속에 검은 그림자가 진실로 불서(佛書)에서 산하(山河)의 그림자가 보내졌다는 설과 같다면, 승월(昇月)과 낙월(落月)에 비친 그림자도 달라야 하는데, 달 속의 희미한 그림자는 일정 불변하다. 어찌 서쪽과 동쪽의 산하의 차이가 없는 것일까?"라 하였다. 이 말은 아주 정확하여 옛 사람이 말하지 못한 것이다.

내 생각 같아서는, 해[日]와 불[火]은 밖으로 그림자를 이루어 장애를 통해 생기고, 쇠[金]와 물[水]은 안으로 그림자를 이루어 장애가 없어야 나타나니, 그 이치가 상반된다. 구름의 그림자가 땅의 산이나 계곡에서 생기는 것은 멀리서 바라보아도 다 볼 수가 있다. 가을 강물이 몹시 깨끗하고 만상(萬象)이 다 떨어져 없어졌을 때 그 수면을 바라보면, 오직 얼음과 같은 비단과 한 가지 빛깔일 뿐이다. 어찌 일찍이 반점이나 흠점의 흔적이 있는가?

달이 진실로 쇠나 물과 같이 안으로 그림자를 이루고 있다면, 그 그림자는 하토(下土)에서 볼 수 있는 것이 아니다. 그러므로 주자는 거울 속에 종이 사람[紙人]이 있다고 비유했다. 무릇 달이 밝은 것은 햇빛을 받았기 때문이며, 지구가 중간에 끼어 있기 때문에 햇빛이 지구에 가려져 밖으로 나타난 그림자가 달 표면에 생긴 것일 뿐이라 함이다.

하지만 이 설 또한 곤란한 점이 있다. 이것은 다만 보름날 밤에 달이 하늘 가운데 있고, 해가 지구 밑에 있을 때 가능할 뿐이다. 만약 보름 전이면 달이 이미 동쪽에 떴는데 해는 아직 서쪽에 지지 않고, 보름 후면 달이 서쪽에 지지 않았는데 해는 벌써 동쪽에 떠서 허공의 중간에서 서로 바라보고 있는

데도 달의 희미한 그림자는 조금도 가셔진 바가 없다. 또다시 어떤 물건이 가려서 그림자가 생겼단 말인가? 그렇다면 달에 반점이 있는 것은 아마도 본질적으로 순수하지 못하기 때문에, 그것이 햇빛을 받음에 심천(深淺)이 있어서 그런 것이다. 곡해하여 이에 대해 주장할 필요는 없는 것이다〔주자의 종이 사람이라는 설은 역가(曆家)의 이른바 태허설(太虛說)로, 달에 월식(月蝕)이 있다는 것이다〕.

◎ 시인(詩人)이 신월(新月)을 읊은 시구에 '달이 물에 잠기니 물고기가 낚시인 줄 알고 놀라네(月蘸水魚驚鉤)'란 말이 있다. 이는 실상(實狀)이 아니다. 사람이 물 위에 있으면서 달을 굽어보면, 달은 물 속에 있지만, 물고기는 물 밑에서부터 달을 쳐다보니, 달은 물 밖에 있다.

이제 유리에다 뒤쪽을 붙이면, 스스로 거울로 비춰볼 수 있어 구리 거울과 같이 쓸 수 있지만, 뒤쪽에 붙인 것을 제거하면 바로 안경(眼鏡)이 되어 거울 밖의 물건도 환히 보이나 거울 안에는 아무것도 없다. 사람이 물을 바라보면 물 밑에 땅이 있기 때문에 그 이치가 구리 거울과 같지만, 물고기가 물을 보면 물 밖이 확 트였기 때문에 그 이치는 안경과 같다.

그렇다고 한다면 쇠나 물의 그림자는 사람이 보는 곳에서부터 생겨나서 마치 환상적인 꽃이나 아지랑이같이 있는 듯하지만 실은 없는 것이니, 해의 그림자나 등불의 그림자가 땅 표면에서 진짜 흔적을 남겨서 검고 엷은 것과 같은 것은 아니다.

◎《계곡만필(谿谷漫筆)》에 보면 주자가 말한 "캄캄한 것이 하늘의 정색이다(黑洞洞是天正色)"라는 것을 논변(論辯)하고 있으나, 주자의 입언(立言)의 뜻을 인식하지 못한 것 같다. 아마도 사람들이, 혹 하늘은 스스로 주야(晝夜)를 이루고 있어, 해의 출몰도 각각 그 기운을 따른다고 한 것과 같다 하겠다〔지금도 이런 설을 주장하는 사람이 있다〕.

그러므로 주자가 말하기를,

"하늘이 밝으면 해와 달이 밝지 못하다는 것은 아마 하늘이 진실로 자체적으로 그 빛이 있어 낮이 된다면, 그 낮이 될 때에 해는 낮의 달과 같이 밝지 않아야 하는데도 사실은 그렇지 않으니, 하늘이 자체로 빛이 있다는 것이 그르다 함을 알 수 있다. 진실로 하늘에 해가 없다면 단지 밤중에 캄캄한 때와 같을 뿐이다."

'정색(正色)' 이란 글자는 《장자(莊子)》에서 나온 것이나 말뜻은 약간 다르다. 이것은 본질적인 입장에서 본 것이다. 채씨(蔡氏)의 《요전(堯典)》 주(註)에 "햇빛이 꼭 하루만에 땅을 한 바퀴 돈다"는 설이 비로소 사람의 뜻을 현혹시켰던 것이다.

◎ 사람들은, 여름 해는 가깝고 겨울 해는 멀어, 가깝기 때문에 덥고 멀기 때문에 추우며, 봄과 가을은 멀고 가까운 중간에 있기 때문에 춥지도 않고 덥지도 않다고 한다. 이 말은 옳은 듯하지만, 실은 옳지 않다.

천체는 둥글어서 지구가 한가운데 있으니, 비록 해와 달의 운행이 남북이 있다고는 하지만, 지구에서의 원근 거리는 원래 차이가 없다. 30폭 차 바퀴살의 길이가 어찌 차이 있을 리가 있겠는가? 그런데도 겨울과 여름의 해가 춥고 더운 차이가 있는 것은, 사람이 햇빛에 물건을 말리는 것과 같다. 그릇을 놓은 자리가 앞은 낮고 뒤가 높으면 햇빛이 직사(直射)하여 그 마름이 신속할 것이고, 전후가 똑바르면 햇빛이 비스듬히 비쳐 그 마름이 약간 느릴 것이다. 그리고 만약 앞이 높고 뒤가 낮은 자리에 놓는다면, 앞의 높은 곳은 비록 가리워져서 그림자가 생기지는 않았다 하더라도 햇빛이 물건을 비춤은 마치 바람이 수면을 스치고 지나가는 것과 같아서 그 마름이 지극히 늦을 것이다. 그러나 그릇에 담은 물건의 해에서부터의 거리에는 원근의 차이가 있는 것은 아니다.

열자(列子)가 이른바, 방안이 따뜻하고 서늘하다는 논란도 이것으로 해석할 수 있을 것이다. 떠오르는 해가 큰 것은 서양 역법서에 해가 처음 떠서 땅에서 떨어짐이 높지 않으면, 수토(水土)의 청몽(淸蒙)한 기운이 가리워 비쳐서 크게 보이게 되는 것이다. 그 이치는 마치 물 속의 돌이나 안경으로 보는 글자가 본체보다 크게 보이는 것과 같다 하니, 이 말은 정확하다.

◎ 우리나라 동해에는 조석(潮汐)이 없다. 백사(白沙) 이항복(李恒福)과 계곡(溪谷) 장유(張維)는 다 같이 주장을 내세워 그 이유를 밝혔다. 백사는, 동해는 물이 흘러 들어가는 곳이니, 물이 흘러 들어가는 곳이 있으면 그 기세에 따르지 않을 수 없기 때문에, 그대로 끝까지 흘러가므로 조수가 성립될 수 없다 하였다. 한편 계곡은, 사람이 호흡할 때 배는 움

직이나 등은 조용한 데에 비유하여, 북해(北海)는 천지의 등이고, 동해는 북쪽에 가깝기 때문에 조수가 없다 하였다. 이 두 가지 주장은 통하지 않는 곳이 있다.

전자에 따를 것 같으면, 우리나라의 서남해는 실은 중국의 동해이니, 양자강과 황하, 그 밖의 모든 물이 흘러들어가는 곳이다. 진실로 동해에 조수가 없다면 예맥(濊貊)의 동해안이 유독 조수가 없을 리 없다. 후자에 따를 것 같으면, 용만(龍灣)이나 요해(遼海)는 예맥의 땅과 비교한다면, 더욱 북쪽에 있는데도 조석의 성함은 전라도나 경상도보다 배(倍)나 된다. 어찌 북해에 가깝다고 조수가 없겠는가?

북해는 아주 멀리 떨어져 있어, 옛날부터 그것을 본 사람이 있다는 말을 듣지 못했다. 사서(史書)에 일컫는 바에 의하면, 대체로 사적(沙磧) 사이에 큰 연못으로 한해(瀚海)나 포해(浦海)와 같은 것이라 한다. 이렇다면 마땅히 조수가 없을 것이나 북명(北溟)[219]에 조수가 없다함을 누가 보고 전했을까? 만력(萬曆) 이후에 서양의 지리와 역사가 중국에 유행했는데, 그 책에 언급하기를, 극북(極北)의 바다에는 겨울에 얼음이 얼지만 조수가 신속하여 얼음이 얼어붙어 있을 수 없어서 퇴적하여 빙산을 이룬다고 하였다. 이로써 본다면 북해에도 일찍이 조수가 없지 않았다.

내 생각으로는 양자강과 황하의 물이 밤낮 동쪽으로 흘러내려가다가 물이 부딪치는 강 언덕 사이에서 혹은 소용돌이를 치기도 하고 혹은 머물러 보(洑)를 이루기도 하는 것은

---

219) 가상의 북극해(北極海)를 말함.

땅의 형세가 그렇게 만든 것이다. 어찌 이것에 집착하여 강물이 동쪽으로 흐른다는 것을 의심하겠는가? 우리나라의 동해는 우리나라와 왜국(倭國)의 사이에 끼어 있다. 북쪽으로는 야인(野人)[220]의 지방에서 시작되어 남쪽으로는 울릉도의 남쪽에 퍼져서 끝난다〔왜국의 육지 오주(奧州)는 야인과 서로 이어져 있으나 그 땅이 저여(沮洳)[221]와 같아서 사람이 통행할 수는 없다고 한다. 이로써 동해는 단지 부산포(釜山浦)와 적간관(赤間關) 사이가 외해(外海)로 통함을 알 수 있다〕. 만약 동해 전체를 살펴본다면, 역시 양자강이나 황하가 소용돌이를 치고 보(洑)를 이룬 것과 같다.

빈해(濱海)[222]에 사는 사람들은, 대부분 동해 일대의 해수는 남쪽으로 경사져 있기 때문에 조수가 생기지 않는다고 하고, 또한 동해 역시 조수가 없지 않으나 해수가 맑고 얕으며 또 잦아서 이른바 수종(水宗)이라 하는 것으로, 남해의 조수와는 서로 강약을 비교할 수 없으므로, 그 소식이 대단히 미약하다고 한다.

이 두 가지 설에 대해 나는 누가 옳은지 알 수 없지만, 만약 땅의 형세로 인한 것이라면, 이치상 의심할 것이 없을 것이다. 우리나라 사람이 보는 바는 크지 못하여, 항상 한 가지 무늬만을 가지고 전체의 표범을 따지려고 한다. 이항복과 장유 두 분이 박식하지만 여기서 벗어나지 못했다. 지재해(地

---

220) 옛날 압록강과 두만강 이북에 살던 여진족.

221) 습지(濕地).

222) 중국 동북의 빈주(濱州)와 발해(渤海).

載海)²²³⁾라는 설은 계곡(溪谷)의 견해가 옛사람보다 뛰어난 것이다.

◎ 오행(五行)²²⁴⁾은 각각 그 성질이 같다. 물은 크고 작은 것을 따질 것도 없이 그것이 물건을 뜨게 하는 성질은 한가지다. 웅덩이의 물이 능히 지푸라기를 실을 수는 있으나 한 줌의 흙은 실을 수 없다는 사실로 본다면, 강과 하천의 물도 만곡(萬斛)²²⁵⁾의 배는 실을 수 있지만, 한 삼태기의 흙이나 한 주먹의 돌을 실을 수는 없다는 사실을 알 수 있다. 어찌 강과 하천뿐이겠으랴? 한 주먹의 돌이나 한 삼태기의 흙을 동해의 깊은 곳에 던지면, 풍덩 하고 밑바닥으로 가라앉지 않음이 없다. 설령 밑바닥이 없는 바다가 정말 있다 하더라도 땅에 쌓인 덩어리를 실을 수 없다 함은 분명하다.

또한 사해(四海)의 물이 책에 기록되어 나타난 것에서 도서(島嶼)가 나누어 차지한 곳, 만맥(蠻貊)²²⁶⁾이 뻗쳐 지나가는 곳은 다 밑바닥이 있는 바다가 땅에 실려 있는 것인데 그것은 육지보다 10분의 7, 8 이상 넓다. 설사 땅이 정말 배나 뗏목이 물에 떠 있는 것과 같다 하더라도, 물의 침입이 또 이와 같다면, 그것이 가라앉지 않을 수 있겠는가?

---

223) 바다 밑에 땅이 있어 바닷물이 그 위에 채워져 있다는 설.
224) 우주에 운행하는 금(金)·목(木)·수(水)·화(火)·토(土)의 5가지 원기(元氣).
225) 1곡은 10되. 만 곡은 곧 매우 무거운 용량을 비유.
226) 중국의 남쪽과 북쪽의 오랑캐.

◎ 어떤 사람이 목은(牧隱)을 동파(東坡)에 견주자 권양촌(權陽村)[227]이 말했다. "그대가 돌아가서 동파의 〈적벽부(赤壁賦)〉와 목은의 〈관어대부(觀魚臺賦)〉를 읽어보라. 절로 이를 알게 될 것이다.

서사가(徐四佳)[228]는 이르기를, "이문순(李文順)의 시는 호장(豪壯)하나 그늘지고 사나운 곳이 있으며, 목은의 시는 파도가 넓게 출렁대나 속어(俗語) 사용을 좋아하니, 목은을 따르는 사람이 잘 배우지 못하면 천박하게 되고, 문순을 배우다 실수하면 도달할 곳이 없을 것이다. 요즈음 시를 학습하는 사람들은 두 이씨를 본받기 좋아하고 당송시(唐宋詩)를 배우지 않고 탐(貪)함에 본받으니 그 폐해를 장차 어찌 구하리요?"라고 하였다. 《동인시화(東人詩話)》 중에 이 두 마디 말은 아주 좋다.

◎ 본조(本朝)의 시체(詩體)는 네댓 번 변한 것만은 아니다. 조선조 초기에는 고려의 실마리를 계승하여 순전히 동파(東坡)[229]를 배우다가 성종·중종에 이르러서는 오직 용재(容齋) 이행(李荇)[230]이 대성했다 일컬어지고, 중간에 예장(預

---

227) 권근(權近). 조선 초의 학자. 자는 가원(可遠) 또는 사숙(思淑), 호는 양촌. 저서에는 《입학도설(入學圖說)》·《양촌집(陽村集)》 등이 있음.

228) 서거정(徐居正). 호는 사가. 세종 이후 다섯 임금을 모심. 천문, 지리, 의약, 점술에 능통. 저서에는 《동국통감(東國通鑑)》. 《필원잡기(筆苑雜記)》 등이 있음.

229) 북송의 문인 소식.

章) 황산곡(黃山谷)을 참여시킨 사람으로는 취헌(翠軒) 박은
(朴誾)[231]의 재주가 실로 300년 이래 한 사람이었다. 그후 황
정견(黃庭堅)[232] · 진사도(陳師道)를 전공한 사람은 호음(湖
陰) 정사룡(鄭士龍)[233] · 소재(蘇齋) 노수신(盧守愼)[234] · 지천
(芝川) 황정욱(黃廷彧)[235]이 정족(鼎足)처럼 웅거하고 있었으
며 또 변하여 당시(唐詩)로 되돌아간 사람은 최경창(崔慶
昌)[236] · 백광훈(白光勳)[237] · 이달(李達)[238] 등이다.

　무릇 미산(眉山) 소식(蘇軾)을 배우다가 실패하면 왕왕 잡
다하고 진부하게 되어 사람들을 불만스럽게 하고, 강서(江
西)[239]의 폐는 더욱 이상하고 졸렬하여 염증을 느낄 만하다.

---

230) 조선 중종 때의 대신. 자는 택지(擇之), 호는 용재, 시문과 그림
　　에 능했음. 저서에는 《용재집》 등이 있음.
231) 연산군 때의 소장학자. 자는 중열(仲說), 호는 취헌. 문장에 능
　　한 총명한 재사(才士)로 유자광(柳子光)을 탄핵하다 갑자사화
　　(甲子士禍)에 처형됨.
232) 송나라의 시인 · 서예가. 호는 산곡(山谷). 기이하고 파격적인
　　수법으로 송시(宋詩)를 크게 변화함. 강서파(江西派)의 원조.
233) 조선 명종 때의 대제학. 시문과 음악에 정통. 저서에는 《호음잡
　　고(湖陰雜稿)》 등이 있음.
234) 선조 때의 상신(相臣). 문집으로 《소재집》이 있음.
235) 선조 때의 문신. 호조 · 병조판서를 지냄.
236) 선조 때의 시인. 자는 가운(嘉雲), 호는 고죽(孤竹). 학문에도
　　뛰어나 이이와 더불어 문장이라 일컬어짐.
237) 선조 때의 시인. 자는 창경(彰卿), 호는 옥봉(玉峰). 시재가 뛰
　　어나 최경창 · 이달과 함께 삼당(三唐) 시인으로 불림. 문집에
　　《옥봉집》이 있음.
238) 선조 때의 시인. 자는 익지(益之), 호는 손곡(蓀谷). 한시(漢
　　詩)의 대가.

당시(唐詩)를 본받은 최경창과 백광훈의 오율칠절은 겨우 만당(晚唐)의 울타리를 엿본 것으로 고기 한 점으로써는 배를 채우기가 부족하니, 그것이 다른 사람에게 영향을 미칠 수 있겠는가?

권여장(權汝章)[240]은 관직에 오르지 않은 사람으로서 우뚝 솟은 자다. 그는 이를 바로잡아 당·송시를 채집하고 아속(雅俗)을 융화하고 갈고 닦아서 참으로 아름답다고 일컬어졌다. 동악(東岳) 이안눌(李安訥)[241]이 이를 조화하고 덧붙여서 풍부해졌고, 택당(澤堂) 이식(李植)이 이어 일어나서 그 이치가 정밀하여 드디어 그 남은 기름기와 남은 향기가 지금껏 적셔주었으니 성대하다 하겠다.

그러나 말류(末流)의 피해가 고학(古學)을 완전히 없애버려 내용이 엉성하고 비속함이 앞서의 삼당시인(三唐詩人)[242]보다 더욱 심했다. 당송의 유풍(遺風)과 여향(餘響)은 이에 이르러 땅을 쓸어낸 듯 없어졌으니 시도(詩道)에 106[243]의 궁기(窮氣)가 들었음이 이보다 더 심한 때가 없었다.

---

239) 황정견, 진사도 등 당시(唐詩)의 경향에서 벗어나 독특한 계열을 형성한 일파.

240) 권필(權韠). 광해군 때의 유학자. 자는 여장, 호는 석주(石洲). 정철(鄭澈)의 문인으로 과거에는 뜻이 없고 교육에만 전념. 문집에는 《석주집》이 있음.

241) 인조 때의 문신·시인. 자는 자민(子敏), 호는 동악. 권필과 쌍벽을 이루는 시인으로 이백에 비유됨. 저서에는 《동악집》이 있음.

242) 최경창·백광훈·이달을 말함.

243) 106이란 음양가(陰陽家)들이 액운을 가리키는 숫자.

명시(明詩)를 배운 일파는 월정(月汀) 윤근수(尹根壽)²⁴⁴⁾ 현헌(玄軒) 신흠(申欽)²⁴⁵⁾ 등에게서 근원하며 근래 이자시(李子時)가 그에 일가(一家)를 이룬 사람이지만 아마 우리나라 시에서 가지가 옆으로 뻗은 것이리라.

◎ 시인이 옛사람의 시에 대해 숭상하는 바가 각각 같지 않아도 그들의 재식(才識)을 알 수는 있다. 송(宋)의 엄창랑(嚴滄浪)은 최호(崔顥)의 〈황학루(黃鶴樓)〉 시를 당율시의 제일이라 여겼고, 명(明)의 하대복(何大復)은 심전기(沈佺期)²⁴⁶⁾의 〈노가소부(盧家少婦)〉 시를 제일이라 여겼고, 이창명(李滄溟)은 왕창령(王昌齡)²⁴⁷⁾의 〈진시명월(秦時明月)〉 시를 절구(絶句)의 제일이라 하였고, 양승엄(楊升菴)은 유우석(柳禹錫)²⁴⁸⁾의 〈춘강일곡(春江一曲)〉을 제일이라 하였고, 호원서

---

244) 선조 때의 문인·공신. 자는 자고(子固), 호는 월정. 임진왜란 때 명나라와의 외교를 담당. 성리학을 깊이 연구하여 이이와 교류하였고 글씨에도 능해 영화(永和)의 체라 일컬어짐. 저서에 《사서토석(四書吐釋)》 등이 있음.

245) 인조 때의 상신. 자는 경숙(敬叔), 호는 상촌(象村). 저서에는 《상촌집》 등이 있음.

246) 중국 당나라 초의 시인. 자는 운경(雲卿). 송지문(宋之問)과 함께 칠언율시(七言律詩)의 정형을 창시.

247) 당나라 전성기의 시인. 자는 소백(少伯). 칠언절구에 뛰어나 이백과 쌍벽을 이룸. 대표작으로 《출색(出塞)》·《부용루송신점(芙蓉樓送辛漸)》등이 있음.

248) 당나라의 시인. 자는 몽득(夢得). 유종원·백거이와 교류. 시문집에 《유빈객집(劉賓客集)》이 있음.

(胡元瑞)는 왕한(王翰)의 〈포도미주(浦桃美酒)〉를 제일이라 하였다.

국조(國朝)의 권여장은 허혼(許渾)의 〈노가일곡해행주(勞歌一曲解行舟)〉 시를 가장 좋아했다. 이지봉(李芝峯)[249]은 당인의 율시 중에서 역대로 왕유(王維)[250]나 두보(杜甫)와 가도(賈島)[251]의 시, 잠참(岑參)[252]의 〈대명궁(大明宮)〉 시, 맹호연(孟浩然)[253]의 〈악양루(岳陽樓)〉 시를 비난하고, 초당(初唐)의 "숲속에서 풀을 찾으니 혜초가 비로소 자라나고, 정원에서 꽃을 찾으니 모두가 매화일세(林間覓草纔生蓮 園裏尋花盡是梅)"라는 시를 제일이라 하였다.

◎ 이규보(李奎報)[254]는 매성유(梅聖愈)[255]를 좋아하지 않았는데 아마도 그가 깊고 맑으며 내성적이라서 자기가 포만하고 호탕한 것과는 정반대이기 때문일 것이다. 또한 서응(徐凝)

---

249) 이수광(李睟光). 선조 때의 문신. 학자. 자는 윤경(潤卿), 호는 지봉. 임진왜란 후 명나라를 왕래. 마테오릿치를 만나고 돌아와 서양 문물을 처음으로 소개, 실학 발전의 선구자. 저서에《지봉유설(芝峰類說)》·《채신잡록(采薪雜錄)》등이 있음.

250) 당나라의 궁정시인·화가. 자는 마힐(摩詰). 시집《왕우승집(王右丞集)》이 있음.

251) 당나라의 시인. 오언율시에 뛰어났고. 저서로《장강집(長江集)》·《시격(詩格)》등이 있음.

252) 당나라의 시인. 변경·사막을 소재로 한 시가 유명하고 시집으로《잠가주(岑嘉州) 시집》등이 있음.

253) 당나라의 시인. 왕유와 더불어 오언시에 뛰어나고 자연의 아름다움을 노래함.

의 폭포시를 칭찬하면서 동파(東坡)가 잘못 평했던 것이라
여겼음도 서응의 시가 단지 새 뜻만 취하고 아속(雅俗)에 구
애받지 않아 자기와 합치되었기 때문이다. 만약 동파공이 문
순시(文順詩)²⁵⁶를 보았더라면 그것을 악시(惡詩)라고 여겼
을 것임은 의심할 수 없다. 유몽인(柳夢寅)²⁵⁷이 구양수(歐陽
修)의 문장과 진간재(陳簡齋)의 시를 비방함은 이보다도 심
한 것이었다.

◎ 소재(蘇齋) 노수신(盧守愼)은, 스스로 칠율(七律)은 호음
(湖陰) 정사룡(鄭士龍)만 못하나, 오율(五律)은 그보다 낫다
하였다. 이 말은 아주 공평하다. 근대에 동명(東溟) 정두경
(鄭斗卿)²⁵⁸이 동악(東岳) 이안눌(李安訥)에 대해서도 또한
그렇다. 석주(石洲) 권필은 두 사람의 장점을 겸하고 있으나

---

254) 고려 말의 문장가. 자는 춘경(春卿), 호는 백운산인(白雲山人),
시호는 문순(文順). 경전·역사·시문을 두루 섭렵. 저서에는
《동국이상국집(東國李相國集)》·《백운소설(白雲小說)》 등이
있음.
255) 매요신(梅堯臣). 송나라 때의 시인. 송시(宋詩)의 새로운 형식
을 개척, 두보 이후의 최대 시인으로 꼽힘. 저서로는《완릉집
(宛陵集)》·《당재(唐載)》 등이 있음.
256) 이규보의 시.
257) 인조·명종 때의 문장가. 자는 응문(應文), 호는 어우당(於于
堂). 설화 문학의 대가이며 글씨에 뛰어남. 저서에는《어우집
(於于集)》 등이 있음,
258) 현종 때의 문신. 이항복의 문인으로 병자호란 때 '어적십난(禦
敵十難)'을 상소. 서문·서예에 뛰어났고《동명집(東溟集)》이
있음.

근량(斤兩)으로 따진다면 약간 덜한 듯하다. 사화(士華) 남곤(南袞)[259]은 취헌(翠軒) 박은(朴誾)의 시를 본조의 제일이라 했고, 허균(許筠)[260]은 용재(容齋) 이행(李荇)을 제일로 쳤다. 근래에는 석주, 동악, 동명 세 사람이 이어 일어나서 시문을 평하는 사람들이 각각 주관에 따라서 평가하지만 석주를 높이 평가하는 사람이 많다 한다.

◎ 요즘 본조의 뭇사람 시를 열람하다가 외람되게 평하게 되었다. 오언절구는 마땅히 손곡(蓀谷) 이달(李達)의 〈동화야연락(桐花夜烟落)〉을 제일로 삼고, 칠언절구는 동명 정두경의 〈장화고출백운간(章華高出白雲間)〉을 제일로 삼고, 오언율시는 〈세묘숭서축(世廟崇西竺)〉을 제일로 삼는다. 칠언율시는 걸작이 대단히 많아 더욱 처사하기가 곤란하지만 지천 황정욱의 〈청평산색표관동(靑平山色表關東)〉, 석주 권필의 〈강상오오문각성(江上嗚嗚聞角聲)〉, 동악 이안눌의 〈최호제시황학루(崔顥題詩黃鶴樓)〉 등 몇 수 중에서 찾아야 한다.

◎ 근대 명가(名家)에 오직 이택당(李澤堂)과 권석주(權石洲)의 시는 각체(各體)가 다 좋고, 정동명(鄭東溟)은 가행(歌行)과 오율칠절이 최고이고 칠율이 다음이나 오직 선체(選體)는 겨룰 수 없다. 양릉군(陽陵君) 허적(許積)[261]은 호가 수

---

259) 중종 때의 문신. 자는 사화, 호는 지정(止亭).
260) 선조·광해군 때의 문신·소설가. 자는 단보(端甫), 호는 교산(蛟山)·성소(惺所). 한문학과 시문에 있어서 당대 제일의 문장가이고, 소설《홍길동전》을 비롯하여 많은 작품을 남김.

색(水色)인데, 오언시가 청초·고아하여 선당체(選唐體)를 터득했으니 한때 붓을 잡은 사람들이 적수가 되지 못했다. 그를 석주와 동악에 비교하면 아마도 중국에 하경명(何景明)[262]과 이반룡(李攀龍)[263]에게 소문(蘇門)이 있었던 것과 같다. 그러나 지금에 이르러 명성이 그다지 혁혁하지 않은 것은 세인이 전적으로 칠언율시를 배우기 때문이다. 단지 허적의 종인(宗人)인 허균이 그를 높이 추앙했지만, 허균의 시는 혜성(慧性)은 있으나 정력(定力)이 부족하기 때문에 당·송·원·명의 조향(調響)이 섞여 나와서 동악이나 석주가 시도(詩道)에 깊이 나갔던 것과 같을 수 없었다. 그렇지만 그의 감식력은 근대에 제일이었다. 택당은 그 자제들에게 매번 허균이 시를 잘 안다고 칭찬하였다.

◎ 허균의 〈사부고(四部稿)〉가 사대부 사이에 대단히 널리 전해지고 있는데 체격(體格)은 별로 높지 않지만, 재정(才情)은 보통 시를 뛰어넘는 곳이 있다. 예를 들면 〈궁사절구(宮詞絶句)〉·〈죽서루부(竹西樓賦)〉 등과 같은 여러 편은 석

---

261) 숙종 때의 상신(相臣). 자는 여차(汝車), 호는 묵재(默齋). 남인(南人)의 거두.

262) 명나라의 시인. 자는 중묵(仲默), 호는 대복(大復). 격조(格調)를 존중하는 복고설(復古說)을 주장. 시문집에 《하대복집(何大復集)》이 있음.

263) 명나라의 시인. 자는 우린(于麟), 호는 창명(滄溟). 전칠자(前七子)의 문학론을 계승하여 산문은 진한, 시는 성당(盛唐)의 것을 모범으로 삼을 것을 주장. 《당시선(唐詩選)》을 편찬.

주나 동악도 지을 수 없는 것이다. 만약 허균이 진·송(晉宋) 시대에 태어났다면 범울종(范蔚宗)이나 은중부(殷仲父)[264]와 같은 사람이었을 것이다.

◎ 우리나라 시인으로 고학(古學)에 뜻을 가진 사람은 허백(虛白) 성현(成俔)[265], 상촌(象村) 신흠(申欽), 동명(東溟) 정두경(鄭斗卿) 세 사람이다. 허백이 배운 바는 형모(形貌) 사이에 있어 비유컨대 감자를 먹었지만 아름다운 경지에는 미치지 못한 것과 같다. 그러나 당시에는 이미 지극히 깊은 경지에 이르렀다는 자라 하였다. 상촌은 가정(嘉靖)·융경(隆慶)[266]의 여러 사람에게 걸음마를 배워 용의(用意)는 광대하고 섬세하나 다만 원래의 재질과 성조(聲調)가 별로 합치되지 않았다. 사납게 달려가는 기상을 발양(發揚)하며 뛰어났지만, 간절하고 측은하며 여유 있는 뜻이 어그러졌으므로 그 하나만 얻고 둘은 얻지 못해 가행(歌行)에는 적합하나 오언(五言)에는 부적합하였다. 그러나 우리나라 고조(古調) 시인으로서 유일했던 사람이다.

---

264) 범울종과 은중부는 각각 진과 송 때에 뛰어난 문인이었지만, 반역을 꾀했던 사람들이다. 허균도 광해군의 폭정에 대항하기 위해 동지를 규합하던 중 동료의 고발로 참형당했다.

265) 성종 때의 학자. 자는 경숙(磬叔), 호는 허백·부휴자(浮休者). 예악에 밝고 문장에 탁월하였으며 《악학궤범(樂學軌範)》을 편찬한 것으로 이름남. 시문집으로 《허백당(虛白堂)시문집》이 있음.

266) 명나라 세종(世宗)·목종(穆宗) 때의 연호. 1522~1572년.

◎ 선가(禪家)에는 본지풍광(本地風光), 본래면목(本來面目)이라는 말이 있다. 이 비유는 가장 절실하다. 이제 풍악산(楓嶽山)²⁶⁷⁾을 사랑하는 사람이 있어, 도경(圖經)을 널리 수집하고 정밀하게 고증을 가하여 손금을 보듯이 내외 금강산의 산봉우리, 산골짜기를 역력하게 말하면 들을 만하다. 그러나 자신이 일찍이 동대문 밖으로 한 발자국도 나간 적이 없었다면 그가 본 것은 권리풍광(卷裏風光)이요, 지상면목(紙上面目)이다. 다만 금강산을 보지 못한 사람과 담론할 수 있을 뿐, 만약 정양사(正陽寺)의 주지승을 대한다면 즉각 패할 것이다. 만약 어떤 사람이 동해상에서 금강산의 한 봉우리를 바라보았다면, 비록 전체를 보지 못했다 하더라도, 그가 본 것이 진산(眞山)이 아니라고는 말할 수 없을 것이다. 서화담(徐花潭)²⁶⁸⁾이 이에 가깝다.

어떤 이는 도경(圖經) 위에서 본 것과 같지만, 그 사람이 평소에 혜성(慧性)을 갖추고 있어 단청의 멋과 문자의 맥락을 식별할 수 있어서 묵은 자취에 막히지 않고 중설(衆說)에 현혹되지 않아 이따금 산중의 경물을 마치 눈에 보듯이 생각해낼 수 있다면 이는 비록 단발령(斷髮嶺) 위에서 본 것은 아닐지라도 세상에 참으로 금강산을 본 사람이 없다면 그를 추천하여 잘 아는 사람이라고 할 만하다. 장계곡(張谿谷)이

---

267) 금강산의 가을 이름. 봄에는 금강산, 여름에는 봉래산(蓬萊山), 겨울에는 개골산(皆骨山)이라 칭함.

268) 서경덕(徐敬德). 중종 때의 학자. 자는 가구(可久), 호는 화담. 도학(道學)에만 전념.《대허설원(大虛說原)》등이 있음.

그런 사람이다.

우리나라는 어둡고 막혀 있는데도 이 두 사람을 얻은 것은 매우 어려운 일이다. 여기부터 나아가면 욕기롱환(浴沂弄環)의 경지가 될 것이라. 백주(白洲) 이명한(李明漢)²⁶⁹⁾이 계곡을 슬프게 읊은 시에,

같은 세대에 그 누가 겨룰 수 있었던가?
시대를 가늠했을 때는 가장 잘 알았다네.
작은 말도 사물의 법칙을 남겨,
모든 이치가 신통(神通)의 경지에 들었네.
竝世誰爭長　權時最得中
片言遺物則　萬理入神通

라 하였다.

◎ 허난설헌(許蘭雪軒)²⁷⁰⁾의 시는 손곡(蓀谷) 이달(李達)과 그 둘째형 하곡(荷谷) 허봉(許篈)²⁷¹⁾에게서 나왔다. 그녀의 솜씨는 옥봉(玉峯) 백광훈(白光勳) 등에게는 미치지 못하나 혜성(慧性)은 뛰어나 우리나라 규수 시인은 오직 이 한 사람

---

269) 선조·광해군 때의 문장가. 자는 천장(天章), 호는 백주. 이괄(李适)의 난 때에 문명(文名)을 떨쳤고 판서를 역임. 문집에는 《백주집(白洲集)》이 있음.

270) 조선 중기의 여류 작가. 본명은 경번(景樊), 허균의 누이. 한시(漢詩)에 능했고, 작품에는 〈규원가(閨怨歌)〉·〈유선시(遊仙詩)〉 등이 있음.

뿐이었다. 다만 유감스러운 것은 그의 동생 허균이 원·명인 (元明人)의 아름다운 시구나 시편 중에 사람들이 드물게 보는 것을 대단히 많이 채집하여 허난설헌의 시집에다 첨입(添入)시켜 성세(聲勢)를 떠벌렸다. 이로써 우리나라 사람을 속이는 것은 가능하지만 이것이 다시 중국으로 들어갔으니, 틀림없이 도적이 남의 마소를 도적질해다가 그 마을에 판 것과 같아서 지극히 어리석은 짓을 했다 하겠다.

아울러 불행하게도 전목재(錢牧齋)[272]를 만나서 한눈에 도공(陶公)이 무창(武昌)의 관유(官柳)를 식별한 것과 같이,[273] 속인 것을 밝혀내고 장물을 추적하여 진실이 드러나서 사람들로 하여금 크게 부끄럽게 하였으니 애석하다. 유서(柳絮)·환선(紈扇)[274]처럼 이름이 천고에 뛰어난 사람은 본래 많지 않으니, 허씨의 재주와 같으면 저절로 한 시대의 혜녀(慧女)라 하기에 충분한데도 이 때문에 스스로 허물을 자초해 사람에게 시편마다 의심을 받고 시구마다 잘못을 지적당

---

271) 선조 때의 문인. 호는 하곡, 허균의 형. 서사(書史)에 밝은 문장가로 저서에는 《이산잡술(伊山雜述)》·《해동야언(海東野言)》 등이 있음.

272) 전겸익(錢謙益). 청나라 세종·고종 대의 문인. 자는 수지(受之), 호는 목재. 예부시랑(禮部侍郎)에 있다가 낙향. 작품 활동과 후진양성에 힘씀. 명나라 시를 편집한 《열조시집(列朝詩集)》이 있음.

273) 진(晋)나라 도간(陶侃)이 관청에서 심은 버들이 없어진 것을 찾아낸 사실을 말함.

274) 유서는 진(晋)나라의 뛰어난 여류 문인이고, 환선은 한나라 성제(成帝)의 후궁이 지은 시 제목을 말함.

했으니 탄식할 만하다.

허난설헌은 또 경번당(景樊堂)이라는 호를 가졌는데 아마 번부인(樊夫人) 부부 모두 신선이 된 것을 사모했기 때문이리라.

◎ 기녀 황진이(黃眞伊)의 시 가운데《속청구풍아(續靑丘風雅)》에 실려 있는 것은 매우 졸작이지만 부녀의 시이기에 사람들 사이에 읽혀진다.

우리나라의 승려 시도 좋을 것이 없다. 일찍이《휴정집(休靜集)》을 보니 그 제자들과 설법한 문장은 다만 대혜(大慧)[275]와 고봉(高峰)[276]의 묵은 이야기를 여기저기에 덮어 발라서 사람의 눈을 가린 것이니 이른바 본을 따라서 바가지를 그린 것이다. 이와 같은 데도 잘 아는 사람이라 일컬어진다면 그 누가 잘할 수 없겠는가? 이로써 우리나라의 산과 바다의 기운이 원래 운수가 많지 않아서 비록 방외(方外)의 인물이라도 이같은 정도에 불과함을 알겠다. 그들의 저서인《고봉선요(高峰禪要)》와《대혜서장(大慧書狀)》[277] 역시 이와 같다. 그 중에는《심경부주(心經附註)》와《주서절요(朱書節要)》도 있다.

◎ 황진이는 박연폭포와 화담(花潭) 선생, 그리고 자기를 송

---

275) 종고(宗杲). 송나라 임제종(臨濟宗)의 고승, 자는 대혜, 호는 묘희(妙喜). 저서에는《광록(廣錄)》80권이 있음.

276) 원나라 고승 현묘(玄妙)의 호. 운암(雲岩). 흠(欽)의 법통을 이었으며, 저서에는《고봉록(高峰錄)》이 있음.

277) 대혜선사 종고의 편지를 모은 책.

도삼절(松都三絶)이라고 여겼으니 그가 이처럼 자부심이 있었다. 그후 동고(東皐) 최립(崔岦)[278]의 문장과 오산(五山) 차천로(車天輅)[279]의 시와 석봉(石峰) 한호(韓濩)[280]의 글씨가 세상에 나란히 뛰어나서 삼절이라 하였다. 어찌 송도에만 유독히 뛰어남이 많았을까?

삼군(三君)[281]이 죽은 뒤 7, 80년 사이에 인물이 사라지고 문풍이 없어져서 송도 사람으로 과거에 이름이 나붙는 사람도 드물었다. 대흥산성을 쌓은 뒤부터 산이 침식되고 샘물은 흐려지니 용은 떠나가고 물이 합류해도 폭포는 잔잔하여 곧바로 쏟아지지 않았다. 지령(地靈)과 인걸(人傑)의 상관관계가 이와 같으니 참으로 알고 한 말이다.

황진이와 같은 사람도 어찌 사맹(謝孟)이 이른 바와 같이 '산천의 정기가 부녀자에게 쏠린 자'가 아니겠는가?

◎ 옛날부터 시를 평하는 사람이라고 반드시 시를 잘 지을 수는 없고, 시를 잘 짓는 사람이라고 또 반드시 시를 잘 평하

---

278) 선조 때의 학자. 자는 입지(立之), 호는 동고. 문학과 사학에 뛰어나 자문(咨文)과 주청(奏淸)의 글을 전담함.

279) 선조 때의 문장가. 호는 오산. 제술관(製述官)으로 이름이 높아 동방 문사(東方文士)라 일컬어짐. 저서에는 《오산집(五山集)》, 가사 《강촌별곡(江村別曲)》 등이 있음.

280) 선조 때의 명필. 자는 경홍(景洪), 호는 석봉 · 청사(淸沙). 왕희지(王羲之) · 안진경(顏眞卿)의 필법을 익혀 모든 서체에 뛰어남.

281) 최립 · 차천로 · 한석봉을 말함.

지는 못했다.

엄창랑(嚴滄浪)[282]은 시를 평하고 13편의 시를 지었지만 그
가 지은 절구는 겨우 만당(晚唐)의 풍미를 지녔을 뿐이며 유
수계(劉須溪)[283] 역시 그의 시가 후세에 전한다는 말을 듣지
못했다.

이지봉(李芝峰)은 문단의 중망(重望)을 자부했으나 그의
《유설(類說)》 20권[284]에는 시를 논한 것이 반이나 돼도 그 말
이 별로 사람의 마음을 새롭게 한 곳이 없다. 유서애(柳西
涯)[285]는 경국제세(經國濟世)의 문장으로, 일찍이 소기(小技)
에 관심이 있었지만 그가 이백(李白)의 〈동정호(洞庭湖)〉시
와 유우석(劉禹錫)[286]《대제시(大堤詩)》를 논한 견식의 탁월
함은《지봉유설》에서 찾는다 하더라도 찾을 수 없는 것이다.
〈동정호〉 시는 사람들이 다들 좋아하는 바나 〈대제시〉 같은

---

282) 엄우(嚴羽). 송나라 때의 문인. 자는 의경(儀卿), 호는 창랑. 저
　　서에는 시 평론집《창랑시화(滄浪詩話)》와 시집《창랑시집》이
　　있음.

283) 유진옹(劉辰翁). 송나라 말기의 문신 · 시인. 시집에《수계집
　　(須溪集)》이 있음.

284)《지봉유설》. 천문 · 지리 · 문학 등 25부문 3천여 항목을 고서
　　(古書)에서 인용하여 설명함.

285) 유성룡(柳成龍). 선조 때의 재상. 자는 이견(而見), 호는 서애.
　　이황(李滉)의 문인. 임진왜란 때 영의정을 맡아 국난을 처리.
　　도학 · 문장 · 덕행 · 글씨로 이름을 떨침. 저서에는《징비록(懲
　　毖錄)》·《문집(文集)》등이 있음.

286) 당나라의 시인. 자는 몽득(夢得). 유종원 · 백거이와 교류. 시문
　　집으로《유빈객집(劉賓客集)》이 있음.

것은 사실 공의 독창적인 견해니, 역시 그의 재지(才智)가
보통 사람을 능가함을 알 만하다. 상촌(象村)²⁸⁷⁾의 《시화(詩
話)》에는 살천석(薩天錫)과 구종길(瞿宗吉)²⁸⁸⁾의 섬세하고 아
름다운 말씨를 많이 취했는데, 생각건대 공의 시도 이를 좇
아 얻음이 있었을 것이다.

◎ 신라의 진덕여왕의 직면(織綿) 송덕시(頌德詩)²⁸⁹⁾는 전편
이 전아(典雅)하여 전혀 이국(夷國)의 기풍이 없었다. 이때
에는 우리나라의 문자가 아마 이와 같을 수 없었으니 이것은
중국인에게 금(金)을 주고 얻은 것이 아닐까? 그렇지 않다
면, 서현비(徐賢妃)²⁹⁰⁾의 아류일 것이다. 당태종이 모란도(牧
丹圖)를 보내면서 벌과 나비를 그리지 않았는데 이 또한 모
둔(冒頓)의 만서(嫚書)²⁹¹⁾의 뜻이다. 《삼국사(三國史)》²⁹²⁾에는
진성(眞聖)여왕의 음행이 기록되어 있으나 진덕·선덕여왕
에 대해서는 별 말이 없었으니 어찌 모두 팽려(彭蠡)의 아가
씨였을까? 그러나 진덕여왕은 모란이 향기가 없음을 알았고

---

287) 신흠(申欽)의 호.
288) 두 사람은 원나라 때의 문인.
289) 진덕여왕이 당태종에게 수놓아 보낸 〈대당중흥송(大唐中興頌)〉
　　이란 시.
290) 당태종의 후궁으로 시문에 능통했음.
291) 한고조가 죽은 후 그의 아내 여후(呂后)가 나라를 다스렸을 때,
　　흉노왕 모둔이 둘 다 혼자이니 결혼하자는 모욕적인 글을 쓴 편
　　지.
292) 김부식(金富軾)의 《삼국사기(三國史記)》.

또 적병이 여근곡(女根谷)에 들어가면 죽는다는 계책을 세웠기 때문에 국인(國人)들이 그녀를 성왕(聖王)이라 했다. 성왕은 정녕 성왕이지만 아마 참으로 향기가 없는 자가 아닐까 두렵다.

◎ 고려의 사간(司諫) 정지상(鄭知常)[293]의 남포절구(南浦絶句)는 해동(海東)의 위성삼첩(渭城三疊)[294]이다. 그 말구(末句)에 별루년년첨작파(別淚年年添作波)는 또한 첨록파(添綠波)라고도 하는데 익재(益齋) 이제현(李齊賢)[295]은 '록파'를 따라야 된다 하였다. 사가(四佳) 서거정(徐居正)은 '작파'가 낫다고 하였다. 심휴문(沈休文)의 〈별부(別賦)〉를 살펴보니, "춘초(春草)는 벽색(碧色)이요, 춘수(春水)는 록파(綠波)로구나. 그대 남포로 보내니, 안타까움 어이하리?"[296]라 하였다. 정시(鄭詩)는 바로 심휴문의 말 '록파'를 사용한 것으로 바꿔서는 안 된다.

---

293) 고려 인종(仁宗)때의 문신. 시인. 호는 남호(南湖). 정언(正言)·사간(司諫) 등의 벼슬을 역임. 역학과 노장 철학에 조예가 깊었으며 그의 시풍은 만당(晩唐)의 풍으로 매우 청아함.

294) 왕유(王維)의 "渭城朝雨浥輕塵　客舍青青柳色新　客舍青青柳色新. 勸君更盡一杯酒　勸君更進一杯酒. 西出陽關無故人　西出陽關無故人"이란 시를 말함.

295) 고려 말의 명신·학자. 자는 중사(仲思), 호는 익재. 백이정(白頤正)의 문인. 당대의 명문장가로 이름을 떨쳤고 정주학의 기초를 닦음. 그의 저서에는《익재난고(益齋亂藁)》·《익재집》등이 있음.

296) 春草碧色　春水綠波　送君南浦　傷如之何.

244

◎ 어떤 사람이 시에 대해서 왕유(王維)를 숭상하고 두보 (杜甫)를 좋아하지 않자, 왕감주(王弇州)²⁹⁷⁾는 "그대가 만약 두보의 시를 숙독하면, 그 속이 절로 왕유가 있다"고 말했 다. 감주의 이 말은 감히 그렇다고 여기지 못하겠다. 문장은 금석사죽(金石絲竹)²⁹⁸⁾과 같아서 그 소리는 서로 겸할 수 없 으며 각자 이르는 바가 있으니 만약 이를 겸하려고 한다면 반드시 소리가 이루어지지 않을 것이다. 천석(千石)의 종 (鍾)이나 만석(萬石)의 거(簴)²⁹⁹⁾의 소리가 천지에 가득 차 면 모든 음악은 없어진다. 두보는 시에 있어서 이러하다. 그 러나 사빈(泗濱)과 역양(嶧陽)³⁰⁰⁾의 맑고 멀며 그윽하고 오 묘한 소리는 그의 장점으로 돌리지 않을 수 없으니,

왕유의 시구에,

발길이 물 다한 곳에 이르러
앉아서 구름 피어나는 것 바라본다.
行到水窮處 坐看雲起時

---

297) 왕세정(王世貞). 명나라 때의 학자. 자는 원미(元美), 호는 감 주 혹은 봉주(鳳州), 대창인(大倉人), 시문에 능했으며 이반룡 과 함께 격조(格調)를 소중히 여김. 대표작으로 《금병매(金瓶 梅)》가 있음.

298) '금석사죽(金石絲竹) 포토혁목(匏土革木)'. 이는 종, 현악기, 관악기 등 8가지 악기를 말함.

299) 거는 취악기(吹樂器)의 일종. 천석, 만석은 아주 큰 것을 말함.

300) 사빈에서는 경석(磬石)이, 역양에서는 오동나무가 생산되는데, 이는 좋은 악기의 재료가 됨.

라든가,

> 아득한 논에 백로는 날고,
> 울창한 나무에 꾀꼬리 운다.
> 漠漠水田飛白鷺　陰陰夏木轉黃鸝

라는 구절이 있는데 두보 시집에 일찍이 이런 말이 있었던
가?

◎ 동고 최립(崔岦)의 시는 때로 노수신(盧守愼)이나 황정욱
(黃廷彧)보다 앞서 나왔다. 허균은 실제로 그 아버지보다 낫
다고 하였다. 상촌(象村) 신흠(申欽)이 칭찬한 바,

> 검능산(劍能山) 북두성에 치솟았으니 누가 그 기운 보며,
> 옷소매 아직 중국에 닿지 않았어도 이미 향기에 젖어 있네.
> 종남산(終南山)과 위수(渭水)는 항상 보는 듯,
> 무덕(武德) 개원(開元) 시대에 두 번이나 올랐다네.
> 劍能射斗誰看氣　衣未朝天已有香
> 終南渭水如常見　武德開元得再攀

라는 시구는 정말 기어(奇語)다.

◎ 판서(判書) 남운경(南雲卿)[301]은 말했다.
　"자미(子美)가 태백(太白)[302]에 대한 것과 원미(元美)가 우
린(于鱗)[303]에 대한 것과 용재(容齋)가 취헌(翠軒)에 대한 것

과, 동악(東岳)이 석주(石洲)[304]에 대한 것은 만년에 와서의 성취는 세상에서 대부분 뛰어나다고 여기지만, 그들이 인정하고 말하는 것을 살펴보면 항상 따를 수 없는 것과 같다. 이것은 마치 과거에 급제한 사람이 그가 어렸을 적의 접장(接長)에게 평생 경외(敬畏)하며 감히 함부로 대하지 못하는 것과 같다."

이 말은 진실로 그러하다〔세속에서 과거를 보려는 선비들이 모여 지내면서 공부할 때 그들을 동접(同接)이라 하는데, 이는 옛날 시사(詩社)와 같은 것이다〕.

◎ 중양절(重陽節)에 산에 올라 이별가 지으렸더니,
　이 뜻이 비록 은근했으나 벌써 슬픔 족했다네.
　나는 바로 쉬려 하고 그대는 벼슬 떠나기 서두르니,
　쓸쓸한 꽃과 떨어진 나뭇잎에 문 닫을 때라네.
　重陽擬作登高別　此意雖勤已足悲
　我正告休君促駕　寒花落葉閉門時

이 시는 《택당집(澤堂集)》에는 기록되어 있지 않다. 나는 일찍이 외당(畏堂) 이(李)재상에게 이 시를 말하자, 다 듣기

---

301) 남용익(南龍翼). 조선 숙종 때의 문신. 자가 운경, 호는 호곡(壺谷). 문집에 《호곡집》이 있음.
302) 자미는 두보, 태백은 이백을 말함.
303) 원미는 왕세정, 우린은 이반룡을 가리킴.
304) 용재는 이행, 취헌은 유백증, 동악은 이안눌, 석주는 권필을 일컬음.

도 전에 급히 말하기를, "선인(先人)의 시가 틀림없다" 하였
다. 아마 이것이 비록 외떨어진 단장(短章)이지만, 심완(深
婉)하고 정공(精功)하여 진실로 다른 사람이 지을 수 있는
바가 아니었기 때문이다〔이것은 나의 처조부(妻祖父) 이립
주(李立洲)가 진주목사(晉州牧使)로 부임할 때의 이별시이
므로 내가 볼 수 있었다. 생각건대 처음 초고를 남겨두지 않
아 우연히 잃어버린 것이리라〕.

◎ 백사(白沙) 이공(李公)[305]이 북청(北淸)으로 유배가는 중
에 철령(鐵嶺)을 지나면서 〈철령 숙운사(宿雲詞)〉를 지었다.
이 글에서,

고신원루(孤臣寃淚)를 비 삼아 띄워다가,
임 계신 구중심처(九重深處)에 뿌려볼까 하노라.
孤臣寃淚作行雨, 往灑九重官闕

라고 하였다. 하루는 광해군이 뒤뜰에서 잔치를 벌이고 놀
때, 궁녀가 이 가사를 노래 부르는 자가 있었다. 광해군이
"매우 새로운 소리인데 어디서 들었는가?"라고 물으니 "서
울에서 전하여 불려지는데 이모(李某)의 작이라 합니다"라
고 대답했다. 광해군은 그것을 다시 부르게 하여 이를 듣고

---

305) 이항복(李恒福). 선조 때의 명신. 자는 자상(子常), 호는 백사.
    임진왜란 때 병조판서로 활약. 광해군 때 폐모론(廢母論)을 극
    력 반대, 북청에 유배되어 죽음. 저서에는《백사집》·《북천일
    기(北遷日記)》등이 있음.

는 슬퍼하며 눈물을 흘렸다. 시가 사람을 감동시킬 수 있음이 이와 같았다. 광해군 같은 사람도 어찌 더불어 선정(善政)하지 못하겠는가?

정금남(鄭錦南)[305]이 이공을 따라 북쪽으로 갔을 때 이공의 적중사(謫中事)[307]를 아주 자세하게 기록하였다. 이 노인의 회해(淮海)와 같은 기상을 뒷사람이 생각해볼 수 있을 듯하다. 요즈음 듣건대 공의 자손들에게 그것이 너무 호방하여 유자(儒者)의 기상 같지가 않다고 하며 많이 산개(刪改)하였다고 한다. 또한 탄식할 일이다.

자첨(子瞻)이 표주박을 지고 다니며 노래했던 일은 정녕 이천(伊川)이 배 안에서 꼿꼿하게 앉아 있었음과는 같지 않다. 그러나 부교배(符嶠輩)로 하여금 이들을 따라 본받게 한다면 이천처럼 갑자기 될 수 없겠지만, 어찌 자첨과 더불어 지냄을 놓치기야 하겠는가.

◎ 서경(西坰) 유근(柳根)[308]이 호서방백(湖西方伯)[309]이 되었을 때, 선비 중에 호영(湖營)에 구하는 바가 있는 사람이 월

---

305) 이항복(李恒福). 선조 때의 명신. 자는 자상(子常), 호는 백사. 임진왜란 때 병조판서로 활약. 광해군 때 폐모론(廢母論)을 극력 반대, 북청에 유배되어 죽음. 저서에는 《백사집》·《북천일기(北遷日記)》 등이 있음.

306) 정충신(鄭忠信). 인조 때의 공신. 자는 가행(可行), 호는 만운(晩雲), 이괄의 난에 공을 세워 금남군(錦南君)에 봉해짐. 천문·지리·점술·의술 등에 정통. 저서에는 《금남집》·《백사북천록(白沙北遷錄)》이 있음.

307) 유배지에서의 생활.

사(月沙)³¹⁰⁾를 배알하고 소개장을 써달라고 하자, 월사는 "이 사람이 내 말을 중시할 사람이 아니다. 다만 인사말만 써줄 테니 그에게 갖다주어라"하면서 주의를 환기시키기를 "호백(湖伯)이 내 편지를 보자마자 나에 대해 물을 것이니 다만 대답하기를, '이공은 요즘 공의 시를 입에서 떠나지 않고 칭찬합니다'고 하면, 그는 반드시 자세하게 물을 것이다. 이에 대답하기를, '이공은 요즘 어떤 사람에게 서경의 시 일련(一聯)인,

소선(蘇仙)³¹¹⁾은 적벽에서 놀았으나 이제는 창벽이요,
유량(庾亮)³¹²⁾은 남루에서 놀았는데 여기는 북루일세.

蘇仙赤壁今蒼壁　庾亮南樓是北樓

라는 시구를 전해 듣고 이것이 절창(絶唱)이라 하면서 내가 비록 평생 시를 지었어도 어찌 일찍이 이런 말을 했었는가? 서경이 지금 지방관으로 나가 도는데 내가 그래도 문병(文

308) 선조 때의 공신. 자는 회부(晦夫), 호는 서경. 예조판서·대제학 등을 역임.

309) 충청도 관찰사(觀察使).

310) 이정구(李廷龜). 인조 때의 상신·문장가. 자는 성징(聖徵), 호는 월사. 한문학의 대가이며 글씨도 뛰어났음. 저서로는 《월사집》이 있음.

311) 소식(蘇軾)을 말함.

312) 동진(東晉)의 정치가. 자는 원규(元規). 성제(成帝) 때 소준(蘇峻)의 난을 평정하고 중원을 회복하고자 했으나 뜻을 이루지 못하고 죽음.

柄)³¹³⁾을 잡고 있으니, 이것은 내가 마음으로 부끄러워하는
바다'라 하라"하였다.

그 선비가 가르쳐준 대로 하자 서경은 과연 크게 기뻐하였
고, 그는 드디어 그가 구하는 바를 만족하게 얻고 돌아왔다
〔창벽(蒼壁)과 공북루(拱北樓)는 모두 공주(公州)에 있다〕.

◎ 서경(西坰)의 시는 정련(精鍊)되고 온첩(穩帖)하여 관각
시(館閣詩)나 승평시(昇平詩)에 뛰어났다. 김공(金公)은 그
의 데릴사위였는데 언제나 그의 시를 얕보고 그 잘못된 곳을
드러냈다. 김공은 그때 비록 나이는 어렸지만 이미 크게 재
망(才望)이 있어서 유근(柳根)은 이를 깊이 꺼렸다.

하루는 김공이 신고 있던 신발이 해져서 서경을 만나고는
이르기를, "장인의 신작시(新作詩)를 보고 싶습니다"하니,
유근이 시 한 편을 내보이자 김은 반도 읽지 않고서 숙연하
게 안색을 바꾸면서 말하기를, "제가 일찍이 망령되게 장인
의 시문이 정치(精緻)하나 기력이 부족하다 하였는데, 이제
이 작품을 보니 준장기발(峻壯奇拔)하여 전혀 그전에 보던
것과는 다릅니다. 이에 제가 전에 알았던 것이 도리어 미진
함이 있었음을 알겠습니다"하였다. 유근은 크게 기뻐하면
서 "정말 그러한가? 내가 요즘 사마천의《사기》를 읽었는데
아마 효과가 아닐까?"하였다. 김공은 "이는 반드시 의심할
것이 없습니다"하면서 침이 마르도록 칭찬하였다.

오래 앉아 있는 사이에 일부러 신발 찢어진 곳을 약간 드

---

313) 문치상(文治上)의 권력.

러내 보이자, 유근은 그것을 보고 말하기를, "사위는 어찌 해진 신발을 신고도 말하지 않는가?" 하고 즉시 노비를 불러서 "전날에 서사(西師)가 보낸 녹피화(鹿皮靴)를 가져오너라" 하였다. 김공은 즉시 앉은 자리에서 헌 신을 벗고 새 신을 신은 다음 벌떡 일어나 길게 허리를 굽히면서 "장인의 문장은 사실 썩은 새우젓과 같지만 내가 거짓 칭찬했던 것은 새 신발을 얻고자 했던 것뿐입니다" 하였다. 그리고 밖으로 나오자 유근은 경악할 따름이었다.

◎ 석주(石洲) 권필의 시는 번화하지만 자취가 없다. 산하시(山河詩)가 있는데 임진왜란 후에 경복궁에서 쓴 것이다. 이 시에 옥수(玉樹)·동타(銅駝)[314]란 말이 상서롭지 못하여 그 제목을 바꾸어 '송도몽작(松都夢作)'이라 하였다. 시가 비록 정려(精麗)하지만 의미와 운치는 삭막하여 이를 소릉(少陵)[315]의 시,

　　강머리 궁전은 천문(千門) 닫혀 있고,
　　가는 버들개지 파란 마름풀 누굴 위해 푸르런가?
　　꽃술 뻗은 좁은 성문으로 봄기운 통하여,
　　부용꽃 핀 작은 궁원(宮苑)에는 변방의 수심 들어가네.
　　江頭官殿鎖千門　細柳新蒲爲誰綠

314) 옥수와 동타는 모두 망국(亡國)과 관련된 시나 옛 기록에서 따온 말.
315) 당나라 때의 시인 두보의 호. 그가 소릉에서 살았던 데에서 연유함.

花萼夾城通御氣　芙蓉小苑入邊愁

와 비교하면 어찌 큰 차이가 나지 않겠는가? 그의 〈전조사시
(錢詔使詩)〉에는,

이별의 말 마음속에 있으나 단지 말할 수 없어,
헤어지는 술잔 손에 들고 일부러 늦춘다네.
죽기 전에는 다만 서로 그리워하는 날이리니,
떠난 뒤에 어찌 홀로 돌아섬을 견디어내리.
別語關心徒脈脈　離杯入手故遲遲
死前只是相思日　去後那堪獨歸時

라는 시 또한 교묘하지 않음은 아니지만, 자못 관서(關西)의
관기(官妓)가 탕자(蕩子)와 석별하는 말과 같다. 저의호대
(紵依縞帶)³¹⁶⁾한 인물의 증시(贈詩)가 어찌 이러한 기질이 있
는가? 옛사람이 시로 그 사람의 궁달(窮達)을 살펴볼 수 있
다고 한 말은 정말이로다.

◎ 동악(東岳) 이안눌(李安訥)이 명천(明川)으로 유배되었
을 때의 등고시(登高詩)에는,
앵무새 문장을 어디에 쓰며,
기린의 그림도 이 세상 끝났네.

---

316) 모시 옷과 명주 띠란 뜻으로 여기서는 관직에 오른 사람을 의미
함.

금 술잔에 상랑주(桑郎酒) 가득 부어,

한번에 청상(淸湘)에서 만고 시름 씻으리.

鸚鵡文章何處用　麒麟圖畵此生休

金罍滿酌桑郎酒　一洗淸湘萬古愁

라는 말은 특히 비장(悲壯)하다. 진(晋)나라 사람이 장난 삼
아 상락주(桑落酒)를 삭랑(索郎)이라 불렀는데, 상(桑)과 낙
(落)을 절음(切音)하여 삭(索)이 되고 락(落)과 상(桑)을 절
음하면 랑(郎)이 되므로 서로 절음하여 부르자, 마치 성(姓)
이 삭(索)인 사람과 같아졌을 뿐이다. 이제 상랑(桑郎)이라
혼칭(混稱)하는 것은 아마 온당치 못한 것이다. 어찌 우연하
게 검토하는 데 실수한 것이 아니겠는가?

◎ 백주(白洲) 이명한(李明漢)이 제공(諸公)과 같이 용산(龍
山)에서 놀면서 시를 지을 때 주(洲)자 운을 대자, 백주는 즉
시 붓을 들어서,

타년(他年) 단청(丹靑) 가운데를 가리키면,

모자 벗고 미친 듯 노래하는 이가 백주이리라.

他年指点丹靑裏,　脫帽狂吟是白洲

라 하였다. 비록 계곡(溪谷) 장유(張維) 등의 대가도 이로 하
여 기가 꺾였다. 지천(遲川) 최명길(崔鳴吉)[317]이 일찍이 말
하기를, "계곡(溪谷)의 말은 나도 할 수 있지만, 천장(天
章)[318]의 시는 잘하기 어렵다"하였다.

◎ 이백주(李白洲)가 어렸을 때에, 월사(月沙) 이정구(李廷龜)는 그에게 퇴지(退之)의 남산시(南山詩)[319]를 천 번 읽도록 시켰다. 백주는 몹시 괴로워하며 억지로 팔백 번을 읽고는 끝내 횟수를 채우지 못하고 그만두었다. 남산시가 정말 걸작임은 분명하나 이백과 두보의 시에도 더욱 좋은 시가 없지 않은데 어찌 유독 이것을 천번 읽으라 했는가? 생각건대 백주가 그 재민(才敏)함을 자부하여 시문 외기를 좋아하지 않았기 때문에 월사가 일부러 번거롭고 산만한 문장을 외도록 함으로써 그의 날아오를 듯한 가볍고 예리한 기상을 꺾으려고 했던 것이다. 이것이 황석노인(黃石老人)이 신발을 떨어뜨린 뜻이다.[320]

지금 시를 배우는 사람들이 남산시를 다독함을 비결로 삼는다면, 그렇다면 노인에게 한 번 신발을 갖다준 사람은 모두 제왕의 책사(策師)가 될 수 있겠는가?

◎ 후당(後唐)의 진왕(秦王) 종영(從榮)이 시 짓기를 좋아하자, 명종(明宗)은 그를 경계하여 "장수 가문의 사람이 시를

---

317) 인조 때의 정치가. 자는 자겸(子謙), 호는 지천. 병자호란 때에 주화론(主和論)을 주창. 저서에는 《경서기의(經書記疑)》 등이 있음.

318) 이명한의 자(字).

319) 한유가 지은, 102운(韻)으로 된 최장편의 시. 중국의 종남산(終南山)과 태백산(太白山)을 묘사.

320) 한(漢) 유방의 모사(謀士) 장량의 스승. 장량이 어렸을 때, 황석노인이 다리를 건너다가 신발을 떨어뜨리고 그에게 주워다 신기도록 했다.

지어도 반드시 공묘하지 못하고 다만 다른 사람의 비웃음만 받을 뿐이다"하였다. 시세종(柴世宗)³²¹)이 시를 범질(范質)에게 보이자, 범질은 "지금 사방에는 외람되이 임금이라 하는 사람들이 대부분 시를 잘 지을 수 있는 사람인데, 폐하의 시가 한 번 나가면 반드시 천하에 전파될 것이고, 사람들이 이를 따라 장단(長短)을 따진다면 폐하의 신명(神明)함을 보이는 것이 아닙니다"하니 세종은 평생 다시 시를 말하지 않았다. 두 제왕의 일은 정말 본받을 만하다.

어떤 사람은 "제왕의 시는 문사(文士)와는 다르니, 비록 불공(不工)하더라도 해가 없다"한다. 만약 그렇다면 또 시를 써서 무엇하겠는가? 한(漢)의 고제(高帝)와 무제(武帝)가 천하에 영웅이 된 것은 그들의 〈대풍가(大風歌)〉와 〈추풍사(秋風辭)〉 때문이 아니다. 원(元) 순제(順帝)가,

새는 단풍나무에서 울고,
사람은 푸른 산 중턱에 있다.
鳥啼紅樹裡　人在翠微間

라고 한 말은 천하에 암송되지만 나라가 패망하는 데 보탬이 됨이 없었으며, 고려 충선왕(忠宣王)이,

닭 우는 소리 마치 문앞의 버들 같다

---

321) 이름은 시영(柴榮). 중국 오대 후주(後周)의 제2대 황제. 오대의 여러 왕 중 가장 걸출했다 함.

鷄聲恰似門前柳

라고 한 시구는 사람들에게 천박함을 느끼게 하지 않았는가?

◎ 백주(白洲)는 문사(文思)가 민첩하여 관각시(館閣詩)와 응제시(應製詩)의 작품은 대체로 여러 사람들보다 나았다. 〈항해조천이십운(航海朝天二十韻)〉 배율(排律)은 백주가 수석을 차지했으며 택당은 굴복당했다. 택당이 백주에게 말하기를, "그대는 어찌 그렇게 장한가? 그렇지만 그대의 칩악강(蟄鰐僵)³²²⁾ 말은 흉어(凶語)라 할 것이다" 하였다. 칩악강은 바로 백주의 시 안에 나오는 흠잡힐 시구다.

◎ 명문(明文)은 분명히 송문(宋文)만 같지 못하지만, 시는 별도로 따져야 할 것 같다. 이제 바야흐로 동파(東坡)와 감주(弇州)³²³⁾를 아울러 비교해본다면, 동파는 의(意)에 공묘하고 감주는 사(辭)에 공묘하여 각각 그 장점이 있다.

《전등록(傳燈錄)》³²⁴⁾에는 다음과 같은 고사가 있다. 백장선사(百丈禪師)³²⁵⁾가 여러 사람에게 말하기를, "불법(佛法)은 작은 일이 아니다. 노승(老僧)이 그전에 마조(馬祖)³²⁶⁾의 호통을 받고 곧바로 3일간 귀가 먹었다" 하니, 황벽(黃檗)³²⁷⁾이

322) 움츠리고 있는 악어가 길게 뻗어 있다는 뜻.
323) 소식과 왕세정을 말함.
324) 《경덕전등록(景德傳燈錄)》의 약칭. 송나라 도원(道源)이 지은 것. 전부 30권으로 5가(家) 52세(世)에 이르기까지 전등한 법계(法係)의 차례를 기록한 책.

그 말을 듣고 혀를 내둘렀다. 백장이 "그대가 마조를 계승하겠는가?"하니, 황벽은 "그러하지 않겠습니다. 오늘 대사의 말씀으로 인해 마조의 대기(大機)가 작용함을 알았습니다. 그러나 만약 마조를 계승한다면 후에 반드시 나의 아손(兒孫)을 잃게 될 것입니다."백장선사는 "이와 같지, 이와 같아! 견식이 스승과 비슷하면 스승의 덕을 반이나 줄이게 되고, 견식이 스승보다 뛰어나다면 바로 스승의 법을 전할 만하다. 그대는 스승을 뛰어넘는 작용을 월등히 갖고 있다"하였다.

이로써 살펴본다면, 감주는 동파의 단점을 지적한 것도(예를 들면, 동파의 문장이 그 재주는 보이나 학문이 없는 듯하다고 한 것이나, 동파의 시가 그 학문은 보이나 재주가 없는 것 같다고 한 것), 선자(禪者)가 이른바 부처를 꾸짖고 조사(祖師)를 욕하는 것이라 하겠으니, 왕백옥(汪伯玉)[328]과 같은 사람은 다만 하루살이 벌레가 나무에 부딪치는 것일 뿐이다.

---

325) 회해(懷海). 당나라의 고승. 마조의 법통을 이어받아 사원제도를 개혁함. 저서에는 《백장청규(百丈淸規)》 등이 있음.

326) 마조 도일(道一). 당나라의 선승(禪僧). 회양(懷讓)에게 배웠고, 남종선(南宗禪) 발전에 공이 큼. 《어록(語錄)》 1권이 있음.

327) 희운(希運). 당나라의 선승. 황벽종(黃檗宗)의 조사(祖師). 수행 방법으로서 돈오·점수(頓悟漸修)를 강조. 저서로는 《전심법요(傳心法要)》가 있음.

328) 왕도곤(汪道昆). 명나라의 무관·문장가. 자는 백옥. 병학(兵學)에 뛰어나 병부시랑(兵部侍郎)에 올랐고, 고문사(古文辭)에서도 왕세정·이반룡과 더불어 문재(文才)를 다툼. 문집에는 《태함집(太函集)》 120권이 있음.

◎ 이의산(李義山)³²⁹⁾의 곤사시(哀師詩)에,

혹은 장비(張飛)의 턱수염을 비웃고,
혹은 등애(鄧艾)의 말더듬을 흉내낸다.
或笑張飛髯 或效鄧艾吃

하였다. 익덕(益德)³³⁰⁾의 턱수염은 진수(陳壽)³³¹⁾의《삼국지
(三國志)》와 배송지(裵松之)³³²⁾의 주(註)에도 보이지 않고 역
대 군신도상(君臣圖象)에도 익덕은 빠져 있는데, 당시에 이
의산이 사전(史傳) 이외에 근거할 만한 책이 있었는지 모르
겠다.

현재《삼국지연의(三國志演義)》는 원나라 사람 나관중(羅
貫中)³³³⁾이 쓴 것으로, 임진(壬辰) 이후 우리나라에서 널리
읽혀 부녀자나 어린애들까지 다 같이 외워 말할 수 있을 정
도였다. 우리나라의 선비들이 대부분 사서(史書)를 읽으려
고 하지 않기 때문에 건안(建安)³³⁴⁾ 이후 수백 년의 일을 모두
여기에서 그 근거를 취한다. 예를 들면, 도원결의(桃園結

---

329) 이상은(李商隱). 당나라 말의 시인. 자는 의산. 시에 있어서 정
　　밀·화려하여 송대 초의 서곤체시(西崑體詩)의 기본이 됨. 작
　　품에《이의산 시집》이 있음.

330) 장비의 자(字).

331) 진(晋)나라 때의 사학자. 자는 승조(承祚).

332) 송나라 때의 사학자. 자는 세기(世期). 학식이 높아 국자박사
　　(國子博士)에 이름. 문제(文帝)의 지시로 진수의《삼국지》의 주
　　를 달게 되어 사료를 널리 구해 이를 완성함.

義), 오관참장(五關斬將), 육출기산(六出祁山) 성단제풍(星壇祭風)과 같은 것이 이따금 선배들의 과거 문장에서 인용한 것이 보인다. 그래서 서로 바뀌어 전해지고 이어 받아서 참과 거짓이 뒤섞여 있다. 예를 들면 여포사극(呂布射戟), 선주실비(先主失匕), 적로도단계(的盧跳檀溪), 장비거수단교(張飛據水斷橋)와 같은 것은 도리어 사실이 아니라고 의심하니 몹시 가소로운 일이다.

이이중(李彝仲)이 대제학(大提學)[335]이 되었을 때에 일찍이 풍설방초려(風雪訪草廬)라는 20운 배율(排律)[336]을 호당(湖堂)[337]의 제학사(提學士)들에게 시제(時題)로 내기도 했다. 내가 "공께서는 어찌 《삼국지연의》에서 출제하셨습니까?" 하자, 이공(李公)은 크게 웃으며 "선주(先主)가 삼고초려(三顧草廬)한 것은 실은 겨울철이었으니, 그가 풍설을 무릅썼을 것은 말하지 않아도 알 만하다" 하였다.

◎《동파지림(東坡志林)》에 이르기를, "골목집에서 아이들이

---

333) 중국 원말(元末) 명초(明初)의 소설가. 본명은 본(本). 희곡과 통속소설을 많이 씀. 《삼국지연의》·《수당지전(隨唐志傳)》 등을 썼고, 《수호전(水滸傳)》의 작가라는 설도 있음.

334) 후한 헌제(獻帝) 때의 연호. 196~220년.

335) 홍문관(弘文官)·예문관(藝文館)의 정2품 최고 관직. 문형(文衡)이라고도함.

336) 오언 또는 칠언의 대구(對句)를 여섯 구 이상 배열한 시.

337) 독서당(讀書堂)의 별칭. 젊고 재주 있는 문신으로서 왕의 특명을 받은 사람들이 공부하던 곳.

천박하고 용렬하여 그 집이 골치 아프면, 돈을 주어 모여서 옛날 이야기를 듣게 한다. 삼국의 일을 이야기할 때, 유현덕 (劉玄德)이 패한다는 말을 들으면, 아이들은 찡그리며 눈물을 흘리기도 하고, 조조(曹操)가 패한다고 하면 기뻐서 즐겁다고 소리치기도 한다"하였다. 이것이 나씨(羅氏)의《삼국지연의》의 시초일 것이다. 이제 진수의 사전(史傳)이나 온공(溫公)의《통감》을 가지고 여러 사람을 모아놓고 이야기해도 반드시 눈물을 흘리는 사람은 없을 것이다. 이것이 통속 소설을 짓는 까닭이다.

◎ 이달(李達)의 〈채련사(採蓮詞)〉에는,

연잎 차이 없고 연밥 많은데,
연꽃 사이에서 아가씨 노래하네.
蓮葉無差蓮子多　蓮花相間女郎歌

라 한 말은 절창(絶唱)이나, 그 결구가 어울리지 않음이 안타깝다. 그렇지 않다면 마땅히 왕창령(王昌齡)의 〈하엽나군가(荷葉羅裙歌)〉처럼 뛰어났을 것이다.

이지봉(李芝峰)은 연밥이 많이 있을 때는 꽃이 피어 있을 리 없다며, 드디어 '파도를 거슬러간다(逆上波)'란 말과 함께 반박하였다. 파도를 거슬러간다란 말은 틀림없이 잘못이지만, 연밥 운운한 말은 사실을 억지로 해석한 것에 가깝다. 시인들은 경물(景物)에 일찍이 크게 구속받지 않았으므로 시를 잘 평하는 사람은 결코 이와 같지 않았을 것이다. 하물며 연꽃은 피었다간 지고, 지고는 또 피어 서로 6, 7월 동안 계속 떨어지면 바로 열매를 맺지만 바로 꽃이 무성하게 피니, 그것이 먼저 떨어지고 열매를 맺는 것 역시 무슨 제한이 있으랴? 가을 바람이 일어 파도가 출렁일 때에는 비록 남은 꽃이 있을지라도 조밀하게 쌓여 있을 리는 없을 것이니 왕자안(王子安)³³⁸⁾이라 하더라도 지봉의 반박을 면하기는 어렵다.

◎ 망헌(忘軒) 이주(李胄)³³⁹⁾의 〈충원객관시(忠原客館詩)〉에,

> 내일 밤에 여강(驪江)의 달 가까이 정박하면,
> 죽령(竹嶺)이 하늘에 닿아 그대를 못 보리.
> 明宵泊近驪江月 竹嶺連天不見君

라는 말은 알 수 없다. 이른바 그대란 자가 죽령 밖에 있다면 이미 볼 수 없을 것이니, 어찌 여강에서 기다리며, 만약 여기 있다면 여강에서 볼 수 없는 것을 어찌 죽령과 더불어 말했는가? 내 생각으로는 죽령 두 글자는 월악(月岳)의 잘못인 듯하다. 아마 충원(忠原)의 산만 보고 충원의 사람은 보지 못한다는 말일 것이다. 만약 그 성격(聲格)을 따지면 태백

---

338) 왕발(王勃). 당나라 초기의 시인. 자는 자안. 재기 넘치는 화려한 시로 당시의 시단을 압도. 특히 등왕각(滕王閣)의 서와 시가 유명.

339) 연산군 때의 문신. 자는 주지(胄之), 호는 망헌. 정언(正言)을 지냈으며 문장에도 능했음. 김종직(金宗直)의 문인으로 무오사화·갑자사화에 연루되어 사형당함.

(太白)의 〈아미산월(峨嵋山月)〉에서 나온 것이다.

◎ 송강(松江) 정철(鄭澈)[340]은 기상이 호방(豪放)한데, 때로 술을 마시면 시 짓기에 실수가 있었다. 문간(文簡)선생 성혼(成渾)[341]이 이를 꼬집자 송강은 처음에는 아무 대답이 없다가 큰소리로,

　밤에 산비(山雨)가 대나무를 울리고,
　가을에 풀벌레 침상으로 다가오네.
　山雨夜鳴竹　草虫秋近床

라 읊으면서 이것도 하자가 있느냐고 했다. 문간이 웃으면서 그 아랫구에,

　흐르는 세월을 어찌 막을 수 있으랴?
　流年那可住

라고 한 것에서도 좋은 점을 발견할 수 없다 하였다. 지금 살

---

340) 명종·선조 때의 상신·시인. 자는 계함(季涵), 호는 송강. 서인(西人)의 거두. 동인(東人)의 탄핵으로 여러 번 유배되었고 만년을 강화에서 보냄. 당대 가사(歌辭) 문학의 대가로 중요한 작품을 많이 남김. 저서로 《송강집》·《송강가사》 등이 있음.

341) 선조 때의 성리학자. 자는 호원(浩原), 호는 우계(牛溪), 시호는 문간. 이율곡과 이기설(理氣說)을 논단하였고, 기호학파(畿湖學派)의 이론적 근거를 닦음.

펴보니 이 시구는 아주 어울리지 않는다. 문간의 평은 극히
정확하다.

◎ 송강(松江)의 〈관동별곡(關東別曲)〉, 〈전 · 후사미인가(前
後思美人歌)〉는 우리나라의 이소(離騷)[342]이나, 그것은 한자
로써는 쓸 수 없기 때문에 오직 악인(樂人)들이 구전(口傳)
하여 서로 이어받아 전해지고 혹은 한글로 써서 전해질 뿐이
다. 어떤 사람이 칠언시로써 〈관동별곡〉을 번역하였지만 아
름답게 될 수 없었다. 혹은 택당(澤堂)이 젊어서 지은 작품
이라 하지만 옳지 않다.

구마라습(鳩摩羅什)[343]이 말하기를, "천축인(天竺人)의 풍
속은 문채(文彩)를 가장 숭상하여 그들의 찬불사(讚佛詞)는
극히 아름답다. 이제 이를 중국어로 번역하면 단지 그 뜻만
알 수 있지, 그 말씨는 알 수 없다" 하였다. 이치가 분명 그
럴 것이다.

사람의 마음이 입으로 표현된 것이 말이요, 말의 가락이
있는 것이 시가문부(詩歌文賦)이다. 사방의 말이 비록 같지
는 않더라도 진실로 말할 수 있는 사람이 각각 그 말에 따라
가락을 맞춘다면, 다 같이 천지를 감동시키고 귀신을 통할

---

342) 초(楚)나라 굴원(屈原)이 지은 부(賦)의 명칭. 굴원이 조정에서
쫓겨나 임금과의 이별을 슬퍼하며 읊은 서정적인 대서사시. 초
사(楚辭)의 기초.

343) 인도의 학승(學僧), 대승 불교에 능통. 전진(前秦)의 왕 부견
(符堅)에게 중국으로 잡혀와 《법화경》·《중론(中論)》 등 많은
불경을 번역.

수 있는 것은 유독 중국만이 그런 것은 아니다. 지금 우리나라의 시문은 자기 말을 버려두고 다른 나라 말을 배워서 표현한 것이니 설사 아주 비슷하다 하더라도 이는 단지 앵무새가 사람의 말을 하는 것이다. 여염집 골목길에서 나무꾼이나 물 긷는 아낙네들이 에야디야 하며 서로 주고받는 노래가 비록 저속하다 해도 그 진가를 따진다면 결코 학사(學士)·대부(大夫)들의 이른바 시부(詩賦)라고 하는 것과 같은 입장에서 논할 수는 없다.

하물며 이 삼별곡(三別曲)은 천기(天機)의 자발(自發)함이 있고, 이속(夷俗)의 비리(鄙俚)함도 없으니 옛부터 좌해(左海)의 진문장(眞文章)은 이 세 편뿐이다. 그러나 세 편을 가지고 논한다면 〈후미인곡〉이 가장 높고 〈관동별곡〉과 〈전미인곡〉은 오히려 한자어를 빌어서 수식했다.

◎ 옛사람들은 시로써 사람의 궁달(窮達)을 증험했다. 예를 들면 구래공(寇萊公)[344]의 '야수고주(野水孤舟)'의 말로 그가 후에 재상의 직책을 맡을 것이라고 미리 점쳤다. 그런즉 이것은 역시 옳았던 것이다.

근래에 어떤 사람의 영설시(咏雪詩)에는,

인간의 더러움이 다 깨끗하게 되고,
천하의 기구함이 모두 변이(變夷)하게 되네.
人間汚穢同歸淨　天下崎嶇盡變夷

---

344) 송나라 태종(太宗) 때의 대신 구준(寇準).

하였다. 이것은 선생과 어른들에게 매우 칭찬받았으나 그 말은 큰 뜻을 품고 있어서 대현(大賢)의 사업이 아니면 이에 쉽게 합치될 수 없다.

어떤 아이가 맷돌을 읊은 시에,

우렛소리 진동하니 흰눈 날리고,
윗돌 돌고 돌지만 아랫돌 멈춰 있네.
雷聲動白雪飛　上石回回下石定

라 하였다. 윗돌 아랫돌이 정말 기이한 말이며 멈추다(定)란 글자도 매우 힘이 있지만, 자라서는 어리석어 보통 사람도 되지 못했다. 이와 같은 경우가 많을 것이다.

옛사람들은, 시가 청유(淸幽)에 지나치면 귀어(鬼語)라고 여겼다. 예를 들면 당나라 사람의 시에,

골 속에 하늘 있으니 봄이 적막하고,
인간 세상에 길이 없으니 달이 아득하다.
洞裏有天春寂寂　人間無路月茫茫

와 같은 것이다. 지금 세속(世俗)에서는 이를 단명구(短命句)라 하는데, 아마 사람이 귀어를 쓰면 제 명을 누리지 못할 징조라고 함일 것이다.

판서 채백창(蔡伯昌)[345]이 일찍이 방안에 누워 있을 때, 그 아들 아무개가 밖에서 친구들과 시를 논하다가 "내가 요즘 단명구를 지었는데 아마 오래 살지 못할 것이다" 하면서 그

시구를 낭송하였는데 말이 용렬하고 혼탁하여 웃음을 살 만하였다. 채판서가 방에 불러서 말하기를, "애야, 애야! 너는 너무 염려할 것 없다. 내가 여기서 네 시를 들으니 네 수명이 백 살을 넘겠다" 하였다. 사람들이 많이 전하여 웃었다.

◎ 광주인(廣州人) 윤계명(尹繼命)이란 사람은 곡물을 헌납하여 첨지(僉知)가 되고, 80세인데도 건강하며 자손들이 가득하니 한 고을에서 복인(福人)이라 칭하였다. 여러 사람들이 연회(宴會)에서 우스갯소리를 나눌 때, 윤계명에 대한 이야기도 나오게 되었다.

한 사람이 "손책(孫策)과 윤계명 중에 누가 되고 싶은가?" 하였다. 무릇 손책은 영웅으로 왕의 패업(霸業)을 이뤘으나 요사(夭死)하였고 윤계명은 비록 시골 사람이나 복(福)을 누리고 수(壽)를 누렸으므로, 여러 사람들의 판단은 서로 달랐고 바야흐로 논란이 일어났다. 채백창(蔡伯昌)이 나중에 도착하자 모두가 "백창의 결정에 따르자" 하였다. 백창이 "손책은 전쟁하다 죽었으니 어찌 감히 윤계명을 바라보겠는가?" 하니 윤(尹)에게 기울었던 사람들이 모두 기뻐하였다. 채(蔡)는 갑자기 다시 말하기를, "내 말이 틀렸다. 손책이 아주 낫다" 하였다. 앞의 의견을 좋아하던 사람들은 공께서는 어찌 말을 번복하십니까?" 하니, 채는 "윤계명의 집에는 어찌 교공(橋公) 여자[346]가 올 수 있겠는가?" 하였다. 이리하여 한바탕 즐겁게 웃고 우열(優劣)이 크게 결정되었다.

◎ 백낙천(白樂天)[347]은 늙고 병들어 거의 죽게 된 나이에도

번소(樊素)[348]에 대한 정을 잊을 수 없었고 원미지(元微之)[349]는 혈기(血氣)가 미정(未定)했던 시기에 최앵앵(崔鶯鶯)[350]에 대한 애정을 끊어버렸다. 이것이 어찌 원진(元稹)이 백거이(白居易)보다 나으랴? 미생(尾生)[351]은 다리 밑의 약속으로 목숨을 바쳤으니 이른바 허무한 죽음인데도, 논자들은 증참(曾參)이나 효기(孝己)[352]와 더불어 그를 칭찬하는 것은 무슨 까닭인가? 한 여자의 가벼움도 오히려 저버리지 않는다면 그가 임금이나 부모를 대한 것도 알 만하다. 남녀의 지극한 사랑도 차마 저버리려 한다면 또한 그보다 소원(疎遠)한 사람을 어찌 긍휼히 여기겠는가? 원진의 반복된 변모와, 체신

---

345) 채유후(蔡裕後). 인조·효종 때의 문신. 자는 백창, 호는 호주(湖洲). 벼슬이 대제학, 이조판서에 이름. 문집으로는 《호주집》이 있음.

346) 오(吳)나라 부자의 딸로 손책의 아내가 됨.

347) 백거이(白居易). 당나라 때의 대표적 시인. 자는 낙천, 호는 향산거사(香山居士). 〈장한가(長恨歌)〉 등 문인, 서민들 사이 널리 애송되는 작품을 남겼고 시풍은 평이하고 유려하며, 시문집에는 《백씨 문집》이 있음.

348) 백낙천이 사랑하던 기녀(妓女).

349) 원진(元稹). 당나라 때의 시인. 친구인 백거이와 함께 진사(進士)가 되어 여러 관직을 거침. 시풍은 평이하고 경묘하며 연애시를 지어 원화체(元和體)의 대표자가 됨. 작품에는 애정소설 《앵앵전》, 장편 서사시 《연창궁사(連昌宮詞)》 등이 있음.

350) 원진이 어렸을 때 사랑에 빠졌던 여인.

351) 미생은 사랑하는 여자와 다리 밑에서 만나기로 약속했으나, 그녀가 오지 않아 기다리다 결국 불어나는 물에 빠져 죽었음.

352) 중국 고대에 효성으로 이름난 인물들.

을 잃고 절개를 망친 일은 이것이 그 조짐이다. 안타깝도다!
최앵앵은 곽소옥(霍小玉)[353]처럼 모질지 못해 원미지로 하여
금 재상 가문의 딸과 결혼하여 편안히 사는 것을 막지 않았
다. 그렇지만 위혜총(韋蕙叢)[354]이 요사(夭死)했던 것이 또한
잘한 보복이 아니겠는가? 〔위혜총은 27세에 요절했다. 창려
(昌黎)의 묘지문(墓誌文)에 보인다.〕

◎ 선가(禪家)에 이른바 오욕(五慾)이란 것이 있는데 식
(食)·색(色)·재(財)·명(名)·수(睡)다. 만약 선비라면 마
땅히 수(睡)를 버리고 환(宦)을 첨가해야 할 것이다. 이 다섯
가지는 하나라도 갖고 있으면서 절제할 줄 모른다면, 모두가
몸을 망치고 이성을 잃게 할 만하다. 그러나 극악한 시역(弑
逆)은 환욕(宦慾)에서 나옴이 십중팔구이니, 이것이 오욕 중
에서 더욱 무서운 것이다.

원미지가 최앵앵을 저버린 것은 색욕이 명욕(名慾)과 환
욕에 의해 가리워진 것이다. 응교(應敎) 최주경(崔周卿)이
취중에 항상 자찬(自讚)하여 "술 욕심은 깊지만 색욕이 얕
고, 과거(科擧) 욕심은 무겁지만 벼슬 욕심은 가볍다" 하였
다. 사람들이 다들 실록(實錄)이라 하였다.

과욕(科慾)이나 관욕(官慾)은 한 가지 욕심이라 하겠지만,
이를 세분하면 청탁경중(淸濁輕重)의 구별이 없지 않다. 경

---

353) 당 장방(蔣防)의 소설 《곽소옥전》에 나오는 주인공. 남편의 학
　　대에 못 이겨 죽은 후 원귀가 되어 남편을 괴롭힘.
354) 원진의 부인으로 재상의 딸.

중으로 말하면, 과욕은 아름다운 아가씨를 사모하는 것과 같다면, 관욕은 처자를 사랑하는 것과 같다. 청탁으로 말하면, 과욕은 미색(美色)에 현혹된 것과 같고, 관욕은 잠자리에 드는 것과 같다. 그러나 사람은 과욕이 무거우면 관욕도 반드시 심하다. 그러나 최주경과 같은 사람은 열에 하나, 둘도 없었다.

불가(佛家)에서는 안(眼)·이(耳)·비(鼻)·설(舌)·신(身)·의(意)를 6근(六根)이라 하고, 색(色)·성(聲)·향(香)·미(味)·촉(觸)·법(法)을 6진(六塵)이라 하며 견(見)·청(聽)·진(嗔)·상(嘗)·각(覺)·지(知)를 6식(六識)이라 한다. 그런데 남녀의 정욕(情慾)은 안근(眼根)에 소속되어야 하는지, 신근(身根)에 소속되어야 하는지, 아니면 색(色)과 음(姪)을 양근(兩根)으로 나뉘어 소속되어야 하는지 알 수 없다. 만약 이를 확실히 말한다면, 6근 이외에 다만 기(器) 1근(一根)을 첨가시키고 우(偶)를 진(塵)에, 합(合)을 식(識)에 첨가시킨 뒤에야 정확하다. 불경이나 대장경에서 언급하지 않은 것은 그것이 외설적이므로 말하려고 하지 않았던 것이다.

◎ 한퇴지(韓退之)가 태전(太顚)에게 보낸 세 편지에 대해[355], 구양수는 퇴지의 말이며 다른 사람의 뜻은 여기에 미칠 수 없다 하였고, 소동파는 그 말씨가 천박하여 비록 퇴지의 가

---

355) 한유가 유배되었을 때, 영산선원(靈山禪院)에 있던 태전에게 보낸 세 편지.

노(家老)라도 이런 말은 없었을 것이라 하였다. 주자(朱子)의 〈한문고이(韓文考異)〉에 이르러서는 단연코 한공(韓公)의 글이라고 하였다.

이제 그 편지를 살펴보면, 그 첫째와 둘째 편지에서 비록 "옆에서 도 높은 것을 받든다(側承道高)", "편지를 받아 보아주기 바란다(思得披接)"와 같은 말은 편지말의 상례이니 이상할 것이 없다. 다만 셋째 편지에는 예의를 더욱 공손히 차리고 그의 도가 몹시 높다고 칭찬하면서 그 글 속에 "편지를 백 번 읽는 것보다는 친히 얼굴을 보고 수시로 질문하고 이에 대답하는 것이 더욱 쉽게 된다(讀來一百遍, 不如親見顔色, 隨問而對之易了)"와 같은 말은 주자 역시 그 천박함을 꺼리지 않을 리 없는 것이다. 설령 이 편지가 진정 한공에게서 나왔다 하더라도 어찌 망불지도(妄佛之徒)가 바꾸어 끼워넣지 않았다고 장담할 수 있겠는가?

구양수와 소동파는 불교에 대한 기호가 달라서 그들의 말이 손을 바꾸어 나온 듯함은 정말 가소롭지만 주자가 한공이 유도(儒道)를 보위한 훌륭한 사람이라고 변호하지 않은 것은 무슨 까닭인지 모르겠다. ✽

□ 연 보

1636년 아버지 익겸(益兼), 병자호란 때 강화 남문에서 순절.

1637년 인조 15년에 익겸의 유복자(遺腹子)로 태어남.

1665년 현종 6년에 정시 문과(庭試文科)에 급제, 이후 정언 (正言)·지평(持平)·수찬(修撰)·교리(校理) 등을 역임.

1671년 암행어사가 되어 경기와 삼남의 진정(賑政)을 조사. 이듬해에 겸문학(兼文學)·헌납(獻納)의 관직을 거쳐 동부승지(同副承旨)가 됨.

1674년 효종의 비인 인선왕후(仁宣王后)의 작고시, 효종의 모후(母后)인 조대비(趙大妃)의 복상(服喪) 문제로 서인(西人)과 남인(南人)이 다투다가 남인이 득세하자 서인이었던 만중은 삭탈관직당함. 이후 공조판서, 대사헌, 홍문관 대제학 등을 역임.

1685년 김수항(金壽恒)이 아들 창협(昌協)의 잘못까지 도맡아 처벌되는 것이 부당하다고 상소했다가 88년에 풀려남.

1689년 박진규(朴鎭圭) 등의 탄핵으로 다시 남해(南海)로 유배되어 《사씨남정기》와 《구운몽》을 집필.

1692년 숙종 18년에 유배생활 중 병사(病死)함. 그 후 98년에
　　관직이 복직되고, 1706년에 효행에 대한 정표(旌表)
　　가 내려짐.
작품에는 《구운몽》·《사씨남정기》·《서포만필》·《서포집(西浦
集)》·《고시선(古詩選)》등이 있음.

✳ 주해자 소개

전규태

시인·국문학자. 연세대학교 국문과 및 동 대학원 졸업(문학박사).
한양대 · 연세대 · 전주대 교수 역임.
하버드대 · 호주 국립대 등에서 한국어 문학 강의.
제5회 한국문학평론가협회상, 제9회 현대시인상 등 수상 및
국민훈장 모란장, 교육 공로 및 국가유공자 포상 서훈.
저서 《문학과 전통》 《한국 고전 문학사》 《한국 현대 문학사》 외.
주해서 《춘향전 · 심청전》 《흥부전 · 조웅전》 등이 있음.

사씨남정기 · 서포만필

발행일 | 2023년 6월 30일 초판 1쇄 발행

지은이 | 김만중   **주해자** | 전규태
펴낸이 | 윤형두 · 윤재민   **펴낸곳** | 종합출판 범우(주)
교 정 | 이선경   **인쇄처** | 태원인쇄

등록번호 | 제406-2004-000012호 (2004년 1월 6일)
             (10881) 경기도 파주시 광인사길 9-13 (문발동)
대표전화 | 031-955-6900   **팩 스** | 031-955-6905
홈페이지 | www.bumwoosa.co.kr **이메일** | bumwoosa1966@naver.com

ISBN 978-89-6365-522-2 03810